知·趣

紅樓夢引

卜喜逢 著

浙江古籍出版社

图书在版编目(CIP)数据

红楼梦引 / 卜喜逢著. -- 杭州：浙江古籍出版社, 2024.7. --（知趣）. -- ISBN 978-7-5540-3053-0

Ⅰ. I207.411

中国国家版本馆CIP数据核字第2024Y2K843号

知 趣
红楼梦引
卜喜逢 著

出版发行	浙江古籍出版社
	（杭州市环城北路177号 电话：0571-85068292）
网　　址	https://zjgj.zjcbcm.com
责任编辑	沈宗宇
责任校对	张顺洁
封面设计	吴思璐
责任印务	楼浩凯
照　　排	浙江大千时代文化传媒有限公司
印　　刷	浙江新华印刷技术有限公司
开　　本	787mm×1092mm　1/32
印　　张	10.375　　彩　插　4
字　　数	190千字
版　　次	2024年7月第1版
印　　次	2024年7月第1次印刷
书　　号	ISBN 978-7-5540-3053-0
定　　价	65.00元

如发现印装质量问题，影响阅读，请与印刷厂联系调换。

【清】孙温《全本红楼梦图册·甄士隐梦幻识通灵》

【清】孙温《全本红楼梦图册·贾雨村风尘怀闺秀》

【清】孙温《全本红楼梦图册·不了情暂撮土为香》

【清】孙温《全本红楼梦图册·痴公子杜撰芙蓉诔》

【清】改琦
《红楼梦图咏·宝钗扑蝶》

【清】改琦
《红楼梦图咏·元春对榴》

【清】费丹旭《十二金钗图册·湘云眠芍》

【清】费丹旭《十二金钗图册·妙玉听诗》

【清】喻兰《红楼梦人物册页 · 黛玉葬花》

【清】喻兰《红楼梦人物册页 · 鹦鹉解吟》

【清】佚名《红楼梦赋图册·贾宝玉神游太虚境》

【清】佚名《红楼梦赋图册·秋爽斋偶结海棠社》

【清】佚名《红楼梦赋图册·风雨夕闷制风雨词》

【清】佚名《红楼梦赋图册·勇晴雯病补雀金裘》

序　言

如何阅读《红楼梦》，把《红楼梦》看作一部什么样的书，这无疑是阅读和研究《红楼梦》最重要的问题。但遗憾的是很多人在捧起《红楼梦》的时候，却忽略了这个问题。喜逢同志这本书探索的就是如何正确地阅读《红楼梦》，是一本很有学术含量、广大读者很需要的书。

喜逢同志开宗明义，就回答了"《红楼梦》是一本写什么的书"这个重要问题，他说：

> 如果将社会视作一本大书，那么《红楼梦》就是曹雪芹对这部大书的解读。《红楼梦》是社会的映射，人们可以通过《红楼梦》去了解社会，了解人性；《红楼梦》又是哲人的探索，人们可以通过《红楼梦》去了解古典思想，了解哲人对历史、对社会的认知。《红楼梦》兼具艺术性与思想性，而这就使得《红楼梦》成为沟通古今、沟通社会的最佳桥梁。阅读《红楼梦》的目的，归根到底在于增强自我辨识、审美能力，进而丰富自我的精神世界。走进中国古典小说的集大成之作《红楼梦》，当会不虚此行。

我非常赞同喜逢的观点，我始终认为，《红楼梦》的伟大和"不可思议"，不在于它隐藏了多少秘密，尽管它的创作与作者曹雪芹的家世和人生阅历有着密切的关系，甚至从某种意义上说，《红楼梦》是一部带有自传性质的小说，但它绝不是作者曹雪芹的自传，更不是"清宫秘史"。像《红楼梦》这样的鸿篇巨制，没有天才的艺术虚构和艺术构思，是不可能完成的。毫无疑问，《红楼梦》是一部伟大的文学经典，是曹雪芹人生体验的结晶，是曹雪芹阅尽人世间的悲欢离合、世态炎凉、人情冷暖之后的人生感悟。所以说《红楼梦》是一部人生教科书，对我们具有永恒的认识价值和审美价值。

我常对读者说，"多读一遍《红楼梦》"，但仔细想起来，这话也是有问题的，更关键的是我们应该怎样读《红楼梦》。喜逢同志在书中提出要注意"惑于《红楼梦》的阅读"，这无疑是非常重要的观点。他说：

> 然而许多读者虽爱读《红楼梦》，却又惑于《红楼梦》的阅读，因为《红楼梦》中的人物情节之复杂、艺术之瑰奇、思想之深邃，书中又有着各种或大或小的"引诱"使读者沉湎其中，而难以识得《红楼梦》的真面目。……

"惑于《红楼梦》的阅读"的提法，对当下阅读和研究

《红楼梦》具有很强的针对性。读到这里我不禁想起俞平伯先生的一些话。1986年11月19日至25日,俞平伯先生应邀出访香港,作了《索隐与自传说闲评》的学术报告,他说:"《红楼梦》之为小说,虽大家都不怀疑,事实上并不尽然,总想把它当作一种史料来研究,敲敲打打,好像不如是便不过瘾,就要贬损《红楼梦》的声价,其实出于根本的误会,所谓钻牛角尖,求深反惑也。自不能否认此书有很复杂的情况、多元的性质,可从各个角度而有差别,但它毕竟是小说,这一点并不因之而变更、动摇。夫小说非他,虚构是也。"《乐知儿语说〈红楼〉》是俞平伯先生晚年有关《红楼梦》研究最重要的一组文章,写于1978—1979年,正当中国发生重大变化的时期,计19篇,充满了反思和忏悔,对研究俞平伯晚年的心路历程极为重要。俞先生说:"《红楼梦》好像断尾琴,却有两种黑漆:一索隐,二考证。自传说是也,我深中其毒,又屡发文章,推波助澜,迷误后人。这是我平生的悲愧之一。"(《乐知儿语说〈红楼〉·漫说红楼》)我每每读到俞老的这些话,都深深地为他的真诚、坦率所感动。作为"新红学"的奠基人之一,俞老的"反思"深刻而震撼,是留给我们最珍贵的"遗产",俞老也因此成为红学界的"良知"。《红楼梦》是小说,是文学经典,读《红楼梦》不能"惑"于"自传说""索隐派",读《红楼梦》不能离开文本而刻意求深,"求深反惑",俞老的反思和提醒,振聩发聋,我们应该深刻体会。

由俞老的深刻反思,联想到当下阅读和研究《红楼梦》而偏离文本诸多问题,深有感触,不免想起一位当代文学评论家的观点,他说我们明明有一部伟大的小说《红楼梦》,却被一些人读成了流言蜚语。我说何止是流言蜚语,更是读成了"清宫秘史"与"阴谋与爱情",如果《红楼梦》是这样一部作品,它对于我们还有多少认识价值和审美价值呢?

喜逢提出的"惑于《红楼梦》的阅读"与俞平伯先生所说阅读《红楼梦》"求深反惑"是一脉相通的。喜逢在书中列举的一些阅读现象,就属于"惑"读种种。譬如很多读者总喜欢对《红楼梦》中未提及之事寻根问底,作无根猜测,并乐此不疲。如林黛玉的家产哪去了?焦大醉骂中的"爬灰"与"养小叔子"指的是谁?薛宝钗为什么住在荣国府就不走了?以及金锁的"来历"等等。就说薛宝钗进京的目的吧,《红楼梦》中明确交代薛宝钗进京是为了"待选"女官,以备充为"才人""赞善"之职,这样的"目的"完全符合薛宝钗的思想性格,这是给刚出场的薛宝钗"定型",与她十分羡慕元春穿着黄袍的心态是一致的。这样的"目的"就绝不可能放在林黛玉的身上。再譬如薛宝钗有一个金锁,和尚说了要找有玉的来配,这就与贾宝玉的通灵宝玉之间有着说不清的联系,如此等等,就让一些读者生出薛家有阴谋的观感,从而认定薛宝钗"赖在"贾府不走就是为了成为贾宝玉的妻子，而金锁是基于阴谋而造出来。喜逢说："此种猜想颇有破解阴谋的乐趣，自然也会以'阴谋论'为解读的方法。"读了喜逢这些论述，不禁会心一笑，深有同感。我一直计划写一篇文章，题目是"《红楼梦》的'细读'与'不细读'"，就是想针对《红楼梦》阅读中存在的刻意"求深求细"的问题。《红楼梦》无疑需要细读，这与《红楼梦》独特的艺术表现手法、诗意的叙述等有着密切的关系。《红楼梦》无论是写人、写事，还是写诗、写游艺，常常是一笔多用，或是隐喻，或是铺垫，或是言此及彼，或是"草蛇灰线，伏脉千里"……这就需要我们细心细读，不能像猪八戒吃人参果，囫囵吞下去了，还不知道吃的是什么。但《红楼梦》毕竟是小说，是文学作品，《红楼梦》的描写、叙述都是服务于作者的整体艺术构思的，不是生活的流水账，更不是曹家本事的实录。譬如书中对大观园的描写，某些方位错误是显而易见的，这对《红楼梦》的整体艺术创作没有什么影响，曹雪芹原本就不是画一张建筑图纸，而是为贾宝玉和众多女儿们营造一个典型的生活环境。再譬如，贾雨村是如何乱判葫芦案的，也不必一一细写。面面俱到，那还能成为文学经典吗？那样反而会影响主要人物的塑造、主要故事情节的进展等等。我们如果钻进牛角尖，只关心琢磨一些无关紧要的小事，而忽略了对《红楼梦》整体艺术构思的把握，忽略了对人物形象的整体认识和理解，碎片化地读《红楼梦》，无疑是走错了路，偏离了正确的方向。

喜逢同志的研究，既视野开阔，又深入细腻；既关注《红楼梦》的大构架，又有对具体人物和情节的赏析；既关注一些基本问题的探讨，如作者问题、版本问题，又敢于触碰一些疑难问题，如《红楼梦》中的"真假"、"林四娘"形象探源、"正邪两赋"的理论探源等等。喜逢对《红楼梦》的种种解读，都是建立在深入思考的基础之上。比如他认为《红楼梦》中的构架有"大""小"之分：如传统评点中常用的"草蛇灰线""千里伏脉"等语，虽能显出曹雪芹明确的构架意识，但这些仅为小处；《红楼梦》中的大架构，是以神话群落、谶示群落的塑造来完成的。以意生事，以事达意，如此做法，也使得《红楼梦》具有了极高的哲学品质。他还认为在整部《红楼梦》中，曹雪芹关于"补天"的理想寄托在很多人的身上，如贾宝玉、元春、王熙凤、探春、贾政等等。秦可卿的托梦、贾探春的理家，均可视作曹雪芹对家族覆灭的补救尝试。但这些补救的可能性均被曹雪芹自己推翻了。他所创造的人物形象，在他所认知的社会规律中，经历，感悟，同时也在寻找出路，然而种种尝试，均以失败告终。又如他认为如果"补天之思"更多是对社会、家族层面的思考，那么贾宝玉的人生之路，更多是对个人精神层面的思考。钱穆尝将《红楼梦》视作"解脱"之作。如此，曹雪芹的整个创作过程，即可视作"求解脱"的过程。喜逢同志的这些见解都不同一般，是很令人信服的，这样的阐释对我们阅读和研究《红楼梦》很有启发。他的研究总是紧紧扣着文本，总是有着自己的独到见解，这是治学严谨、学风端正的表现。喜逢的研究成果无论是对学术探讨，还是对《红楼梦》阅读的推广普及，都是非常有价值的。

喜逢在《后记》中说："我眼中的《红楼梦》是一座瑰丽的艺术花园，更是一位哲人的沉思。"斯言是矣！既然《红楼梦》是一部人生大书，那么，我们阅读和研究《红楼梦》的目的，就不能是还原曹雪芹家的本事，更不能是索隐什么微言大义，而是通过《红楼梦》的阅读与研究，欣赏其艺术奥妙，感悟人生，认识社会，提高审美情趣，丰富人生阅历。只有这样我们才能真正走进《红楼梦》的艺术世界。

是为序！

张庆善

2024年2月16日于北京惠新北里

目 录

绪　言　《红楼梦》阅读三题……………………………001

第一章　《红楼梦》构架论…………………………………021
　第一节　《红楼梦》前五回的纲领作用……………………024
　第二节　"小荣枯"的构架作用……………………………042
　第三节　《红楼梦》中的谶示………………………………056

第二章　《红楼梦》中的哲思………………………………069
　第一节　《红楼梦》中的"正邪两赋"论与"情"之关系
　　　　　考论……………………………………………072
　第二节　《红楼梦》中的"畸人"考论……………………084
　第三节　曹雪芹的历史认知与《红楼梦》的悲剧生成……108
　第四节　《西江月》中的贬与褒……………………………130

1

第三章 《红楼梦》中的情节释读 143
第一节 "顽童闹学堂"释读 146
第二节 "宝玉挨打"释读 159
第三节 论香菱的两次改名 173
第四节 《姽婳词》考论 183

第四章 《红楼梦》中的矛盾与冲突 207
第一节 "魇魔法"事件中的矛盾与冲突 211
第二节 "探春理家"中的矛盾与冲突 222
第三节 第六十回、六十一回中的矛盾与冲突 232
第四节 "抄检大观园"中的矛盾与冲突 242

第五章 《红楼梦》中的人物群落 255
第一节 红楼二老：史老太君与刘姥姥的生活智慧 259
第二节 贾宝玉、林黛玉、妙玉三玉之"洁" 277
第三节 《红楼梦》塑造"浊物"群落的功用分析 298

后 记 316

绪 言

《红楼梦》阅读三题

绪　言　《红楼梦》阅读三题

如果将社会视作一本大书，那么《红楼梦》就是曹雪芹对这部大书的解读。《红楼梦》是社会的映射，人们可以通过《红楼梦》去了解社会，了解人性；《红楼梦》又是哲人的探索，人们可以通过《红楼梦》去了解古典思想，了解哲人对历史、对社会的认知。《红楼梦》兼具艺术性与思想性，而这就使得《红楼梦》成为沟通古今、沟通社会的最佳桥梁。阅读《红楼梦》的目的，归根到底在于增强自我辨识、审美能力，进而丰富自我的精神世界。走进中国古典小说的集大成之作《红楼梦》，当会不虚此行。

然而许多读者虽爱读《红楼梦》，却又惑于《红楼梦》的阅读，因为《红楼梦》中的人物情节之复杂、艺术之瑰奇、思想之深邃，书中又有着各种或大或小的"引诱"使读者沉湎其中，而难以识得《红楼梦》的真面目。开卷固然有益，益却有大小之分。《红楼梦》既是通俗的，又是深奥的，读《红楼梦》没有门槛，要深入阅读却是困难重重的。读者多感慨于《红楼梦》中男女之真情，臧否小说人物之是非，陷于家长里短之间，囿于是非对错之见，又因《红楼梦》的描写太过逼真，使读者代入太深，为小说人物所辖制，成为小说中某个人物的代言人。这自然是一种读法，然而凭此种读法却难以窥得《红楼梦》的全貌，有着买椟还珠之嫌。

如何才能够深入阅读《红楼梦》，是本书所着力探讨的，关于《红楼梦》的一些基础背景知识，尤其应该关注，如曹雪芹的个人经历，再如《红楼梦》的版本问题，以及基于各种原因而形成的非文学解读。

一、曹雪芹家世与《红楼梦》的创作

关于《红楼梦》的作者问题新说频出。据胡文彬先生统计，《红楼梦》的疑似作者已有76人之多，如冒辟疆、吴梅村、洪昇、孔梅溪、张岱、谢三曼、曹頫、石兄……这些论说大多是以《红楼梦》中的部分情节与历史上的人物加以附会，论证过程大多较为草率，如从《红楼梦》文本中的方言出发，或从大观园的原型出发，更或者是从某人的一句诗词出发，凡此种种，均缺乏史学的严谨性、科学性。譬如方言，关系于人群迁徙与融合的因素，其字面又难以反映出读音，因此也就很难有排他性。

从确切的史料记载而言，除曹雪芹外，其他所有关于作者的说法均来自于推测。

这些作者新说的出现，是建立在对曹雪芹作者说的质疑之上的，其中多为疑惑的转移，譬如我们无法确知曹雪芹的生父为谁，以及无法确定曹雪芹生于何年。然而无论这些问题是否能够解答，均无法推翻现有的史料记载。

这些史料包括富察明义《题红楼梦》诗前的小注、脂批中对曹雪芹创作过程的记录，永忠《因墨香得观红楼梦小说吊雪芹三绝句》等关于曹雪芹与《红楼梦》之间的关系记录。

好的文学作品，会在读者与作者之间、读者与世界之间构架桥梁，从而引导读者延续作者的思考，并加深、成就自我思考，由此完成作品的再度创作。正因为此，好的艺术作品才具有了不朽的生命力。其中，了解作者是非常重要的一环。《孟子·万章下》中有"颂其诗，读其书，不知其人，可乎？是以论其世也"[1]一说，为了更精准地把握小说的脉搏，就需要了解作者。知其人方易论其文，作家的经历框定了小说的创作，无无经历之小说。故而在读《红楼梦》之前，我们需要大致了解曹雪芹的经历，以明了其创作的源头。

与曹雪芹直接相关的史料较少，且鱼目混珠，多有可疑之处，故我们对曹雪芹经历知之不详。但通过几代学人的挖掘，仍能大致勾勒出曹雪芹的生平经历。

曹雪芹，名霑，字梦阮，号雪芹，又号芹溪，另有"芹圃"，不知是其字还是号。关于曹雪芹的生卒年，学界争议颇多：其生年的说法有康熙五十四年（1715）说与雍正二年（1724）说，卒年有壬午（乾隆二十七年，1763）说、癸未（乾隆二十八年，1764）说和甲申（乾隆二十九年，1764年）说。相关讨论属于红学中的考据范畴，其中生卒年之间又相互牵扯，颇为复杂。笔者倾向于康熙五十四年说与壬午说，因为此二说与他说相比，

---

[1] 《孟子译注》，杨伯峻译注，中华书局1960年版，第251页。

史料佐证更为完备，然而完备并非无缺憾，此问题也有待进一步解决。但我们已可知曹雪芹大致生活于康、雍、乾三朝。

曹氏家族是当时的显族，属正白旗包衣。曹雪芹的先世曹世选被俘入旗后，到高祖曹振彦已以军功起家，历任吉州知州、大同府知府、阳和府知府等职。多尔衮死后，正白旗归属皇帝直接掌管，成为上三旗之一，旗下包衣归入内务府，曹家与皇帝之间的关系紧密起来。曹雪芹的曾祖曹玺一直供职于内务府中，以内工部郎中的身份出任江宁织造官，其妻孙氏为康熙保姆，这就使得曹家与皇帝之间的关系更为紧密。

曹雪芹祖父曹寅，是曹氏家族史中一关键人物。曹寅，字子清，号荔轩，又号楝亭，是康熙年间颇为重要的人物。这个重要性，一方面体现在官场上，一方面体现在文化上。曹寅早年曾担任康熙侍卫，又曾任正白旗旗鼓佐领、内务府慎刑司郎中等职，后以内务府广储司郎中衔出任苏州织造官（康熙二十九年，1690），两年后转任江宁织造官，在此任上一直供职到康熙五十一年（1712）病逝，在此期间他还一度与内兄李煦轮流兼任两淮巡盐御史之职。其长女成为平郡王讷尔苏的王妃。作为织造官，尚有充当皇帝耳目这一功能，有密折专奏权，凸显了曹寅与康熙之间的亲密关系。康熙六次南巡，有四次以江宁织造署为行宫，由曹寅负责接驾，此时的曹氏家族处于最为鼎盛之时，堪称"鲜花着锦""烈火烹油"。

作为文人的曹寅成就斐然。他有着很高的文学修养与文学造诣，去世之前将自己所作的诗加以选择，编成《楝亭诗钞》八卷。在曹寅去世后，他的门人又将《楝亭诗钞》刊落的诗以及他留下的其余作品编为《楝亭诗别集》《楝亭词钞》《楝亭词钞别集》《楝亭文钞》。顾景星、朱彝尊等著名文人对曹寅的诗文都给予了很高评价。同时曹寅还是一位剧作家，著有《北红拂记》《续琵琶记》《太平乐事》《虎口余生》四种。曹寅更是一位藏书家，通过《楝亭书目》可知他藏书有三千二百多种，两万余册。在江宁织造任上，他主持刊刻《全唐诗》，其余杂项亦颇多。因他的文人气质，曹寅与康熙朝诸多著名文人如姜宸英、毛奇龄、纳兰性德、洪昇等均有交游。此种家族文风，对曹雪芹产生了巨大的影响。

曹家的四次接驾，以及曹家对皇亲国戚、王公贵族无休止的应酬与奉养，加之曹寅奢靡的习气，如他广交名士、刻书、造园林、养戏班等，使得曹家貌似兴盛，实已有了巨大亏空。据《关于江宁织造曹家档案史料》，曹寅晚年之时江宁织造的亏空有银九万余两，两淮盐务亏空需曹寅赔付的有银二十三万两。在曹寅去世后三年，又查出亏欠织造银两三十七万三千两。这个数额是非常巨大的，这也难怪晚年的曹寅总是"日夜悚惧"，以"树倒猢狲散"为口头禅了。

曹寅去世后，其子曹颙接任江宁织造一职，后三年，曹颙病逝，康熙帝念及曹家两代孀妇无所依靠，特命将曹寅之弟曹宣所出的曹頫过继于曹寅妻为子，并继任江宁织造。

雍正帝即位后，一方面严惩与他争夺帝位的兄弟，另一方面澄清吏治、严查亏空。而亏空一事与曹氏家族有莫大关系，雍正元年（1723）即查出曹頫亏欠银八万五千余两，继因各种事项，使曹家圣宠不再，终在雍正六年（1728）初因"骚扰驿站案"被抄家，抄家时有"当票百余张"的记录。曹頫本人被抄家后，还被枷号催索骚扰驿站案后应分赔的银两。这种追索一直到雍正死后，乾隆临朝才获得豁免。有史料记载曹頫骚扰驿站案应赔付四百四十三两二钱，已赔付一百四十一两，尚缺三百二两二钱。由此可知，在曹雪芹的主要生活年代，正如小说中所说，"祖宗根基"已尽了。

以康熙五十四年（1715）论，至曹家抄家时，曹雪芹已经十三岁了。他出生之时，曹氏家族虽已近末世，但仍是钟鼎富贵之家，可谓生于繁华。曹家势败之后，曹雪芹的生活处境是非常逼仄的。曹雪芹友人敦诚诗云："满径蓬蒿老不华，举家食粥酒常赊。"[1] 此是曹雪芹生活的真实写照。

在友人们的记述中，曹雪芹工诗、善画、放达、喜酒，诗风奇诡，有魏晋名士之风。敦敏在《题芹圃画石》一诗中写道："傲骨如君世已奇，嶙峋更见此支离。"[2] 此句很能体现曹雪芹的风貌。类似记述尚有，不及一一列举。

---

[1] 敦诚《赠曹芹圃》，转引自朱一玄编《红楼梦资料汇编》，南开大学出版社1985年版，第23页。
[2] 敦敏《题芹圃画石》，转引自朱一玄编《红楼梦资料汇编》，南开大学出版社1985年版，第28页。

绪　言　《红楼梦》阅读三题

在脂批作者的记述中，曹雪芹是"泪尽而逝"，敦诚《挽曹雪芹》"肠回故垅孤儿泣"句旁有小注："前数月，伊子殇，因感伤成疾。"[1] 也为曹雪芹的去世作了说明。曹雪芹是终于没落的。

《红楼梦》的创作有它的现实基础，家族的经历是曹雪芹最为熟悉的素材。如康熙的南巡，对应着《红楼梦》中的元妃省亲，康熙南巡造成了曹家的巨大亏空，元妃省亲也使得贾府内囊将尽；又如曹寅的口头禅"树倒猢狲散"，也出现在《红楼梦》中；曹雪芹生于曹家的"末世"，而"末世"之感，笼罩着《红楼梦》全书。如此等等，不胜枚举。

那么，《红楼梦》就是曹家的家史么？答案当然是否定的。如果《红楼梦》仅是曹家家史，那么"宝黛之恋"又从何而来？《红楼梦》是否仅有没落之叹？这一系列的追问皆非"自传"一说能够解答。在阅读的过程中，不能以"史学"之眼光来观《红楼梦》。我国固然有"文史不分"之传统，这一传统既影响了研究，也影响了创作。但是我们要看到《红楼梦》的特殊性。曹雪芹对自己的创作方法有着说明：小说中写到"追踪蹑迹，不敢稍加穿凿"，此为"自传说"的文本依据；但《红楼梦》中也写到"假语村言"，这不就是指艺术加工的过程么？鲁迅先生曾言："自有《红楼梦》出来以

---

[1] 敦诚《挽曹雪芹》，转引自朱一玄编《红楼梦资料汇编》，南开大学出版社1985年版，第26页。

后，传统的思想和写法都打破了。"[1] 这个打破，也正在于此，即高度的典型化。《红楼梦》是写实的，此"实"非"史"，二者皆有真实之意，却一在于事之真，一在于理之真，一字之差，差之千里。撮理之要，从而形成了小说中的人，形成了小说中的事，形成了小说中的社会环境，"撮"的过程，就是典型化的过程。曹雪芹经过对社会的思考、对各色人物的提炼把握之后，按照社会规律，将小说人物写到了小说之中。

这就有了推演的感觉，曹雪芹将小说人物，放在他提炼的社会规律里面，按照人物的性格、出身等因素，去思考这个人物在社会的遭遇。而这种思考，已不再局限于"史"的范畴。

家族经历是曹雪芹创作之源头，了解其家世，对于"知人"这个过程是至关重要的，而"论文"则需要通过阅读来完成，两方面结合，我们才可以更好地贴近曹雪芹，把握《红楼梦》。

二、《红楼梦》的版本与阅读

从《红楼梦》的不同版本中，读者会得出迥异的理解。如尤三姐这一形象，在脂本里是淫奔女，在程本中却是贞洁

---

[1] 鲁迅《中国小说的历史的变迁》，引自郭豫适编《红楼梦研究文选》，华东师范大学出版社1988年版，第193页。

烈女，二者形象差异极大。那么，哪种形象更符合作者原意呢？何者又是在传播过程中被修改过的？这些问题就需要通过版本研究来解决。

以《红楼梦》的校勘来说，它的版本源流多歧，衍、夺、讹、舛皆有，又由于《红楼梦》的未完成，后人又有修改增删，且这些修改已触及小说中的人物形象、故事情节，这都影响到读者的阅读体验。举一例说明：许多读者分不清补天余石、神瑛侍者、贾宝玉之间的关系，或以为此三者为一体，并以此为基础，作出许多判断。但如果从版本角度来解读，就非常容易作出解答。造成这一混淆的原因是，除甲戌本外，诸本都缺少了叙述补天余石幻化为通灵宝玉的429字。程本系统为了解决此矛盾，增写了补天余石成为神瑛侍者的内容，使得三者合一，进而造成阅读中的诸多困惑。

我们且来缕述一下《红楼梦》的版本系统，以使阅者有大致了解。

《红楼梦》的版本可以分为三大系统：第一为脂评本系统，第二为程刻本系统，第三为新式排印本系统。

脂评本系统出现得最早，以抄本形式存在，这是《红楼梦》早期流传的最主要方式。我们现在能看到的脂本有十二种，包括甲戌本、己卯本、庚辰本等等。脂本系统多以"石头记"为名，其一大特征是有脂批。脂批为泛称，指在脂本上作的批语。其作者有很多，包括脂砚斋、畸笏叟、棠村、松斋、梅溪等等。也有部分是左绵痴道人等后人在这些脂本上写的。在脂批作者群体中，脂砚斋、畸笏叟等人是与曹雪芹关系非常近的，在《红楼梦》里也能看到脂砚斋等人的生活经历，被写进了小说里，如"凤姐点戏，脂砚执笔"[1]，等等。脂批为我们提供了大量的第一手资料，以供我们了解曹雪芹，了解《红楼梦》的创作过程。小说第一回中有"雪芹旧有《风月宝鉴》之书，乃其弟棠村序也。今棠村已逝，余睹新怀旧，故仍因之"一批，揭示出曹雪芹在创作《红楼梦》之前，曾创作过一部叫作"风月宝鉴"的书。又如"壬午除夕，芹为泪尽而逝"一批，揭示了曹雪芹逝世的时间。部分脂批作为曹雪芹周边人的记录，有着非常重要的史料价值。但其中部分批语显系误读。如第五十二回写到贾宝玉听见自鸣钟敲了四下，庚辰本有夹批："按'四下'乃寅正初刻，'寅'此样写法，避讳也。"这条批语从史料角度证实曹寅是曹雪芹的先辈，可是《红楼梦》里并不避"寅"字，如第二十六回叙及薛蟠将"唐寅"读作"庚黄"等。四点是寅时，"自鸣钟敲了四下"是写听觉，而非视觉。故而对于脂批中的文学解读，应该有所分辨，而非尽信。

现存脂本多残缺不全，如甲戌本只有十六回，己卯本有四十一回又两个半回，庚辰本有七十八回，等等。此三本出

---

[1] 吴铭恩汇校、[清]曹雪芹著《红楼梦脂评汇校本》，万卷出版公司2013年版，第277页。后文所用脂批均出于此书，不另注。

绪　言　《红楼梦》阅读三题

于曹雪芹生前，故而又称为"三祖本"。在近年的排印本整理中，常选取此三本作为最重要的文本来源。

1791年，程伟元与高鹗将搜集到的《红楼梦》各版本校勘、增删后予以刊刻，形成程本系统。程本共发行了两版，称为程甲本与程乙本，两者的发行间隔时间有七十余天。程本流传后，各书坊纷纷翻刻，有东观阁本、本衙藏本等等。又有文人在刻本上作批，如张新之、姚燮、黄小田、王希廉等。

程伟元和高鹗在程本的序言中曾说明校勘与修改的过程，如"竭力搜罗"，"细加厘剔、截长补短、抄成全部"，终将一百二十回的《红楼梦》"复为镌板、公诸同好"。[1]长期以来，我们一直认为后四十回的作者是高鹗，近年多有学者反思此说。舒序本序言中有"阙夫秦关"一说。周春《阅红楼梦随笔》中有记录："乾隆庚戌秋，杨畹耕语余云：'雁隅以重价购钞本两部：一为《石头记》，八十回；一为《红楼梦》，一百廿回，微有异同。'"[2]程伟元在《红楼梦序》中也记录了收集到后四十回的经过："书中后四十回，系就历年所得，集腋成裘，更无他本可考。惟按其前后关照者，略为修辑，使其有应接而无矛盾。至其原文，未敢臆改，俟再得善本，更为厘定，且不欲尽掩其本来面目也。"这些史

---

[1] 程伟元《红楼梦序》，转引自朱一玄编《红楼梦资料汇编》，南开大学出版社1985年版，第61页。
[2] ［清］周春《阅红楼梦随笔》，转引自一粟编《红楼梦资料汇编》，中华书局1964年版，第66页。

料都说明在1791年之前已有一百二十回的存在，那么程伟元、高鹗最可能的就是"细加厘剔、截长补短"，而非是续作者。

程本与脂本在前八十回有很大区别，曾有学者统计，高鹗所说的"增损数字"实际不确，其改动有六万余字。程乙本与程甲本也有着很大的差异，民国时期汪原放进行亚东本校订的时候曾作统计，有一万五千余字。

程本对于《红楼梦》的传播有着极大的促进作用。首先，程本将《红楼梦》从小范围流传转为大众传播，使人们得以看到《红楼梦》。如嘉庆年间的《京都竹枝词》里就记载："做阔全凭鸦片烟，何妨做鬼且神仙。开谈不说红楼梦此书脍炙人口，读尽诗书是枉然。"[1]这反映了历史的真实状态。其次，它是以完本的形态出现的，虽有学者称之为"狗尾续貂"，但它在一定程度上保留了曹雪芹的原设定"白茫茫大地真干净"，给予了《红楼梦》悲剧结尾。

新式排印本系统出现得最晚，文本皆来源于脂评本或程本。最早的排印本是亚东本《红楼梦》，此本系亚东书局根据胡适先生的建议，加新式标点排印。亚东本《红楼梦》又分两版，第一版以程本系统的双清仙馆本为底本，第二版以胡适所藏程乙本为底本。

---

1 ［清］得舆《京都竹枝词》，转引自一粟编《红楼梦资料汇编》，中华书局1964年版，第354页。

中华人民共和国成立后已出版许多排印本，如1953年作家出版社本，以及1957年由启功先生作注的人民文学出版社四卷本，后者是1982年前最为流行的版本，但此本采用的底本为程本系统，对曹雪芹的文本多有修改。

　　当下最为通行的版本为红楼梦研究所校本《红楼梦》，通常称为新校本，此本由人民文学出版社于1982年出版，以庚辰本为底本，参校诸多脂本与程本，历经数次修订，校勘谨严，是最方便阅读的版本。

　　近有学者论说，从阅读的角度而言程乙本优于脂评本，此也仅为其个人的阅读体验。詹丹曾以"一本向平庸致敬的红学著作——评《白先勇细说红楼梦》"为题加以反驳，从言语与人物、思维与价值两方面进行论说，其说已近完备，无需赘言。

三、《红楼梦》阅读中的真假问题

　　所谓真假，是就阅读而非学术研究而言的。《红楼梦》中有许多问题并不能依靠阅读来解决。比如宝"二"爷、琏"二"爷的问题，在学界曾引起过很多争论，有人试图以大排行与小排行之说加以解释。贾宝玉有嫡亲兄长贾珠，故称"二"爷，此为小排行；王熙凤唤李纨为嫂，知贾珠长于贾琏，所以贾琏也称"二"爷，这是大排行。此说貌似有理，也能解释此问题，但是一个家族之中，怎会有不同的排行方式？况贾珍又当放在哪里呢？此种解读很是牵强。

又如对薛宝钗进贾府目的的探讨。在小说第四回中，明确写到薛宝钗进京的目的是"待选"女官，以备充为"才人""赞善"之职，在后文却失去了照应，这就未免令人生疑。又因薛宝钗的金锁与贾宝玉的通灵宝玉有着很强的联系，此金锁系人工打造，薛宝钗的婚姻需有玉的来配等等，诸多疑点纠结在一起，就很容易让读者生出阴谋的观感，从而认定薛宝钗进贾府是为了成为贾宝玉的妻子，金锁是基于阴谋而准备的道具。此种猜想颇有破解阴谋的乐趣，自然也会以"阴谋论"为解读的方法。

小说中写到金锁上的文字系癞头和尚所送，并受嘱錾在金器上，这就明确了金锁的来源。一僧一道并非只度化过薛宝钗，另有香菱与黛玉，何以到薛宝钗这里就成了阴谋呢？作为林黛玉敌体的薛宝钗，如果是一个阴谋家，那么"高士"一说则无从谈起，与之并列为金陵十二钗之冠的林黛玉也就处于尴尬境地，而宝黛爱情的悲剧就沦为阴谋的结果，从而使悲剧浅薄化。这也正是曹雪芹所批判的"旁出一小人其间拨乱"的写作方法，又如何能用这种方法来解读《红楼梦》呢？

再如焦大醉骂中的"爬灰"与"养小叔子"问题。在《红楼梦》的文本之中，并没有爬灰与养小叔子的故事。某些读者就仔细在文本中搜寻端倪，于是就有了关于贾珍与秦可卿之间爬灰，王熙凤与贾蓉或贾瑞有染的论说。贾珍与秦可卿之间，确有许多不写之写，有诸多端倪可察。如第五回中秦可卿判词旁的图画为高楼大厦，一个美人悬梁自缢，第十三回中秦可卿的死因却是染病，二者之间存在差异。在秦可卿葬礼上，尤氏的不出场管事，以及贾珍的诸多举动与"尽我所有"之言词等，均有些反常，从中可以推知贾珍与秦可卿存在爬灰这一行为。脂批中也有与此有关的内容，如：

隐去天香楼一节，是不忍下笔也。

"秦可卿淫丧天香楼"，作者用史笔也。老朽因有魂托凤姐贾家后事二件，嫡是安富尊荣坐享人能想得到处！其事虽未漏，其言其意则令人悲切感服，姑赦之，因命芹溪删去。

通回将可卿如何死故隐去，是大发慈悲心也，叹叹！壬午春。

有了脂批的佐证，似乎"爬灰"一说已成定论。然而此种解读，却是将定稿文字与写作过程中一度出现的情节混淆了。读者拿着修改前的文字，当作反对修改后文字的依据，此种做法是需要商榷的。"爬灰"与"淫丧天香楼"是被曹雪芹抛弃了的情节，已不再属于《红楼梦》。至于"养小叔子"一说，更属捕风捉影，以此推测王熙凤与贾蓉或贾瑞之间可能存在的情事，并无道理可言。

很多读者喜对《红楼梦》中未提及之事进行深入搜寻，如黛玉家产问题。清人涂瀛在《红楼梦问答》中首次对此作出解答，认为黛玉的家产尽归贾府，其依据为小说第七十二回中贾琏的"这会子再发个三二百万的财就好了"一语。[1]因此前的文本中未有关于"三二百万的财"之表述，而贾琏曾送黛玉回家奔丧，黛玉之家又应为豪富之家，两事之间就有了联系，黛玉家产定是尽归贾家了。如此推论貌似有据，实则无稽，是以臆想为主，以猎奇为阅读之目的，却忽视了曹雪芹的创作。此推论建立在作者事事周全这一基础之上，这却是读者的一厢情愿。

另有一种讨论是基于《红楼梦》的写实性而产生的，认为小说中写到的东西必有出处，如关于大观园在南在北的讨论。大观园里有炕，而炕是北方的物件，故而大观园必在北；大观园有竹，而竹是南方物产，则大观园必在南。如此矛盾，让大观园不能落于实处。大观园虽可以有素材的来源，但终归是小说中的园林，又何必拘于南北？况且《红楼梦》中的官职也亦古亦今，则大观园又何必实有其地？

读《红楼梦》当分辨真假问题，当了解《红楼梦》的特殊性。问题的真假在于其是否为文学问题，而特殊性在于《红楼梦》的未最终完成。如前文中的"二"爷问题、薛宝钗进京目的

---

[1] 涂瀛《红楼梦问答》，转引自一粟编《红楼梦资料汇编》，中华书局2005年版，第145页。

问题、"爬灰""养小叔子"问题等，均属红学中的成书研究范畴，皆因《红楼梦》文本的未定稿而产生。在小说第一回"东鲁孔梅溪则题曰'风月宝鉴'"处有这样一条脂批：

雪芹旧有《风月宝鉴》之书，乃其弟棠村序也。今棠村已逝，余睹新怀旧，故仍因之。

这条脂批揭示了曹雪芹早期曾写过《风月宝鉴》一书。诸多学者对《红楼梦》诸多矛盾处进行考察，推测《风月宝鉴》一书的许多情节通过各种方式进入《红楼梦》中，这些故事经过曹雪芹的多次修改，然而并不完善，因此遗留有许多端倪。这些问题或多或少都会影响阅读，但又不能仅通过阅读来解决，故而需要对此有所分辨，并加以区别对待。

以此三题代本书绪言，本意是对《红楼梦》阅读中的部分基础知识略作普及，但这是挂一漏万的做法。前人关于《红楼梦》的各项研究是非常深入的，读者如感兴趣，可作专门阅读。本书仅为笔者的一孔之见，此三题来源于笔者阅读《红楼梦》的一点经验，认为是需要读者了解的内容，仅此而已。

第一章

《红楼梦》构架论

第一章 《红楼梦》构架论

《红楼梦》是一个艺术品。曾有人言《红楼梦》不可作一字之增删,此言虽过,但也反映出曹雪芹对艺术的追求。《红楼梦》内容含量又极多,正如民国时人范烟桥所言:

> 《红楼梦》为一极伟大之说部,虽一小部分亦能现大千世界。[1]

《红楼梦》篇幅虽巨,然而与大千世界相比却又极小。在极精极小之间,能现出大千世界,这就需要极强的构架能力。

《红楼梦》中的构架有大小之分,如传统评点中常用的"草蛇灰线""千里伏脉"等术语,虽能显出曹雪芹明确的构架意识,但此类做法仅为小处。《红楼梦》中的大架构,是以神话群落、谶示群落的塑造来完成的。以意生事,以事达意,如此做法,也使得《红楼梦》具有了极高的哲学品质。本章也以此类内容为重心。

---

[1] 范烟桥《宽中寻仄法》,《红楼梦学刊》2003年第4期。

第一节 《红楼梦》前五回的纲领作用

《红楼梦》前五回素为阅读之难点，原因在于头绪繁多、故事性弱，且又晦涩难明。前五回又是整部《红楼梦》中内容最丰富的部分，不读懂前五回，则难明小说纲领，不知小说创作目的与小说架构，难觅《红楼梦》的哲思，使阅读流于轻捷、止于浅薄。本节着重对《红楼梦》前五回的纲领作用作一探讨。

一、从前五回看《红楼梦》的主题

小说的主题是小说作者思考的集中表达。但在小说研究领域内，小说主题又通常是研究者的倾向认知，具有时代性、局限性。

譬如在清代，小说阅读因袭经学传统，以"本事"研究替代经学中的"义理"探求，那么《红楼梦》写的是谁家事，就被当作主题，如"明珠家事说""张侯家事说"等等；"新红学"创建之后，人们以考据之法研究《红楼梦》，"自传说"随之形成，《红楼梦》也就成了"自然主义"的杰作；自20世纪50年代始，"反封建主义"又成为《红楼梦》的

第一章 《红楼梦》构架论

主题。

凡此种种，都有其存在的内在合理性。其主要原因在于《红楼梦》的写实。小说第一回写道：

> 至若离合悲欢、兴衰际遇，则又追踪蹑迹，不敢稍加穿凿，徒为供人之目而反失其真传者。[1]

正是这种写实的创作态度，使得《红楼梦》凝练地反映社会，从而经得起多角度的审视，《红楼梦》的主题研究，也就无法统一为一说。而这种主题的解说，是与解读者有关联的。正如鲁迅先生所言，经学家读《红楼梦》，则"易"为主题；革命家读《红楼梦》，则"排满"为主题，因人而异，因需求而异。

小说阅读可以是作者、文本、读者三者之间的交互，也可以仅是文本与读者之间的相互作用。但读者如果舍弃了对作者的思索，就相当于离开了作者的创作语境，单纯地以自我学识与经历去阐释文本之内容，其结果就是六经注我式的解读。以上种种说法，很多与此有关。如此读法，自然不是错误的，但并不适合初读者使用。深入思考作者与文本之间

---

[1] 曹雪芹著，无名氏续，程伟元、高鹗整理，中国艺术研究院红楼梦研究所校注《红楼梦》，人民文学出版社2008年版，第5页。本文所引小说原文均据此版，不另注。

的关系，方能深入理解作品。那么，《红楼梦》有没有确定的主题呢？当然是有的，那就是曹雪芹创作《红楼梦》的目的与思考。在小说前五回中，可以清晰解读出作者的创作目的。

在小说第一回中，有"作者自云"的文字：

> 又何妨用假语村言，敷演出一段故事来，亦可使闺阁昭传……

为闺阁昭传，是《红楼梦》创作的一大目的。

《红楼梦》中，刻画了众多女性形象，小说中称之为"或情或痴""小才微善"，却寄托了曹雪芹认知中的美好。

如林黛玉，在这一人物形象上，寄托了曹雪芹对于情之执着的认知，忠于情，痴于情，因情而生，因情而死，可谓情的化身，更是美好的化身；又如薛宝钗，虽为黛玉之敌体，又以冷香丸来压抑本心，但仍是一个适应时代主流的淑女形象；再如探春，有凛凛之风，有男儿之志，更有高绝之才。曹雪芹刻画了一系列女性典型形象，将认知中的美好，赋予了她们。

描写这样一个女性群体，自然就是为"闺阁昭传"了，但当这些女子都归于薄命司之时，这些女性形象，就成为美好的符号化表达。而"美好"之于"薄命"，就成为曹雪芹的创作思考之一：美好的事物，为何不能长久地留存于世间？

这是对人与社会的深层探讨。可以说，这才是曹雪芹"为闺阁昭传"一说的深层含义。

《红楼梦》是以"补天神话"为开篇的。曹雪芹对"补天神话"进行改写，从而使整部《红楼梦》成为"女娲补天"的后传。"补天"意蕴也通过他对"补天神话"的改写，转移至小说之中。小说第一回中有一条批语："补天济世，勿认真用常言。"第一回石上偈"无才可去补苍天"句旁有一条脂批："书之本旨。"此两条批语正可说明此问题。

在红学史上，关于《红楼梦》主旨的讨论从未停歇，其中"补天"一说更是风行良久。将"补天"当作《红楼梦》的主题是有局限性的，但也不可忽视小说中曹雪芹所强调的补天之思。作家经历是小说创作之缘起，作家的思考也是建立在自我的人生经验之上的。曹家终是没落了，在思考没落原因的同时，曹雪芹也会思考如何回避这种没落，体现在小说之中，就成为补天之思。在小说第二回"贾夫人仙逝扬州城　冷子兴演说荣国府"中，就将贾府设定为末世，"祖宗基业"将要耗尽，而元春的封妃，为这垂垂老矣之家注入一针强心剂，从而使得家族稍振。在冷子兴的演说中，曾提及贾府败落之因，如"生齿日繁"与无"运筹谋画者"，"日用排场"不知"省俭"，更重要的是儿孙"一代不如一代"等。小说进行中，也有种种关于败落原因的描述，如养戏班子、皮肤滥淫等事，均是如实的反馈。在《好了歌注》中，我们又发现曹雪芹的视线并非仅放在一个家族的败亡之上，而是观察到世间兴衰往复的圆环，他在思考如何突破这种规律，他"追踪蹑迹"去描写的，也正是这种规律的作用。

笔者认为，在整部《红楼梦》中，曹雪芹对"补天"的尝试寄托在了很多人的身上，如贾宝玉、贾元春、王熙凤、贾探春、贾政等等。秦可卿的托梦、贾探春的理家，均可视作曹雪芹对家族覆灭的补救。但这些均被曹雪芹自己推翻了。他所创造的人物形象，在他认知的社会规律中，去经历、感悟，同时也在寻找出路，然而这种种尝试，均以失败告终。

如果"补天之思"更多的是对社会、家族层面的思考，那么贾宝玉的人生之路，更多的是对个人精神层面的思考。钱穆尝将《红楼梦》视作"解脱"之作。[1] 如此，曹雪芹的整个创作过程，则可视作"求解脱"的过程。

在红学领域中，"色空"一说非常盛行，该说源自小说第一回中"因空见色，由色生情，传情入色，自色悟空"句。此说代表的是俞平伯先生。在《八十回后的红楼梦》中，他有这样的表述：

> 因《石头记》以梦幻为本旨，必始于荣华，终于憔悴，

---

[1] 钱穆曾说："中国的文学，如以戏曲来说，是无有悲剧，即使《红楼梦》亦只是解脱而已……"出自叶龙记录整理、钱穆讲述《中国文学史》，天地出版社2015年版，第16页。

然后梦境乃显……《石头记》本演色空(见第一回)。由梦中人说，色是正，空是反；由梦后人说，空是正，色是反。……作者做书时当然自居为梦醒的人，故《石头记》又名"风月宝鉴"，正是这个意思。[1]

俞先生此说，将梦幻与色空相融合，关注梦中与梦后，这是非常有创见的。但他作此论述的目的是分析前八十回内容与后四十回内容，故而其重心在于小说的起与始。起始之间，正反颠倒，以示人生梦幻，而梦醒之人作之，是为了垂鉴世人。从此角度来说，这又是对于《红楼梦》整体创作思路的探讨。而在此思维之下，色是反，空是正，色是荣华，空是憔悴。

如果将此说延伸，则又涉及真假之辨。太虚幻境的对联是"假作真时真亦假，无为有处有还无"，《红楼梦大辞典》阐释说："此联谓以假当真时，真也成了假的；把无当有时，有也成了无。"[2] 如此，则梦幻为假，梦醒为真。

小说在"空""色"之间，特意增入了"情"。"情"由"色"而生，亦是悟"空"之关键。而空空道人在经历了悟之过程后，仍以"情僧"名之，则"情"为不可抛却的坚持。

---

1 俞平伯《俞平伯全集》第五卷，花山文艺出版社1997年版，第191页。
2 冯其庸、李希凡主编《红楼梦大辞典》，文化艺术出版社1990年版，第479页。

也可说，空空道人本为"空空"，在阅读了石头所记之文字后，反而增加了"情"字。空空道人作为梦醒之人，仍执着于"情"字，更显"情"的最真实。曹雪芹在文本中以如此独特的方式，来点题"情"字。

许多学者将《红楼梦》视作"情"书。小说第一回中有这样一段话：

> 虽其中大旨谈情，亦不过实录其事，又非假拟妄称，一味淫邀艳约、私订偷盟之可比。

此句多被当作"大旨谈情"说的佐证。

《红楼梦》中的"情"，并非仅指男女之真情，如"十里街""仁清巷"中的人情等，也有不少表述，但此类内容多来源于曹雪芹对人的理解，用以构建小说中的社会，从而成为背景。

在脂批中，有"情不情""情情"的批语，分别指向贾宝玉与林黛玉。"情不情"常被理解为对不情之物以情待之，这一点，本是贾宝玉的天赋性情。在木石前盟的神话中，神瑛侍者对绛珠草的灌溉最可说明，鲁迅先生所说"爱博而心劳"正是其最佳注脚；而"情情"，则是有选择的施以情，正如绛珠仙子郁结的那一段"缠绵不尽之意"。《红楼梦》的爱情故事主体，正是在这"情不情"与"情情"之间展开的。

第一章 《红楼梦》构架论

贾宝玉对美好事物付出情是"情不情",当这个情的对象为具有美好属性的女子之时,则是意淫。小说第五回中,警幻仙子说道:

> 非也。淫虽一理,意则有别。如世之好淫者,不过悦容貌,喜歌舞,调笑无厌,云雨无时,恨不能尽天下美女供我片时之趣兴,此皆皮肤滥淫之蠢物耳。如尔则天分中生成一段痴情,吾辈推之为"意淫"。"意淫"二字,唯心会而不可口传,可神通而不可语达。汝今独得此二字,在闺阁中固可为良友,然于世道中未免迂阔怪诡,百口嘲谤,万目睚眦。

"意淫"的提出,针对的是"皮肤滥淫",如果以付出与获得来讲,意淫是付出,是对具有美好属性的女子的呵护,而皮肤滥淫则为获得,二者之间有着本质区别。

在前五回中,"正邪两赋"论是重要组成部分。"正邪两赋"论表面上是谈正邪两赋中人,实际是为了将贾宝玉归为正邪两赋中人。在表面上,曹雪芹以儒家观念为标准,区分大恶大仁者,又以"成者王侯败者贼"一语,将这两类人拉入成败的评价中,从而削减了这两类人的历史意义,进而摆脱事功的评价基点,突出正邪两赋中人的价值。而正邪两赋中人的共同特点,是他们关注自我精神,有着强烈的自我意识。当正邪两赋中人成为一个符号,代表了自我与专注之后，作为"情"的代表的贾宝玉，自可列入其中。而"情"，则更为显要。

专注于情，才会敏悟于情。在整部《红楼梦》中，贾宝玉对"情"的认知也是有着变化的。在甲戌本第五回中，有"以情悟道"四字，昭示了贾宝玉的情悟之路。在太虚幻境中，警幻仙姑转述宁荣二公的嘱托：

> 幸仙姑偶来，万望先以情欲声色等事警其痴顽，或能使彼跳出迷人圈子，然后入于正路……

警幻仙姑遵宁荣二公之托，在梦境中给予贾宝玉以镜鉴。然而贾宝玉仍堕入迷津，脱离了警幻仙姑与荣宁二公所预设的轨道。设若贾宝玉在这里归于"正路"，则整部《红楼梦》亦不过与《黄粱》《南柯》等相类。如此，则无论佛道，均能给予曹雪芹答案，《红楼梦》也就失去了对"情"的探索，失去其独有的哲学品质。"大旨谈情"并非虚言。而"情悟"，是贾宝玉的根本之悟。

有悟，则必定会有改变，改变的正是贾宝玉对于"情"的认知。在第三十六回《绣鸳鸯梦兆绛芸轩　识分定情悟梨香院》中，贾宝玉说道："昨夜说你们眼泪单葬我，这就错了。我竟不能全得了。从此后只是各人各得眼泪罢了。"这段话正是贾宝玉"悟情"之证，也可当作贾宝玉对"情"的认知变化之证。

　　从创作的角度来说，补天、色空、为闺阁昭传、大旨谈情等说，均作用于贾宝玉身上，并产生影响。如补天，起源于曹雪芹家族的覆灭，进而成为他对社会、历史发展规律的思考；色空一说，更关注于精神层面的内容，寄托了曹雪芹求解脱之心态；然而"情"的出现，既是解脱之途，又是解脱之负累，更是不可放弃的坚持；又如为闺阁昭传涉及女性悲剧，而女性作为美好的符号，作为贾宝玉所致力呵护的对象，作为"情"的付出的对象，必然是贾宝玉所认为的最有价值者，而将有价值的美好毁灭，本就源自曹雪芹对社会的认知。《红楼梦》的主题并非是单一的，而是充分表达了曹雪芹的惆怅、忧虑、无奈与反思。

　　作为《红楼梦》的第一主角，曹雪芹在贾宝玉身上倾注了最多的心力，他将自己对社会、历史的认知构建成小说中的社会，再将自己的理想与寄托幻化为人格，并赋予贾宝玉，使贾宝玉游走于小说中的小社会里，去寻求解脱。然而这终究是无结果的，贾宝玉正如那落在青埂峰下的石头，既已"落堕情根"，有了对情的坚持，则《红楼梦》只能落得"白茫茫大地真干净"。出世只是不得已而为之——既有补天之思，岂无入世之念？而这又源于曹雪芹的经历，经历决定了他的思考，他是写不出喜剧的。小说中的贾宝玉、现实中的曹雪芹，均未寻得出路。

二、从前五回看《红楼梦》的构架

就小说而言,创作主题的表达,需要由故事情节来承载,而故事情节的构架就是使创作主题得以呈现的关键。反之,这种构架亦可当作小说主题的佐证。

《红楼梦》为细针密线之作,在前五回中曹雪芹有着明确的构架意识。而前五回的纲领作用,与这种构架意识有着密不可分的关系。

《红楼梦》中有三个神话,我们通常称为"补天神话""木石前盟神话""太虚幻境神话"。这三个神话对于小说的构架起着非常大的作用。

补天神话来源于古籍的记载,如《列子》《论衡》《三皇本纪》等均有关于此神话的记载。曹雪芹通过对女娲补天这一神话的改写,继承了这一神话的内蕴:悲悯、庄重以及补天之思。这使得《红楼梦》具有了极高的哲学品质。

木石前盟神话来源于中国古典文学中的两大传统母题:思凡、报恩。这一神话指向情,确立了贾宝玉在《红楼梦》中的绝对主角地位,同时也赋予了宝玉与黛玉的爱情神话的先验。

太虚幻境神话借助古代神话中的仙境以及《推背图》中的图谶模式加以构建,对小说中诸多人物的命运加以谶示。

三个神话各有分工,女娲补天神话是《红楼梦》的缘起,

第一章 《红楼梦》构架论

木石前盟神话是宝黛爱情的前世,太虚幻境神话则是整部《红楼梦》的主线预示与哲思起源。

《红楼梦》的构架主体是思凡母题。曹雪芹在木石前盟神话中,将思凡提出,继而又通过一僧一道,勾连起三个神话,并将补天遗石带至太虚幻境中,使三个神话形成一个整体,笼罩于小说的凡间叙事之上。这种写作模式构成了虚实结合之美,以虚带实,为凡间故事定下基调,明确走向,为小说故事的有序展开提供了基础。

曹雪芹通过神话的描写布置了两条暗线,那就是石与玉的变化以及色与空的转换。两条暗线共同服务于思凡这一母题。

贾宝玉前身为神瑛侍者,居赤瑕宫中。瑛字意为似玉美石,本质上仍然是石。而瑕指向的是玉之病,有缺点和过失之意。此与生出凡心的补天遗石有相似之处,小说中也写到了神瑛侍者的凡心偶炽。也就是说,仙界中的神瑛侍者和补天遗石,都有石的意蕴,二者实际上构成了一个共同的审美意象。

茫茫大士通过幻术将补天遗石变成通灵宝玉。下凡历幻的神瑛侍者也脱胎为贾宝玉。此时的补天遗石有了玉的形象。贾宝玉口含通灵宝玉出生,且生得一副好皮囊,他也就有了一分玉的幻象。然而他在世人眼中却有着冥顽不灵之态,这正说明他本质中仍属石性。这也是贾宝玉的慧根,依赖这份

"冥顽不灵"，贾宝玉才会在经历种种劫难之后，悟透世情，转而出世。这是一个返璞归真的过程——由石转玉，又拂去尘间欲望，终归于石。这个变化过程在第一回中为补天遗石所预演。茫茫大士在与石头的对话中曾说"待劫终之日，复还本质，以了此案"，谶示这块补天遗石会经过石—玉—石的形态变化，空空道人寻道访仙时所见之石，可作为此变化的佐证。此是本—幻—本的变化过程。石头的生活环境也经历了三方面的变化：仙界—凡间—仙界。综合来看，会发现石与本与仙界相对应，而玉与幻与凡间相匹配。如果再加以区分，可以说石与本与出世是相关联的，而玉与幻与入世相关联。石与玉的幻化过程隐含着整个小说的脉络。关于此点，在拙作《红楼梦中石与玉的思考》一文中曾有探讨。

小说第一回中有"因空见色，由色生情，传情入色，自色悟空"句。"因空见色"正是无中生有，对应仙界中的补天遗石与神瑛侍者，此二者因生出凡心，才会为"色"所诱惑，从而下凡来历幻劫；而"由色生情"句指向贾宝玉的天赋性情"情不情"，在仙界之中，贾宝玉就对绛珠草这一无情之物施之以情；"传情入色，自色悟空"则指向贾宝玉的一生，也代表了贾宝玉"悟"的过程，贾宝玉的悟是以"情悟"为基础，以"世悟"为推进的，"自色悟空"预示着贾宝玉洗去凡心，从而重返仙界。这是基于思凡的母题来理解的。色空这一线索，确立了《红楼梦》主要人物贾宝玉的生命走向。

第一章 《红楼梦》构架论

石、玉的转化,空、色的转换是《红楼梦》整体构架的暗线。这个构架指导了《红楼梦》的大致走向,又对《红楼梦》的题旨作了说明。从故事情节来说,在这种石与玉的转化以及空与色的转换之间,起作用的是"悟",小说内"悟"的主体是贾宝玉,小说外则是曹雪芹。从创作思想来说这又是一种提纯,"情"越发成为根本,而在"情"与"世"的碰撞之中,"情"的覆灭成为必然,此也正是《红楼梦》悲剧性的来源。

《红楼梦》的结构到此有了分流:其一为"情悟"部分,其二为"世悟"部分。

情悟的架构,主要来源于报恩母题,曹雪芹用木石前盟神话给予先验。神话里的施恩者是神瑛侍者,受恩者是绛珠仙子,在凡间,必然是绛珠仙子的后身林黛玉给予神瑛侍者的后身贾宝玉以报答,而报恩的载体是眼泪。林黛玉的眼泪只为情而发,可谓至为纯净。这与仙界的甘露相同,在仙界为甘露,在凡间为眼泪,进入荣国府的刹那,甘露已经转化成为眼泪。仙界里神瑛侍者以甘露浇灌绛珠草,在世间林黛玉将用生命来偿还恩情。不同的是恩情转化成了爱情。

以眼泪报恩需回归到思凡母题方易理解。下凡的神仙都是要回归于仙界的,而这个回归仙界的过程,要以悟来主导。"凡心偶炽"的神瑛侍者因思凡而下界,需在凡间祛除凡心。在这个过程中,或有仙人的点拨,或有生活的磨难。《红楼梦》

毕竟不是一部神魔小说，曹雪芹只是借用了这样的一种范式来构架小说。在这个构架中，绛珠仙子的化身林黛玉，则需要给予贾宝玉以"情悟"。结果就是林黛玉以生命促成贾宝玉的"情悟"，用眼泪洗涤神瑛侍者的凡心。

"情悟"的主体虽在宝黛之间展开，但贾宝玉"意淫"的对象并非仅有黛玉。对于情的认知，这一干"风流冤家"也有参与。于是就有了大观园，有了这许多关于情的故事。在大观园的羽翼之下，情得以延续，得以舒张。

关于"世悟"的架构，也是通过神话来提示的。在小说第一回中，茫茫大士与渺渺真人说道：

> 那红尘中有却有些乐事，但不能永远依恃；况又有"美中不足，好事多魔"八个字紧相连属，瞬息间则又乐极悲生、人非物换，究竟是到头一梦、万境归空。倒不如不去的好。

此处有一则脂批，认为此句是一部之总纲，然而此处毕竟并不明显，也并不细化。

家族之败落，在第一回的"小荣枯"部分作了预演。从篇幅来说，"小荣枯"的故事情节非常紧凑，曹雪芹以极小的篇幅来涵盖许多的内容，故而线索明了，思考表达集中且确定。"大荣枯"可以视为"小荣枯"思考的复杂化表达。

我们来看"小荣枯"与"大荣枯"的对应。这种对应我们以人物为线索，而情节服务于人物，故可通过对小说人物经历的分析来看两者之间的关系。

"小荣枯"中的甄士隐与"大荣枯"中的贾宝玉相对应。二者都不是善于生活的人，亦均非世俗中人。甄士隐"禀性恬淡，不以功名为念"，与贾宝玉不喜世俗经济，将贾雨村类人物称为"禄蠹"相似。相近的性情与相似的遭际，显然是曹雪芹创作上的有意为之，曹雪芹用甄士隐预言了贾宝玉的遭际，又因为贾宝玉是《红楼梦》的绝对主角，大部分的情节故事都会围绕着贾宝玉进行，甄士隐家的衰败也就预示了贾府的衰败，这种由盛转衰的家族经历，从创作目的来看是为了让贾宝玉悟透世间的虚无，从而与甄士隐一样，走向出世。

"小荣枯"以贾雨村与甄士隐这一对人物为主体，而在"大荣枯"中与之对应的则是贾宝玉与甄宝玉。甄宝玉也就与贾雨村有了关联。甄宝玉在前八十回中，从未实际出现，对他的描写多为侧影。但曹雪芹对二宝玉的设定极为雷同，此是创作的故意，作为贾宝玉的对应人物，甄宝玉的人生轨迹应大不相同，如此设置才能形成比对，才会让读者有更深入的思考。此在后文中有详述。

作为贾府的影像，甄家的遭遇是贾府的预演。"抄检大观园"之后，第七十五回中就出现了甄家被抄的消息。在这里，甄宝玉已经落到贾雨村寄居葫芦庙时的状态，而生命的轨迹或许也会进入与贾雨村相仿的循环。

无名氏所续的后四十回,给予了甄宝玉一个全新的形象,完成了一次反转。这种设计,笔者认为是符合曹雪芹构思的,虽其具体情节未必可靠。这样,甄宝玉就与贾雨村有了相似的地方,同为经历家族末世之后积极入世的人物。

从整部小说的结果来看,甄士隐与贾宝玉代表了参透世情而出世之人,贾雨村与甄宝玉则代表了入世之人。世人一直在循环里,而参透的人在没有办法改变世界的情况下,也只有跳出世外。这也代表了曹雪芹的思考:既然要入世,就必然踏入循环。

甄士隐的《好了歌注》正可说明此循环:

乱烘烘你方唱罢我登场,反认他乡是故乡。甚荒唐,到头来都是为他人作嫁衣裳!

世事纷纷扰扰,无久盛不衰之家族,衰败成为一种必然。与此相类的,还有第五回《红楼梦曲·飞鸟各投林》中的一句话:"好一似食尽鸟投林,落了片白茫茫大地真干净!"这是关于家族覆败的总体谶示。而在这个总体谶示之下,就有了判词、图谶、《红楼梦曲》中对个人遭际的预示。大观园中的众儿女,在园破之后,还是需要直面世俗。大观园毕竟还是建立在世间的,它也仅是理想中的乌托邦。

曹雪芹在前五回中，通过创作神话这一手段，将整部《红楼梦》加以构架，既有总体的预示，又细化到各个人物的遭际。给前五回的结构划分层次，可以这样描述：曹雪芹在前五回中，首先确认了《红楼梦》的主角为贾宝玉，所有的故事构架均围绕着贾宝玉来进行。《红楼梦》的总体结构由思凡母题确定，以石、玉和色、空来进行体现。又围绕思凡母题，构架了情悟与世悟两条主线：情悟以报恩母题构架，以林黛玉还泪为主要体现；世悟以《好了歌注》"小荣枯"等作为谶示，以家族败落为体现。

主题与构架之间，有着密切的关联。如色空之间，是对情的思考；小荣枯与大荣枯之间，又是对现实规律的认知。曹雪芹虽"无意为悲剧"，然而《红楼梦》终归是一个悲剧："曹雪芹将自我的坚持放置在这个由社会主流文化的价值期待以及人性中的欲望共同营造出来的社会规律中，并加以推演，于是曹雪芹也只能以贾宝玉的出世来了结《红楼梦》了。"[1]

---

1 卜喜逢《红楼梦中的神话》，文化艺术出版社 2019 年版，第 310 页。

第二节　"小荣枯"的构架作用

楔子来源于戏曲，后有许多长篇小说的创作也对此进行了借鉴，如《水浒传》与《儒林外史》等。楔子多为故事主体的前因，如《水浒传》的楔子《张天师祈禳瘟疫　洪太尉误走妖魔》，又如《儒林外史》的楔子《说楔子敷陈大义　借名流隐括全文》，用王冕的生平隐喻了全书的大致题旨。小说发展至话本阶段，又有着"入话"与"正话"之分，这是说话艺术的需求。入话与小说主体故事有着千丝万缕的联系，大多在意蕴上有共通之处。

鲁迅先生曾说："自有《红楼梦》出来以后，传统的思想和写法都打破了。"[1]这个打破是在继承之上的。《红楼梦》中也有着类似于楔子或者入话的内容，这就是第一回《甄士隐梦幻识通灵　贾雨村风尘怀闺秀》。曹雪芹对楔子或者入话有着开拓性的运用，最显著的表现就是甄士隐、贾雨村都进入到了《红楼梦》的主体故事，并成为其中的重要人物。

在红学研究中，《红楼梦》中的楔子常被称为"小荣枯"，这与主体故事的"大荣枯"形成了对比，两者有着许多的相

---

[1] 鲁迅《中国小说的历史的变迁》，引自郭豫适编《红楼梦研究文选》，华东师范大学出版社1988年版，第193页。

似之处，这就使得对"小荣枯"的研究，对于理解《红楼梦》的意旨有着指导作用。

一、姓名的启示

"小荣枯"的故事，是以甄士隐的命运作为主线的。在小说中对甄士隐有这样一段描述：

> 庙旁住着一家乡宦，姓甄，名费，字士隐。嫡妻封氏，情性贤淑，深明礼义。家中虽不甚富贵，然本地便也推他为望族了。因这甄士隐禀性恬淡，不以功名为念，每日只以观花修竹、酌酒吟诗为乐，倒是神仙一流人品。

《红楼梦》中的人物设置多是成对的，如贾宝玉与甄宝玉、林黛玉与薛宝钗等，甄士隐也不例外，在他出场后，贾雨村也很快就隆重登台了：

> 忽见隔壁葫芦庙内寄居的一个穷儒——姓贾名化，表字时飞、别号雨村者走了出来。这贾雨村原系湖州人氏，也是诗书仕宦之族，因他生于末世，父母祖宗根基已尽，人口衰丧，只剩得他一身一口，在家乡无益，因进京求取功名，再整基业。自前岁来此，又淹蹇住了，暂寄庙中安身，每日卖

字作文为生，故士隐常与他交接。

甄士隐与贾雨村的名字各有隐喻，脂批作者曾将其点出。甄士隐，是"将真事隐去"之意，然而这样阐释过于单一，从甄士隐的性情来说，他是无愧于"真士"二字的，用"真士隐"来阐释，更有了一种对当时社会的批判，而名"费"，则可谐音为"废"，更是加重了这种批判。与之相对应的是贾雨村，有着"假语村言"之意，而表字"时飞"，脂批通过其谐音认为曹雪芹的意思为"实非"，然而其中也有"待时而飞"之意。

我们首先来说他们的姓氏。

在《红楼梦》中，"甄""贾"二姓蕴含了很多信息。"甄"者真也，"贾"者假也。太虚幻境中有一副对联："假作真时真亦假，无为有处有还无。""真假"与"有无"是《红楼梦》中非常重要的思辨之一。在《红楼梦》的主体故事中，"甄"与"贾"进行了互换，形成了"甄宝玉"与"贾宝玉"的对立。这种表现方式使得小说读来更有意趣，也使得"真假"之辨更加复杂化。

那什么是真、什么是假呢？将此问题放置于《红楼梦》主体故事中去解答，是难以说明白的。《红楼梦》主体故事过于庞大，又情节紧密、人物众多，分析起来非常困难。但因楔子的特性，我们可将对"真""假"的认知放在"小荣枯"

之中进行解读，就会简单明了许多。这也是曹雪芹设置"小荣枯"的目的所在，以简单明了的故事，集中说明自己的价值取向。

甄士隐为真。曹雪芹对甄士隐的评价非常高。我们在甄士隐的身上能看到许多人性闪光点，如仁与义，他对贾雨村慷慨解囊，在赠银赠衣之后犹嫌不足，还欲再写荐书，可谓尽心尽力。此皆由其本心而发，不存利己的想法，也并非造作。所以甄士隐称为君子是名副其实的，而他秉性中的恬淡，也为他增添了一丝仙气。

我们再来看甄士隐的经历。

在"小荣枯"中，甄士隐自从在八月十五资助了贾雨村之后，就一直被厄运所笼罩，正月十五日英莲走失后，书中写道："昼夜啼哭，几乎不曾寻死。"三月十五日又遭祝融之灾，家里被烧成瓦砾场。三个"十五"，勾勒出甄士隐由盛而衰的遭际。又正值"水旱不收、鼠盗蜂起"之时，甄士隐只得投靠岳父封肃，却所投非人，被半哄半骗，终是家业丧尽。从物质的拥有来说，甄士隐自然是由有到无了。

封肃谐音"风俗"，这一名字尽显世道之恶，也尽显曹雪芹的批判。一个真士频遭苦难，"渐露出下世的光景来"，这真是一幕人间惨剧。

否极泰来，甄士隐遇到了幻化之后的渺渺真人，受其点化出家，开启了另一段人生之旅，可谓"逢真"。归根结底，是甄士隐把握住了"真"字。在悟透了"功名""金银""娇妻""儿女"等种种虚妄之后,甄士隐看破人生无常,悟得人生真谛。如此看来,甄士隐终是"真"的,并由"真"而得"有"。

我们再来看贾雨村。

作为与甄士隐相对应的人物,贾雨村是假的代表。从其行为来说,我们可以看到他的成长与变化过程。比之于甄士隐,贾雨村在小说文本中发挥的作用更为重大。

小说初始时的贾雨村,是一个有才能、有抱负的人。他寄居葫芦庙时写过二诗一联:

诗 一

未卜三生愿,频添一段愁。

闷来时敛额,行去几回头。

自顾风前影,谁堪月下俦?

蟾光如有意,先上玉人楼。

诗 二

时逢三五便团圆,满把晴光护玉栏。

天上一轮才捧出,人间万姓仰头看。

第一章 《红楼梦》构架论

联 一

玉在匮中求善价,钗于奁内待时飞。

《红楼梦大辞典》对诗一的解释:

诗中意谓自己不能预知与娇杏缔结良缘的愿望能否实现,而时时把这段愁闷记挂在心上,不禁常常回想起娇杏回头看自己的情景。在风前自顾身影,大志未酬,又有谁识英雄,成为我终身伴侣呢!假如月光真有情意,使我蟾宫折桂、科举及第,必先上玉人之楼以求良缘。[1]

对诗二的解读为:

此诗寄托了贾雨村"必非久居人下""不日可接履于云霓之上"的胸怀抱负。[2]

对联一的解释:

联中贾雨村自比玉、钗,以美玉藏于匮中希望卖高价及

---

[1] 冯其庸、李希凡主编《红楼梦大辞典》,文化艺术出版社1990年版,第480页。
[2] 同上,第481页。

玉钗放在镜盒里待时而飞，喻自己等待作官的时机，抒发渴望终能为人赏识，以求飞黄腾达的心态。[1]

以才学论，贾雨村是有才的，小说中贾雨村也曾说过："若论时尚之学，晚生也或可去充数沽名。"对自己的"时尚之学"，贾雨村相当自负，也是这种自负造成了他的第一次被贬。

贾雨村另一个显著特征是有着强烈的欲望。他期望着"人间万姓仰头看"的权势，以此为依据，他的很多行为都可理解了：得到了甄士隐的资助，就不顾黄道黑道，匆匆入京赴试；刚上任，就恃才侮上，以求功绩；知道起复信息，就急忙找林如海以寻求门路；借助贾府之力谋得高官，就徇私舞弊；为了讨好贾赦，借用官势使石呆子破家亡命。从这种种行径，我们就能够看出他的变化：从书生意气转为官场禄蠹。这都是他在欲望支配之下的表现，也使得他走上这条不归之路，"因嫌纱帽小，致使锁枷扛"。

如此，我们就看出了二者之间的差异：甄士隐是真的代表，贾雨村则是假的代表。在曹雪芹的认知之中，这种"真假之分"更多的是精神层面的。"有无之分"同样是诉诸精神层面的，而其中也同时有着现实层面的考量。

通过对命名的解读，我们发现曹雪芹是在思考人以及人

---

[1] 冯其庸、李希凡主编《红楼梦大辞典》，文化艺术出版社1990年版，第482页。

生的。他对"真假"与"有无"，是放置于现实中考量的。

二、两种人生的启示

很多读者读《红楼梦》时，会沉浸在小说的故事中，为小说人物哭，为小说人物笑，这是很自然的。《红楼梦》对于人心、世情的把握都是非常高妙的，从而让读者无法区分哪里是小说，哪里是现实。这当然是《红楼梦》的艺术魅力所在。《红楼梦》更像是一个小社会。

老舍先生曾言：

> 在一部长篇小说里，我若是写出来一两个站得住的人物，我就喜欢得要跳起来。
>
> 我知道创造人物的困难，所以每逢在给小说设计的时候，总要警告自己：人物不要太多，以免贪多嚼不烂。
>
> 看看《红楼梦》吧！它有那么多的人物，而且是多么活生生活现、有血有肉的人物啊！它不能不是伟大的作品。它创造出人物，那么多那么好的人物！它不仅是中国的，而且也是世界的，一部伟大的作品！在世界名著中，一部书里能有这么多有性格有形象的人物的实在不多见！[1]

---

[1] 老舍《红楼梦并不是梦》，《人民文学》1954年第12期。

作为一名有很高成就的作家，老舍先生对小说创作是有发言权的。曹雪芹对于人物的理解非常高绝，这种高绝体现在将小说人物放置于社会规律中去推演，以这些人物的种种先决条件来安排人物在社会中的遭际。如此来看，《红楼梦》中也就有了许许多多的人生之路。

"小荣枯"中集中展示了两种人生道路：其一为甄士隐之路，其二为贾雨村之路。

此处不再赘述二人的遭际，我们更应该考虑的是，曹雪芹为什么要这样去写。

我们先来看贾雨村。

在第二回中，冷子兴对贾府作了定位："老先生休如此说。如今这荣国两门，也都萧疏了，不比先时的光景。"这是整部《红楼梦》的背景，贾府处于"末世"了，虽然此时仍然貌似繁盛，却是寅吃卯粮的状态，如此境地，可称为末世前夜。与贾府相比，贾雨村家族是真正到了末世，家业凋零，仅剩一身一口。这就使贾雨村有了这样的一个典型身份：家族末世的幸存者。

在贾雨村身上我们可以看到世间的一个循环：从鼎盛之族到败落，然后再振，再到败落。然而不可避免的是"你方唱罢我登场"，最终总是"反认他乡是故乡"的循环。对于个人来说，丢失了本来面目，落了个"白茫茫大地真干净"的结局。

贾雨村的经历是具有典型性的。他的唯利是图是重振家族的需要，他的不择手段也同样如此。他是积极入世的，也在逐步适应并参与制造世间的规则。然而他终归是一个悲剧人物。天道循环，哪怕他得到了一个复兴的机会，败落也总是不可避免的。这种批判是非常深刻的，也显露了曹雪芹对于贾府被抄家之结局的思考。这种思考是对家族命运走向的思考。"君子之泽五世而斩"是曹雪芹的梦魇，如何突破这种梦魇？曹雪芹在《红楼梦》中进行了多次尝试，如探春理家，又如秦可卿的托梦。然而在曹雪芹的认知中，这些都没有什么用处。"身后有余忘缩手，眼前无路想回头"，顺利发达之时，没有人会去考虑这些，只有无路可走之后才会有反思，这也是与小说中所说的"好事多魔"与"美中不足"相吻合的。

我们再来看甄士隐。甄士隐初期的生活是美满的，他优游于诗酒之间，快乐而又自足。然而，在一连串的厄运之下，他的生活轨迹发生了极大变化，终在渺渺真人的点化之下超脱出尘世，而超脱的机缘在于他勘破了世间的"好"与"了"，看透了尘世的虚妄。无论现状有多美好，也总有"了"的时候。与"了"相比，"好"总是暂时的，犹如贾雨村的一帆风顺，又或者贾府的烈火烹油。无论是"功名""金银"，还是"娇妻""儿孙"，这种世俗中人最难抛开的事物，总是会牵引着"好"的期待，然而期待成真又如何呢？终归是黄粱梦后的喟叹与"了"之后的清寂。

甄士隐勘破了世间的虚无与人生的无常，终是作出了《好了歌解注》。一句"乱烘烘你方唱罢我登场，反认他乡是故乡"道破了千百年来的世间循环。"他乡"与"故乡"之说，更是直指人生的哲学命题。

三、"小荣枯"与"大荣枯"

从篇幅来说，"小荣枯"的故事情节非常紧凑，曹雪芹以极小的篇幅来涵盖许多的内容，故而线索明了，作者的思考表达得集中且确定。"大荣枯"可以视为"小荣枯"思考的复杂化表达，可以充分展现曹雪芹对人、对人生、对社会、对历史的反思，故而情节铺张，思考更加深入、细腻。无论是从作者的思考角度，还是从情节故事的发展角度，读懂"小荣枯"都是解开"大荣枯"的钥匙，是阅读《红楼梦》所必须关注的点。

我们来看"小荣枯"与"大荣枯"的对应。这种对应以人物为线索，使情节服务于人物，故可通过对小说人物经历的分析来看两者之间的关系。

"小荣枯"中的甄士隐与"大荣枯"中的贾宝玉有着相似之处。两者有一个共同点，即不善于理家。在小说中有诸多情节可作为这一观点的佐证，如说到甄士隐家败，小说中就明确写到他的"不惯生理稼穑"，又如小说第六十二回中，林黛玉与贾宝玉谈论探春理家时说道:"凭他怎么后手不接,也短不了咱们两个人的。"这些都说明,二者均不善于维持生活。然而二人均非世俗中人,甄士隐的"秉性恬淡,不以功名为念",与贾宝玉不喜世俗经济,将贾雨村类人物称为"禄蠹"相似。相近的性情、相似的遭际,这显然是曹雪芹创作上的故意,曹雪芹用甄士隐预言了贾宝玉的遭际,又因为贾宝玉是《红楼梦》中的绝对主角,所有的情节故事都会围绕着贾宝玉进行,甄士隐家的衰败也就预示了贾府的衰败。在小说起始贾府已经处于"末世",由于元春封妃,这个行将就木的家族得以短暂重振,从而使"大荣枯"形成了一个由盛转衰的完整表达。叙写这一由盛转衰的家族经历,从创作目的来说是为了让贾宝玉悟透世间的虚无,从而与甄士隐一样,走向出世。

"小荣枯"以贾雨村与甄士隐这一对人物作为主体,而在"大荣枯"中与之对应的则是贾宝玉与甄宝玉。或有读者以为,甄宝玉在前八十回中,未曾实际出现,如何能与贾宝玉形成对比?这个疑问是有道理的,甄宝玉在《红楼梦》前八十回中并无实际故事,对他的描写多为侧影,是一个若有若无的人物。统观前八十回,甄宝玉仅出现三次:首次出现是在第二回中,借贾雨村的言语来形容甄宝玉的性格,观其口吻,与贾宝玉极为类似;第二次出现是在第五十六回中,借甄家婆子之口将他与贾宝玉并提,形容他们长相相似,又进一步强化了两人之间性情的吻合；第三次出现同样是在第五十六回，通过两位宝玉的梦中相见，将两者放置于既相互对立又相互映衬的位置，两者互为影射，如镜中相观，已无法区分彼此。

如因甄宝玉出现的次数少就小看了他在文本中的作用，难免会错解曹雪芹的创作意旨。甄宝玉、贾宝玉二人在品性、长相、家族背景等方面几乎一样，这种设置大有深意。如果二人的人生轨迹完全相同，则不如合二为一，甄宝玉也就失去了存在的意义。作为贾宝玉的对映人物，两者只有走上不同的人生之路，才能形成比对，从而让读者有更深入的思考。

在小说中，四大家族都已处于末世，祖宗基业都即将耗尽，与他们相仿的甄家自然也不例外。作为贾府的影像，甄家的遭遇是贾府的预演。抄检大观园之后，第七十五回中就出现了甄家被抄家的消息。在这里，甄宝玉已经和贾雨村寄居葫芦庙时的生活状态一致了，而他的生命轨迹或许也会落入与贾雨村相似的循环。

无名氏所续的后四十回给予了甄宝玉一个全新的形象，至少在表面上他是笃信于理学的，从而完成了一次形象的反转。无名氏的这种设计，笔者认为是符合曹雪芹在人物塑造上的构思的，虽然具体情节未必可靠。如此安排之下，甄宝玉也就与贾雨村有了相似的地方：同为身经末世之后积极入世的人物。

从整部小说的结局来看，甄士隐与贾宝玉代表了参透世情而出世的人，贾雨村与甄宝玉则代表了入世之人。世人一直处于循环中，而参透的人在没有办法改变世界的前提下，也只能跳出世外。这也代表了曹雪芹的思考：既然要入世，就必然踏入循环。

第三节　《红楼梦》中的谶示

人既然生活于自然之中,就会受到自然的限制,而风雨雷电等现象,乃至各种自然灾害,在人类早期社会,均非先民所能理解,于是也就催生了不安全感,这来自于对未来的无法把握。生命的有限与自然的无限之间,有着不可调和的矛盾。

于是"天"就代表了至高无上的存在,成为世人顶礼膜拜的对象。儒家经典中有云"夏王有罪,矫诬上天,以布命于下"[1],"天将降大任于是人也"[2]等,均是将"天"置于超越自然的地位。如何了解上天的意图,如何了解事情的走向,如何了解个人的命运,在先人看来,这就需要构建天与人之间的关联,以期理解天的意志。于是占卜就出现了。《史记·龟策列传》:"自古圣王将建国受命、兴动事业,何尝不宝卜筮以助善!唐虞以上,不可记已。自三代之兴,各据祯祥。涂山之兆从而夏启世,飞燕之卜顺故殷兴,百谷之筮吉故周王。王者决定诸疑,参以卜筮,断以蓍龟,不易之道

---

[1] 李民、王健译注《尚书译注》,上海古籍出版社2004年版,第111页。
[2] 杨伯峻译注《孟子译注》,中华书局1960年版,第298页。

也。"[1]以今人的眼光来看，此等行为自然是荒谬的，其间有着愚昧的因素，也夹杂着政治的需求，但其根源则是对未来的不可知。

就占卜而言，要素有二：其一为象，其二为占。许地山先生写道："象是征象底本身已显示出事物将来的情形，它是属于自动的。占是占者须求神灵底启示，把预期底朕兆求神灵选择出来指示他。"[2]古人试图在象与占之间完成由现在至未来的沟通。

这种因忧患而生成的意识，逐渐深入人心之后，就会在各个方面产生影响。在文学创作之中，表现出来的就是谶示叙事。在古人的信仰中，天是至高无上的，神是超越人的认知的，故而天与神具有预知未来的能力。在创作中，作者是居于全能位置的，故而替代了天与神灵，成为可以预知小说走向的人。

在中国古代小说中，谶示叙事是极为常见的：如唐传奇《谢小娥传》中，谢小娥梦中父亲告知的"杀我者，车中猴，门东草"，丈夫告知的"杀我者，禾中走，一日夫"；又如《水浒传》中智真长老送与鲁智深的"遇林而起，遇山而富，遇水而兴，遇江而止""逢夏而擒，遇腊而执，听潮而圆，见信而寂"的偈子，九天玄女送与宋江的"遇宿重重喜，逢

---

1 ［汉］司马迁《史记》，中华书局出版社1959年版，第3226页。
2 许地山《扶箕迷信底研究》，岳麓书社2011年版，第1页。

高不是凶。外夷及内寇，几处见奇功"的法旨。此类内容非常多，不用一一列举。

无论在形式上，还是在功用上，曹雪芹更是将谶示叙事发挥得淋漓尽致，本节拟对《红楼梦》中的谶示加以分类，并探讨它们在文本中的具体作用。

一、《红楼梦》中的组合谶示群落

在曹雪芹创作的前八十回中，从第一回二仙师所言的"那红尘中有却有些乐事，但不能永远依恃，况又有'美中不足，好事多魔'八个字紧相连属"到第七十九回的迎春说的"不知下次还可能得住不得住了呢"一语，谶示贯彻始终。

如果以表现类型加以区分，《红楼梦》中的谶示大致可分为人名、诗谶、梦谶、图谶、语谶、偈子、酒令、灯谜、谏文等等，且其中多有重合，曹雪芹更喜以多种形式的谶语组合成一个完整的谶示。谶语的大量运用，正是《红楼梦》的一大特点，它们共同构成了一个宏大的网络，笼罩于《红楼梦》之上。

宋莉华以明谶与暗谶对《红楼梦》中的谶示加以分类，其间的区别是，明谶读者"知其为谶，知其所谶"，暗谶则是"以接近生活原形态的形态"来表现的，"形态不明朗"，

第一章 《红楼梦》构架论

处于"隐蔽状态"的谶应。[1] 此种分类方式是从阅读角度来进行的，关注于读者的接受与理解。

在此基础之上，熊瑶又增加了正谶与反谶、近谶与远谶、实谶与虚谶等分类。[2] 分类的增加，对于解读《红楼梦》中不同谶语的功用阐释、增进谶示之于文学创作的影响有着推进作用。

但如果从《红楼梦》中谶示的创作功用来加以区分，笔者倾向于以组合谶示群落与个体谶示为分类，这样更易探求曹雪芹在创作过程中对谶语的运用模式。

所谓组合谶示群落，通常包含很多的个体谶示，形成一个谶示的群体，服务于整体故事的走向、哲思。而个体谶示，只是对某人某事的预示。

组合谶示群落在《红楼梦》中主要集中于前五回之中，有"三个神话""小荣枯""秦可卿托梦"等。

曹雪芹在凡间叙事之上，加以神话的构建，从而形成双重叙事模式，以仙带凡，以凡映仙，在此视角之下，仙界的故事自可看作一个大型谶语，而这个谶语服务于整部《红楼梦》的故事走向。笔者曾在《红楼梦中的神话》一文中对此加以详释，归结来说，"女娲补天"神话是《红楼梦》的缘起，"木石前盟"神话是宝黛爱情的前世，"太虚幻境"神话是整部《红

---

[1] 宋莉华《红楼梦中的谶应》，《上海师范大学学报》1998年第4期。
[2] 熊瑶《红楼梦谶语研究》，厦门大学2014年硕士论文。

楼梦》的主线预示与哲思起源。但在研究《红楼梦》谶语的学者视野之中，这三个神话通常不被视作谶语，这也是有原因的：此三个神话内涵过于庞大，为多个个体谶示的组合。

如加以分解，在女娲补天神话中，补天余石幻化为通灵宝玉，二仙师所说"美中不足，好事多魔"部分，被脂砚斋视为"一部之总纲"，而《红楼梦》演绎的正是"乐极悲生，人非物换""到头一梦，万境归空"的故事。以茫茫大士、渺渺真人在《红楼梦》中的超凡能力，此当然是《红楼梦》中那些"风流冤孽"的总体谶示。

空空道人经历"因空见色，由色生情，传情入色，自色悟空"这一过程之后，改名为情僧。这也可视作对神瑛侍者凡间之旅的整体谶示，神瑛侍者居于赤瑕宫中，因对绛珠仙草生出情，而"凡心偶炽"，只得到凡间来荡涤凡心，在凡间历经"传情入色""自色悟空"两个阶段之后，方能重新出世。

绛珠仙子为报灌溉之情、甘露之惠，陪同神瑛侍者下凡历幻，她所言的"把我一生所有的眼泪还他"，也是对林黛玉一生的谶示。

太虚幻境的对联"假作真时真亦假，无为有处有还无"，同样可以看作一个谶示，其中所蕴含的"真假""有无"之辨，在后文情节中有着很明确的指向，如甄宝玉、贾宝玉和甄士隐、贾雨村等等，这些人物均演绎着"真假""有无"的故事。

第一章 《红楼梦》构架论

如以故事发生地为标准，贾宝玉的梦游太虚幻境，也可视作太虚幻境的谶示。在这次梦游之中，曹雪芹借助于《推背图》的构思，以曲、诗、图相结合，对《红楼梦》中的故事走向以及诸多主要人物的一生遭际进行了谶示，以贾宝玉与兼美的情感，谶示了他必然深陷于情、色之中，又以贾宝玉堕入迷津，引出《红楼梦》的凡间故事。

与三个神话同处于第一回中的小荣枯故事，同样也可视作一个大型的组合谶语：以甄士隐家族的败亡，对贾府的败亡加以谶示；以甄士隐的出家，对贾宝玉的出家加以谶示；以贾雨村的"口号一绝"，对其发迹加以谶示；以甄士隐的《好了歌注》，对《红楼梦》中人物的整体命运走向加以谶示；以一僧一道的四句偈语，对英莲的遭际加以谶示。

秦可卿托梦部分虽短，但从谶示的角度来说，也可视作一个组合的谶语：

秦氏道："婶婶，你是个脂粉队里的英雄，连那些束带顶冠的男子也不能过你，你如何连两句俗语也不晓得？常言'月满则亏，水满则溢'，又道是'登高必跌重'。如今我们家赫赫扬扬，已将百载，一日倘或乐极悲生，若应了那句'树倒猢狲散'的俗语，岂不虚称了一世的诗书旧族了！"……秦氏道："目今祖茔虽四时祭祀，只是无一定的钱粮；第二，家塾虽立，无一定的供给。依我想来，如今盛时固不缺祭祀供给，但将来败落之时，此二项有何出处？……眼见不日又有一件非常喜事，真是烈火烹油、鲜花着锦之盛。要知道，也不过是瞬息的繁华、一时的欢乐，万不可忘了那'盛筵必散'的俗语。此时若不早为后虑，临期只恐后悔无益了。"凤姐忙问："有何喜事？"秦氏道："天机不可泄漏。只是我与婶子好了一场，临别赠你两句话，须要记着。"因念道："三春去后诸芳尽，各自须寻各自门。"

在这段文字中，有关于家族走向的谶示，如"月满则亏，水满则溢""登高必跌重""树倒猢狲散"等，皆指向贾府的必然败落；也有对贾府后期作为的反谶，如秦可卿所提议的祭祀、家塾等事；还有"一件非常喜事"，预示了元妃省亲；"三春去后诸芳尽，各自须寻各自门"一语，更是对众女儿的命运谶示，而"三春去后"一语，也可视作时间的谶示。

在这三个组合谶示中，曹雪芹运用了多种方法，如诗谶、梦谶、图谶、语谶、人物命名等，它们共同作用于整本书的故事情节与哲思，从而在进入主体故事之前，构建了一个具有先验性的叙事。

二、《红楼梦》中的个体谶示

个体谶示呈现出多样性，它们多为某人某事而设，所谶示的内容有着单一性，创作目的较为明确。

第二回中，贾雨村游智通寺，见一副对联"身后有余忘缩手，眼前无路想回头"。此时的贾雨村正处于贬谪之中，见到这样的两句话，认为是"翻过筋斗"的人所作，也正契合了他当时的心境。然而这两句诗也正是对贾雨村后来仕途生涯的谶示，他依靠世家大族之力平步青云，却并没有记起这副对联，而是依然贪酷。至于"眼前无路"，因《红楼梦》本为残本，贾雨村身上还会发生什么故事不得而知。

第七回中，周瑞家的送宫花，至惜春房中时，惜春笑道：

> 我这里正和智能儿说，我明儿也剃了头同他作姑子去呢，可巧又送了花儿来；若剃了头，可把这花戴在那里呢？

此处正是对惜春出家的谶示，也是对第五回中惜春的判词"缁衣顿改昔年装"、判曲《虚花悟》的补充。

又如第三十回中，金钏与宝玉调笑，金钏道：

> 你忙什么！"金簪子掉在井里头，有你的只是有你的"，连这句话语难道也不明白？我倒告诉你个巧宗儿，你往东小院子里拿环哥儿同彩云去。

"金簪子掉在井里头，有你的只是有你的"，这句歇后语的本意是，属于你的终归是你的。曹雪芹将这句话当作谶语来写，从而形成两层含义：其一为歇后语本身的含义；其二是以金簪暗指金钏，以"金簪子掉在井里头"预示金钏的跳井。

以上三种谶语，在《红楼梦》中是最为普遍的，故而也最易理解。

在《红楼梦》中尚有一类谶示，是以意象为媒介，来对人或事物加以预示。如第二十二回《听曲文宝玉悟禅机　制灯谜贾政悲谶语》中，元春、迎春、探春、惜春分别以爆竹、算盘、风筝、佛前海灯为谜底作灯谜，贾政认为：

> 娘娘所作爆竹，此乃一响而散之物。迎春所作算盘，是打动乱如麻。探春所作风筝，乃飘飘浮荡之物。惜春所作海灯，一发清净孤独。今乃上元佳节，如何皆作此不祥之物为戏耶？

至宝钗所作更香谜时，贾政思忖："此物还倒有限。只是小小之人作此词句，更觉不祥，皆非永远福寿之辈。"在这里，曹雪芹写明这些都是谶语，并借贾政的言语，对这些谶示作出解答。贾政的解答，是通过这些谜底的意象来进行的。

有部分谶示是通过反复显现，来揭示意旨的。如在第

七十回中,曹雪芹仍借风筝这一意象对探春的结局加以谶示:

> 探春正要剪自己的凤凰,见天上也有一个凤凰,因道:"这也不知是谁家的。"众人皆笑说:"且别剪你的,看他倒像要来绞的样儿。"说着,只见那凤凰渐逼近来,遂与这凤凰绞在一处。众人方要往下收线,那一家也要收线,正不开交,又见一个门扇大的玲珑喜字带响鞭,在半天如钟鸣一般,也逼近来。众人笑道:"这一个也来绞了。且别收,让他三个绞在一处倒有趣呢。"说着,那喜字果然与这两个凤凰绞在一处。三下齐收乱顿,谁知线都断了,那三个风筝飘飘摇摇都去了。

如果说第一次谶示,是确定探春远嫁的结局,那么这第二次谶示更多的是确定其远嫁的时间、夫婿的身份以及结亲的方式,关键词有"凤凰""喜字带响鞭""也逼进来"等。此段内容又与第六十三回中探春所掣"杏花"签、签背文字"瑶池仙品",以及众人所说的"难道你也是王妃不成",共同谶示了探春的命运。

在《红楼梦》中尚有一类谶语,是以戏文作为伏笔的。如第十八回中,元春点了四出戏:《豪宴》《乞巧》《仙缘》《离婚》。《豪宴》旁有脂批:"《一捧雪》中。伏贾家之败。"《乞巧》旁有脂批:"《长生殿》中。伏元妃之死。"

《仙缘》旁有脂批："《邯郸梦》中。伏甄宝玉送玉。"《离魂》旁有脂批："《牡丹亭》中。伏黛玉死。"另有一批："所点之戏剧伏四事，乃通部书之大关节、大关键。"此类谶示是借戏文中的故事情节，对小说中的故事走向加以预告。

在《红楼梦》中，有部分谶语是与结果截然相反的，且此类谶示一般是设有条件的，是条件的缺失，导致了谶示内容走向反面。如薛宝钗金锁上的文字为"不离不弃，芳龄永继"，此八字与贾宝玉通灵宝玉之上的文字"莫失莫忘，仙寿恒昌"相对。通灵宝玉上的字迹，是茫茫大士为增其异处，特意幻化出的，因此也是一种谶示。在后四十回中，为照应此八字，续写者特意安排了失玉一节文字。前段所引脂批中，也有"伏甄宝玉送玉"的记录，可知在曹雪芹的预设中，也有贾宝玉丢玉的情节。丢玉与"仙寿恒昌"就共同形成了一组谶示。以此思路来考量薛宝钗金锁上的八个字，"不离不弃"自然是"芳龄永继"实现的条件，在癞头和尚的话语中，也明确了"你这金要拣有玉的才可正配"，那么"不离不弃"的对象也就是有玉的贾宝玉了。然而贾宝玉终归是以出世来了结，那么"芳龄永继"自然就无从谈起。

在《红楼梦》中还有一类属于对故事发展过程的谶示，如前文中所解读的"因空见色，由色生情，传情入色，自色悟空"，这正是对贾宝玉"情悟"过程的谶示。诸如此类，在《红楼梦》中尚有多处，如通灵宝玉上的"一除邪祟，二疗冤疾，三知福祸"之语。

在《红楼梦》第二十五回中，贾宝玉与王熙凤遭魇魔法暗害，跛足道人与癞头和尚将通灵宝玉擎于掌中持诵，并命贾政"悬于卧室上槛"，宝、凤二人因而得救，此正是"一除邪祟"的表现。然而《红楼梦》的未完篇也导致"二疗冤疾，三知福祸"的未得照应。但这三句话为故事发展过程中的谶示，却是可以明确的。

另有一处关于故事发展过程的谶示较为隐晦。在第二十二回《听曲文宝玉悟禅机　制灯谜贾政悲谶语》中，贾宝玉写出了"你证我证，心证意证"一偈。此偈子上接宝玉因《南华经》的一悟，又以宝钗所点的《寄生草》作为引子。该偈子本身是宝玉渐悟的标志之一，又可与宝黛爱情联系起来。宝玉写这个偈子的时候，正处于与黛玉之间的感情试探阶段，指向的是"你证我证，心证意证"，对应他们不停地去探求对方之于自己的态度与心意的情节；而"是无有证，斯可云证"指向的是二人本为一心，却无法用行为来证明；"无可云证，是立足境"，或指向宝玉的渴望，即期盼达到二人之间心中灵犀的境界。林黛玉所续的"无立足境，是方干净"谶示了宝黛爱情的归宿，以及黛玉的逝去。

《红楼梦》篇幅巨大，头绪繁多，故事情节更是错综复杂，对人与事的描绘又极为深刻，若无谶语作前后勾连，就容易给读者以散漫无稽之感。曹雪芹对于谶语的大量使用，如同编织了一张细密的网，使《红楼梦》成为一个整体，牵一发而动全身。尤为高妙的是，谶语在《红楼梦》中不仅仅起到勾连之用，而且与情节、人物等紧相关联，成为推动情节发展、塑造人物形象不可缺少的内容，这与旧有的谶语叙事形成了区别。

第二章

《红楼梦》中的哲思

第二章 《红楼梦》中的哲思

常与朋友讨论，《红楼梦》中到底表达了曹雪芹的何种思想，这些思想与《红楼梦》的文本之间形成何种关系，曹雪芹的思想来源是什么，在创作《红楼梦》的过程中曹雪芹的思想是否发生过变化。

从创作角度而言，思想的表达依赖于小说情节，作者是先有了思考，而后才会有创作，这些思考来源于作者的阅历、学识，可理解为创作前思想之生成。而当一个作家进入创作之后，笔又会随着人物的塑造而游走，其间就会产生一些偏差，此或可理解为创作中思想之生成。然而无论是创作前还是创作中，曹雪芹的生命底色并不会改变，因而《红楼梦》中的哲思是统一的，既显示曹雪芹的情节倾向，又显示曹雪芹的思想倾向。

本章内容，主要从《红楼梦》的文本出发，搜寻小说中所显露出来的明确倾向，追寻其来源，思辨其取舍，进而思考《红楼梦》中的哲思，以期略有所得。

第一节　《红楼梦》中的"正邪两赋"论与"情"之关系考论

《红楼梦》第二回中有"正邪两赋"论,我们且来看文中的叙述:

雨村道:"天地生人,除大仁大恶两种,余者皆无大异。若大仁者,则应运而生;大恶者,则应劫而生。运生世治,劫生世危。尧、舜、禹、汤、文、武、周、召、孔、孟、董、韩、周、程、张、朱,皆应运而生者。蚩尤、共工、桀、纣、始皇、王莽、曹操、桓温、安禄山、秦桧等,皆应劫而生者……彼残忍乖僻之邪气,不能荡溢于光天化日之中,遂凝结充塞于深沟大壑之内,偶因风荡,或被云摧,略有摇动感发之意,一丝半缕误而泄出者,偶值灵秀之气适过,正不容邪,邪复妒正,两不相下,亦如风水雷电,地中既遇,既不能消,又不能让,必至搏击掀发后始尽。故其气亦必赋人,发泄一尽始散。使男女偶秉此气而生者,在上则不能成仁人君子,下亦不能为大凶大恶。置之于万万人中,其聪俊灵秀之气,则在万万人之上;其乖僻邪谬、不近人情之态,又在万万人之下。若生于公侯富贵之家,则为情痴情种;若生于诗书清贫之族，则为逸士高人；纵再偶生于薄祚寒门，断不能为走卒健仆，甘遭庸人驱制驾驭，必为奇优名倡。如前代之许由、陶潜、阮籍、嵇康、刘伶、王谢二族、顾虎头、陈后主、唐明皇、宋徽宗、刘庭芝、温飞卿、米南宫、石曼卿、柳耆卿、秦少游，近日之倪云林、唐伯虎、祝枝山，再如李龟年、黄幡绰、敬新磨、卓文君、红拂、薛涛、崔莺、朝云之流，此皆易地则同之人也。"

曹雪芹善作奇奇怪怪之文字，而此等文字大多含有深意，如《好了歌》，又如秦钟临死之前的"鬼话"，皆是如此。在"正邪两赋"论中，曹雪芹借北宋张载"气本体论"这一哲学基础，创出"以气赋人"的理论，并以此对人群进行划分，再通过这种划分，将情提升到哲思的层次。这就使得"正邪两赋"论既可作为哲思来进行解读，又有着很强的小说叙事功能。这一过程的实现是极为巧妙，而又颇为隐曲的，读者若粗略读来，则颇易忽视。本节拟对此问题作一探析。

一、"正邪两赋"论的理论来源考

"正邪两赋"论以所禀赋的"气"的不同对四类人物进行区分。"气"与"人"之间的关系理论来源于张载。张载以"太虚"与"太和"来阐释"有"与"无"。他首先确认了"太虚即气",而"气"则是不能谓为"无"的。他认为:"天地之气,虽聚散、攻取百涂,然其为理也顺而不妄。气之为物,散入无形,适得吾体;聚为有象,不失吾常。太虚不能无气,气不能不聚而为万物,万物不能不散而为太虚。"[1]

张载是以"格物"之法探究"有"与"无"的范畴,因为"气"的存在,"有"就成了先决条件,这与道教哲学是相悖的。张载认为道家哲学:"语天道性命者,不罔于恍惚梦幻,则定以'有生于无',为穷高极微之论。入德之途,不知择术而求,多见其蔽于诐而陷于淫矣。"[2]

文天祥《正气歌》中也有关于以气化万物的表述:"天地有正气,杂然赋流形。下则为河岳,上则为日星。于人曰浩然,沛乎塞苍冥。"[3]

曹雪芹对于"气"的认知脱胎于此,且另有生发。他将"气"分为"正气""邪气""正邪两赋之气",并以此将"风雨雷电"等自然现象解释为正邪之气相互碰撞之后的产物。

"正邪两赋"中还有着"天命"的思想,曹雪芹在这里写到"应运而生""应劫而生"。"运"与"劫"都是上天的安排。"天命"思想由来已久,它首先是为政权的合法性服务的,在表现上更多地借助于"天"。尧、舜、禹的禅位

---

1 [宋]张载著、[清]李光地注解《注解正蒙》,文渊阁《四库全书》本。
2 同上。
3 [宋]文天祥《文文山全集》,世界书局1936年版,第375页。

确立了禅让制的合法性，而夏启的即位造成了合法性的混乱，伯益因此提出质疑，但被启所杀。《竹书纪年·夏纪》载："益干启位，启杀之。"[1]有扈氏反叛，启率兵平叛时道："予誓告汝：有扈氏威侮五行，怠弃三正。天用剿绝其命，今予惟恭行天之罚。"[2]启借天命征讨有扈氏，也是启以天的名义确立自己统治合法性的佐证。商代夏时，有"天命玄鸟，降而生商"[3]一说。周代商时也面临着合法性问题，于是周公道："天乃大命文王，殪戎殷。"[4]这一系列做法，可以说是借天意来行人治，人不能违背天意，而只能随顺之。

由于"正邪两赋"的作用，人们所禀之气不同，命运也就各不相同。这种安命的思想来源非常复杂，董仲舒曾言：

> 天子受命于天，诸侯受命于天子，子受命于父，臣妾受命于君，妻受命于夫。诸所受命者，共尊皆天也，虽谓受命于天亦可。[5]

这就将君君臣臣等规范固化，建构成一个庞大的体系，

---

1 李民、杨择令、孙顺霖、史道祥译注《古本竹书纪年译注》，中州古籍出版社 1996 年出版，第 11 页。
2 慕平译注《尚书》，中华书局 2009 年版，第 79 页。
3 程俊英译注《诗经》，上海古籍出版社 1985 年版，第 678 页。
4 慕平译注《尚书》，中华书局 2009 年版，第 166 页。
5 阎丽译注《董子春秋繁露译注》，黑龙江人民出版社 2003 年版，第 268 页。

来为统治者服务。

王充在《论衡》中的说法更具有愚民的性质，他认为民众应该各安其命：

> 凡人偶遇及遭累害，皆由命也。有死生寿夭之命，亦有贵贱贫富之命。[1]

据王充所论，人的穷富寿夭等，都是命数使然，与其他因素无关，这样自然就不能怨天尤人了。

由此可见，"正邪两赋"理论是对前人哲学思想有选择的接受。

二、"正邪两赋"中的"正"与"邪"

"正邪两赋"论建立在曹雪芹对历史人物的总结之上。其中，尧、舜、禹、汤、文、武等人，被归为正的代表；蚩尤、共工、桀、纣、始皇、王莽等人，则是邪的代表。这一分类建立在儒家的评价标准之上，然而这只是表面的表达。小说中，在贾雨村的长篇大论之后，有这样一番对话：

---

[1] 黄晖校释《论衡校释》，中华书局1990年版，第20页。

子兴道："依你说，'成则王侯败则贼'了。"雨村道："正是这意……"

这番论说无疑是一个大的翻转。

贾雨村所论列的正邪人物，都是极有功绩的。他们的功绩或被歌颂，或被批判，其间的区别不过是"成"与"不成"，因为成败结果的不同，才有了"王侯"与"贼"之分。

小说中，"正邪两赋"是贾雨村通过"读书识事"，继而再去"致知格物""悟道参玄"才得出的结论，其所下功夫自是不少。初始的贾雨村尚有几分书生意气，在经历了起而复败之后，这种意气已经所剩无几了。当他将冷子兴视为"有作为大本领"之人来看，他的评价已经偏离了儒家的标准，有了世俗味道。在谈论"正邪两赋"之时，贾雨村的一句"正是这意"，使二人的表达与理解达成一致。而这种共识，才是曹雪芹借二人之口所表达的真实含义。

如果就此对曹雪芹的历史观加以解读，我们就会发现他有着更深一层用义。曹雪芹是借贾雨村之口，在儒家的评价标准之外，以自我的历史观去重新构建了一种评价。

历史追求的是实，但是历史的书写者却是人，并且只会是成功了的"王侯"，不可能是失败了的"贼"。历史的书写，不可避免地会有人为因素的掺入。《史记·孔子世家》有云："孔子在位听讼，文辞有可与人共者，弗独有也。至于为《春秋》，笔则笔，削则削，子夏之徒不能赞一辞。"[1]"笔"与"削"，就成为了撰史者的权力。如此境况之下，史书的书写中难免会有对"仁"的修补，或对"恶"的加强，以书写者的理想与需要为雕刻历史之基础。

曹雪芹自然深知这一道理，在他的创作观中，好人全好与坏人全坏的脸谱式书写是被批判的，"千部共出一套"的创作模式是被当作对立面的。他更注意的并非史传式的"事之真"，而是"理之真"。在这种历史观照下，历史人物的事功就会被消解，人之所以为人的部分就被突出出来，成为主要的表现对象。

三、"正邪两赋中人"的特质

"正邪两赋"论中，无论是"正"还是"邪"，实质上只是铺垫，他们均是为这段理论的主角——"正邪两赋中人"服务的。

儒家入世，以"仁"为根本，以事功为要务，强调的是人之于社会的关系，却未免有些忽略了人之于自我的内心。至朱熹提出"存天理灭人欲"，对人的桎梏更为加强。

然而任何时代都会有异类产生，如作为"正邪两赋中人"

---

1 ［汉］司马迁《史记》，中华书局出版社 2011 年版，第 1739 页。

的陶潜、阮籍、嵇康，乃至红拂、崔莺。曹雪芹在列这个名单的时候，刻意将部分戏剧小说人物列入，从而与前二者形成明确分界。

当我们去解构这些人物的时候，会发现无论是"不为五斗米折腰"的陶潜，还是"奉旨填词"的柳耆卿，抑或是一生落拓的唐伯虎，他们都无法从事功的角度来评价。正如贾雨村所说的，他们要么是"情痴情种"，要么是"逸士高人"，要么是"奇优名倡"，但他们不会成为"仁人君子"。他们既"聪明灵秀"，又"乖僻邪谬"。他们的"聪明灵秀"表现在其兴趣点上，他们的"乖僻邪谬"却体现在人情世故方面。他们不是儒家所推崇的人物，但也不会是大凶大恶之徒。他们关注自我，关注本真性情，追求的也不是事功。正是这种自我与社会之间的不协调与不妥协，才使得他们成为失败者。在他们所关注的领域内，他们是顶尖的天才，是居于"万万人之上"的。他们的生活是自我的、真实的、艺术的、审美的。他们只是不符合于主流的价值观，不符合于主流价值期待而已。

贾雨村说："方才你一说这宝玉，我就猜着了八九亦是这一派人物。"至此，曹雪芹的目的已经明确，他要写的主人公贾宝玉正是"正邪两赋中人"。而贾宝玉执着的"情"，正是他能跻身于"正邪两赋中人"之间的缘由。然而这也确定了《红楼梦》的悲剧底色。

四、"情"与"正邪两赋"

《红楼梦》是谈"情"的,"大旨谈情"并非空言。在小说第一回中,有"因空见色,由色生情,传情入色,自色悟空"句。曹雪芹在"空""色"之间特意加入了"情",且使之居于"空""色"之间,这是"自色悟空"的关键。

这个"色"并非佛教所言之"色",在《红楼梦》里,它有着明确的指向。

在"木石前盟"神话中,曹雪芹就赋予了贾宝玉本真性情"情不情"。《红楼梦大辞典》中对"情不情"如此解释:"宝玉对不知情者(无情者)也忠于情。"[1]当神瑛侍者日日灌溉绛珠仙草之时,这种"情不情"表现得淋漓尽致。

当神瑛侍者下凡成为贾宝玉的时候,"情不情"又有了拓展。在小说第五回中,警幻仙姑谓之为"意淫"。无论是"情不情"还是"意淫",都是有特定对象的。

在小说第三十五回《白玉钏亲尝莲叶羹 黄金莺巧结梅花络》中,曹雪芹借两个婆子之口,对贾宝玉的日常行为作了简写:"看见燕子,就和燕子说话;河里看见了鱼,就和鱼说话;见了星星月亮,不是长吁短叹,就是咕咕哝哝的。"这正是"情不情"的表现。绛珠仙草、燕子、鱼、星星月亮,

---

[1] 冯其庸、李希凡编《红楼梦大辞典(增订本)》,文化艺术出版社2010年版,第463页。

都是具有美好属性的事物,是美好的符号化表达。

至于"意淫",也是有特定对象的。小说第五十九回《柳叶渚边嗔莺咤燕　绛云轩里召将飞符》中,有一段贾宝玉的著名言论:"女孩儿未出嫁,是颗无价之宝珠;出了嫁,不知怎么就变出许多的不好的毛病来,虽是颗珠子,却没有光彩宝色,是颗死珠了;再老了,更变的不是珠子,竟是鱼眼睛了。分明一个人,怎么变出三样来?"未出嫁的女子,少受世俗污染,保留了人的美好,是一颗"无价之宝珠",而只有这类人,才会是贾宝玉"意淫"的对象。

如此来理解,我们就会发现,作为贾宝玉"情"的付出对象的"色",并非事物的普遍存在方式,它必须是美好的事物,这种美好的事物,才是使神瑛侍者生出凡心、使贾宝玉心生留恋的"色"。神瑛侍者在凡间之旅的"悟"的过程中,体悟美好,享受美好;付出真情,又享受这种付出。

"天下古今第一淫人"贾宝玉,正是"天下古今第一情人"。他又是"正邪两赋中人"。如此曲折的表达,使得《红楼梦》不仅是一本小说,更是一本哲人的思考之书。

贾宝玉执着于"情",故而他是"正邪两赋中人"。"情"的提出,是人性的舒张,这种舒张,是必须放置于社会之中实践的。《红楼梦》的创作,也可视作曹雪芹的实践:他将自己的理想幻化为人格,变成小说中的人物,又以他所认知的社会规则,构建小说中的社会规则。他让小说中的人物游走于他所认知的社会规则之中,去经历,去推演,更是去追求。

叶朗先生在《"有情之天下"就在此岸》一文中提及,《红楼梦》的人生感悟集中在一点,那就是对人生（生命）终极意义的追问。[1]而构建"有情之天下"大观园,正是曹雪芹关于人生价值的理想表达。大观园中集中了世间之美好,成为情的乐园,贾宝玉在其中恣肆着,留恋着。

然而,大观园毕竟是在人间世的,美好也终归是毁灭了的,"色"终归是"空"的,"有情之天下"终归是不能存在的。这就使得《红楼梦》的悲剧尤为震撼人心。曹雪芹的"他乡"与"故乡"之问,也就成为永恒的追问：无心安处,何处又是故乡？

小　结

钱穆先生在《中国文学史》中曾讲道："中国的文学,如以戏剧来说,是无有悲剧,即使《红楼梦》亦只是解脱而已……"[2]这里所说的解脱,自然是曹雪芹的目的,然而现实将这演化成了一场悲剧。

秦汉以降,儒、释、道三家如三足鼎立,占据着中国思想界的主要地位。无论是儒,还是释与道,都给予人生一种

---

[1] 叶朗《"有情之天下"就在此岸》,《曹雪芹研究》2019年第2期。
[2] 叶龙记录整理、钱穆讲述《中国文学史》,天地出版社2015年版,第16页。

闭环,在这个闭环之中,人可以看到自己修行的结果,也可以明确自己的目的。儒、释、道的融合,无疑给予了文人更多的可以选择的道路,如以儒做人、以道养生、以释清心,此种综合汲取各家之长的人生态度,也使得人生更加丰富。曹雪芹关于"正邪两赋"的探索,无疑也为这种丰富增添了一缕亮色。

第二节 《红楼梦》中的"畸人"考论

清人刘熙载在《艺概》中,概括《庄子》的艺术特色为"寓真于诞,寓实于玄"[1]。宋人高似孙认为:"其说意空一尘,俶傥峻拔,无一毫蹈袭沿仍之陋。极天之荒,穷人之伪,放肆迤演。如长江大河,滚滚灌注,泛滥乎天下;又如万籁怒号,澎湃汹涌,声沉影灭,不可控抟。率以荒怪诡诞、狂肆虚渺、不近人情之说,瞀乱而自呼。"[2]以此二语评价《红楼梦》也是合适的。《红楼梦》开篇就构建了神话叙事,以虚引实,似谲而正,以小写大,以家写国,真真假假之间,尽显曹雪芹对社会、历史、人生的思考。正因如此,《红楼梦》也就成为一个大型寓言,具有了极高的哲学品质。

《红楼梦》问世之初,读者就已经意识到了这个问题。在第一回中,甲戌本眉批就有"阅其笔则是《庄子》《离骚》之亚"一语,从笔法角度说明《红楼梦》对《庄子》《离骚》的继承。

《庄子》中有"畸人",如《养生主》里的右师,《人

---

[1] [清]刘熙载《艺概》,上海古籍出版社1978年版,第7页。
[2] 张艳云、杨朝霞校点,[宋]高似孙著《史略·子略》,辽宁教育出版社1998年版,《子略》部分第48页。

间世》里的支离疏，《大宗师》里的子舆，《德充符》中的王骀、申屠嘉、叔山无趾等。《红楼梦》中也有"畸人"，如妙玉自称为"畸人"。此当非偶合，而是基于曹雪芹对"畸人"的认知。

《红楼梦》中的"畸人"非独妙玉，而是有着一个"畸人"群落。刘雪霞在《论妙玉在红楼梦中的隐喻意义》一文中勾勒出这个群落，有妙玉、跛足道人、宝玉、黛玉等。[1]作为一个人物群落，他们有着共性，也有着个体的差异。本文拟从"畸人"源流演变入手，分析他们的思想来源，借以考察《红楼梦》中的"畸人"类型。

一、历史上的"畸人"类型

《庄子》中塑造了一系列的"畸人"形象。从塑造目的来说，均是为了表达某种思考，庄子是善作寓言的。也正因此，"畸人"就成为表达思想的符号。

"畸人"者，"畸于人而侔于天。故曰：天之小人，人之君子；人之君子，天之小人也"[2]。成玄英疏曰："畸者，不耦之名也。修行无有，而疏外形体，乖异人伦，不耦于

---

[1] 刘雪霞《论妙玉在〈红楼梦〉中的隐喻意义》，《红楼梦学刊》2018年第4辑。
[2] 孙通海译注《庄子》，中华书局2007年版，第134页。

俗。""夫不修仁义，不耦于物，而率其本性者，与自然之理同也。"[1]也就是说，"畸人"是随顺于天与自然之理，而乖异于人伦的；"人中君子"，却是违背天道的。"畸人"与"人中君子"就形成了对立。

《庄子》中的"畸人"，在形象上异于常人：如子舆，"曲偻发背，上有五管，颐隐于齐，肩高于顶，句赘指天。阴阳之气有沴，其心闲而无事，跰躧而鉴"；又如支离疏，"颐隐于脐，肩高于顶，会撮指天，五管在上，两髀为胁。挫针治繲，足以糊口；鼓筴播精，足以食十人"。《庄子》中的"畸人"或先天畸形，或人为畸形，或介于两者之间，皆是形象怪异之人，且面目丑陋。然而"畸人"却是"侔于天"之人，他们丑陋怪异的外形之下，有着丰富的内心。他们寻求无用之用，如支离疏，生于乱世而又安享天年，得以保身；他们寻求精神的超越，如王骀，从其教者"虚而亡，实而归"，通过"以其知得其心，以其心得其常心"的过程，达到"审乎无假而不与物迁，命物之化而守其宗也"的境界；他们顺乎自然，如子舆，"浸假而化予之左臂以为鸡，予因以求时夜；浸假而化予之右臂以为弹，予因以求鸮炙"，安于时遇，任缘随化。

庄子通过人与天的对立，刻画了一系列顺从于天的畸人。

---

[1] 郭象注，成玄英疏，曹础基、黄兰发整理《庄子注疏》，中华书局2011年版，第150页。

畸,"残田也",又因其"乖异人伦",在凡尘中呈现出"畸"的特点。但因其与"道"合一,形残而德全,注重个体身心,呈现出个体的生命特质。

庄子也刻画了一系列的"真人",他们是无瑕的,"肌肤若冰雪,绰约若处子",具备了"忘""无情""天人合一"等特质,从而能"乘天地之正,而御六气之变化,以游无穷",这代表了庄子认知中的理想状态。与《庄子》中的"真人"相比,"畸人"无疑是处于凡尘之中的,形象上更是一美一丑,形成鲜明对比。此也体现了庄子理想中的人格与其现实选择。"畸人"的丑陋,正是现实作用的结果;"畸人"的内心则是庄子退而求其次所追寻的有条件的自由,是庄子对人、天、社会等思考之后的产物,与他"齐物""道通为一"的思想是一脉相承的。

庄子是重情的,虽言:"道与之貌,天与之形,无以好恶内伤其身。"固似无情,但仍是对"性命之情"的关怀,正如那棵无用的"栎社",又如畸人支离疏,因无用而得用,终得保全性命。在《山木》中,有这样一则寓言:

> 林回弃千金之璧,负赤子而趋。或曰:"为其布与?赤子之布寡矣;为其累与?赤子之累多矣。弃千金之璧,负赤子而趋,何也?"林回曰:"彼以利合,此以天属也。"[1]

---

[1] 曹础基《庄子浅注》,中华书局2018年版,第351—352页。

此正反映出庄子的价值取向：重情、重视生命、不役于物。清人胡文英在《庄子独见·庄子略论》中写道："庄子眼极冷，心肠最热。眼冷故是非不管，心肠热故感慨无端。虽知无用而未能忘情，到底是热肠挂住。虽不能忘情而终不下手，到底是冷眼看穿。"[1]可谓一语中的。庄子的眼冷在于洞彻，而心热在于其对人世的深情，正所谓"庄子则道是无情却有情，外表上讲了许多超脱、冷酷的话，实际里却深深地透露出对人生、生命、感性的眷恋和爱护"[2]。庄子知忘情，故而"真人"可以忘情，然而庄子终被热肠挂住，才会呈现出"畸人"的一面，去追寻有条件的自由。

庄子对个体生命的关怀，使其思想远离政治与伦理，在诸子学说中独树一帜。正如李泽厚在《中国古代思想史论》中所说：

> 《庄子》内篇中的思想对后来中国佛教禅宗的产生有关系，它在中国文艺发展上更产生了重要的影响，今日国外也有学人比庄子于存在主义。所有这些都说明，庄之为庄确有其与其他哲学相区别的深刻特色，不同于儒、墨、老、韩的社会政治哲学，不同于秦汉的宇宙论哲学。以庄、禅为代表，

---

[1] [清]胡文英《庄子独见》，华东师范大学出版社2011年版，第6页。
[2] 李泽厚《中国古代思想史》，生活·读书·新知三联书店2008年版，第199页。

追求理想人格和人生境界的本体论哲学，构成了中国思想发展中的另一个重要方面。[1]

讲求事功的理论必然会偏向于社会政治，然而《庄子》的精神，也为后世士人提供了另一种道路，去追求个体的精神与境界。

譬如阮籍，《晋书·阮籍传》："籍容貌瑰杰，志气宏放，傲然独得，任性不羁，而喜怒不形于色。或闭户视书，累月不出；或登临山水，经日忘归。博览群籍，尤好《庄》《老》。嗜酒能啸，善弹琴。当其得意，忽忘形骸。时人多谓之痴。"[2] 所谓"痴"，是阮籍的行为与世不合的表现，是乖于礼教伦理之处，也是他恣情任性的本真表达。在《达庄论》中，阮籍写道："人生天地之中，体自然之形。""至人者，恬于生而静于死。生恬则情不惑，死静则神不离，故能与阴阳化而不易，从天地变而不移。"这种任自然的论说，使阮籍远离儒家伦理纲常，故而他可当垆沽酒，于邻家美妇旁醉卧，也可在不识兵家女父兄的情况下，径往哭之。在他人，这一系列行为可谓无礼，在阮籍，则是合情合理。他本为至性至纯之人，对于世俗间的名与利，是持批判态度的。他说"名

---

[1] 李泽厚《中国古代思想史》，生活·读书·新知三联书店2008年版，第186页。
[2] ［唐］房玄龄等《晋书·列传第十九》，中华书局1974年版，第1359页。

利之途开，则忠信之诚薄"[1]，此未尝不是对现实的批判与总结，而忠信则始终是他的追求。

阮籍自非生而如此，《晋书·阮籍传》："籍本有济世志，属魏晋之际，天下多故，名士少有全者，籍由是不与世事，遂酣饮为常。"[2]魏晋之时，社会动荡，既然无法济世，阮籍也只有选择保身一途，这正与庄子"无用之用"相似。他只有专注于个体精神的建构，以诗酒与山水来消解自我内心的苦痛。故而他认为庄子是"聊以娱无为之心，而逍遥于一世"，而此岂非他自我的写照？

阮籍是苦闷的，苦闷来源于他的多情。他是至情之人，母丧吐血数升，正是他痴于亲情的表现。情是人的先天本性。正因多情，才能体会到社会对于人的作用，才能感悟到生存之于人生的压力。

他的《咏怀诗》中就有着这许多复杂的情绪：

夜中不能寐，起坐弹鸣琴。薄帷鉴明月，清风吹我襟。孤鸿号外野，翔鸟鸣北林。徘徊将何见，忧思独伤心。[3]

整诗"起何彷徨，结何寥落"。明月与清风，其境何冷；

---

[1] [晋]阮籍著、陈伯君校注《阮籍集校注》，中华书局1987年版，第141—146页。
[2] [唐]房玄龄等《晋书·列传第十九》，中华书局1974年版，第1360页。
[3] [晋]阮籍著、陈伯君校注《阮籍集校注》，中华书局1987年版，第210页。

孤鸿与翔鸟，其声何哀。夜不能寐，忧思独抱。现实与内心之间的冲突尽显其中。或畸于人，或畸于天，或顺于世，或随于心，阮籍选择了"畸人"之路。

庄子的"畸人"观，是社会发展与个人意识之间冲突的产物，是他给出的应世道路。阮籍的"畸人"之途，是在社会挤压下的一种选择，是对"畸人"观的践行。阮籍"尤好《老》《庄》"，是因《老》《庄》对道的阐释、对自然的崇尚、对个体精神的追寻契合于阮籍。

畸于人，则必然会遭世挤压。这是一种双向的互动，在选择"畸人"之途时，其个体精神追求本已与主流价值观相违背；在践行"畸人"之途时，二者之间更形背离。个体精神的追求与世俗之间的偏离、理想人格的追求与现实人格的冲突，都在考验着阮籍的内心。景元四年（263），阮籍作《劝进文》后，在煎熬中死去。"畸人"之路，在世俗之中是难以得到善终的。魏晋南北朝之时，嵇康、陶渊明、谢灵运等人，均在隐与仕之间反复，在个人理想人格与现实人格之间徘徊，结局往往类此。

尽管有许多人自始就倾向于道家，但更多人转向道家却是出于无奈。自汉代董仲舒倡导"推明孔氏，抑黜百家"之后，儒家思想得以大行，"达则兼善天下"成为众多读书人的志向。然而，穷达毕竟非个人可以选择，世事也总有消长变化，进则儒，退则道，许多文人的人生之路正是如此。在此状态下，很多人也就成为了"畸人"。然而,"畸人"的内涵也在逐渐发生转变。

自明代始,产生了一种"畸人"风潮。董其昌、黄道周、李贽、徐渭、冯梦龙、唐寅等,俱有"畸人"之称。这些称呼有的是自称,如冯梦龙自称"东吴畸人",徐渭在《答沈嘉泽二首次韵》中自称"茅屋老畸人",就连传教士利玛窦也曾作《畸人十篇》;有的是对他人的称赞,如王世贞在《胡元瑞传》中赞顾瑛、倪元镇有"畸卓之才",汤显祖赞李贽为"畸人"等等。自称或被称为"畸人"之人,多有不同于流俗、不合于众的性情,又往往有高洁之资、过人之才。

以冯梦龙为例,他少年时博览群书,志向远大,青年又因长期科举不第而"逍遥艳冶场",中年著书,作"三言"及《新平妖传》《古今谭概》《情史类略》《太平广记钞》《智囊》《笑府》《广笑府》等,然而在其内心,仍是以出仕为要务,终于在六十岁那年,他出任福建寿宁知县。冯梦龙在《智囊补》中将世人分为四类,曰"至人""下愚""常人""畸人",其区别在于:

> 至人无梦,其情忘,其魂寂;下愚亦无梦,其情蠢,其魂枯;常人多梦,其情杂,其魂荡;畸人异梦,其情专,其魂清。[1]

---

[1] 冯梦龙评辑《情史》,浙江古籍出版社2011年版,第199页。

虽然在他的分类中也有"至人",与《庄子》中的"真人"类似,均有忘情之属性,然而"自然"已不再是重心。在冯梦龙的理解中,"情"是具有分界作用的。他自号"多情欢喜如来",并且认为:

无地若无情,不生一切物。一切物无情,不能环相生。生生而不灭,由情不灭故。[1]

有情才会生出万物,并因此而生生不灭。如果说《庄子》中的"畸人"追寻的是天之道,那么冯梦龙所追寻的则是"情之道"。

又如张岱,他在《自为墓志铭》中如此总结自己少年纨绔时的行为:

少为纨绔子弟,极爱繁华,好精舍,好美婢,好娈童,好鲜衣,好美食,好骏马,好华灯,好烟火,好梨园,好鼓吹,好古董,好花鸟,兼以茶淫橘虐、书蠹诗魔,劳碌半生,皆成梦幻。[2]

这种恣情任性的行乐生活,体现出张岱少年时的自我适

---

[1] 冯梦龙评辑《情史》,浙江古籍出版社2011年版,第1页。
[2] 夏咸淳选注《张岱散文选集》,百花文艺出版社2009年版,第141页。

意之要求，有着强烈的个性色彩，其自述风格也有着卓然不群的洒脱，然而与《庄子》之"畸人"已相去甚远。

在唐代撰成的《经典释文》中，"畸人"的内涵已有这种倾向。其注为：

司马云：不耦也，不耦于人，谓阙于礼教也。李：其宜反。云：奇异也。[1]

以这种理解来观照晚明以后的"畸人"，则颇为合适。

《庄子·秋水》："牛马四足，是谓天；落马首，穿牛鼻，是谓人。"[2] 在这里，"人"也隐含着因"人"之需求而改造"天"的意义。而"天"更多地是"道"的代名词。随着历史的发展，"人"的释义有了更迭，"畸于人"变为"阙于礼教"，"侔于天"不再被强调，"畸人"也就转指行为奇异之人了。

二、《红楼梦》中的"畸人"类型

在《红楼梦》中，一僧一道起着重要作用，他们勾连起了仙界与凡间，成为这群"风流冤孽"在凡间的引路人。他们出场之时，小说中对他们的形象有如此介绍：

---

1 ［唐］陆德明《经典释文》，上海古籍出版社2013年版，第1452页。
2 孙通海译注《庄子》，中华书局2007年版，第256页。

第二章 《红楼梦》中的哲思

一日,正当嗟悼之际,俄见一僧一道远远而来,生得骨格不凡、丰神迥异,说说笑笑来至峰下,坐于石边高谈快论。

在凡间,当他们与甄士隐相遇时:

那僧则癞头跣脚,那道则跛足蓬头,疯疯癫癫,挥霍谈笑而至。

度化甄士隐时,渺渺真人的形象为一个跛足道人,"疯癫落脱,麻屣鹑衣";要度化林黛玉出家以及送薛宝钗金锁字样的,是一个癞头和尚;度化柳湘莲出家的,是一个跏腿道士。

在小说第二十五回中,曹雪芹用两首诗来对一僧一道的形象进行了描写:

见那和尚是怎的模样:
　　鼻如悬胆两眉长,目似明星蓄宝光。
　　破衲芒鞋无住迹,腌臜更有满头疮。
那道人又是怎生模样:
　　一足高来一足低,浑身带水又拖泥。
　　相逢若问家何处,却在蓬莱弱水西。

如此，就有了明确的分界：在仙界之中一僧一道所现的是本相，是完美无瑕的，有着"真人"的形态；在凡间他们则呈现出"畸人"的样貌。这种"真人"形象与"畸人"形象之间的互相转换，显然是曹雪芹有意为之。

《红楼梦》既然以"梦"为名，梦幻之意是非常明显的。曹雪芹用故事来承载他非幻与幻之间的思辨。他借一僧一道之口，说出"红尘中有却有些乐事"，但是"美中不足，好事多魔"，终归是"到头一梦，万境归空"。在《好了歌》中他又强调"好"便是"了"，"若要好，须是了"；在讽刺世人的痴念时，又有"到头来都是为他人作嫁衣裳"等句。世人终归是处于"假作真时真亦假，无为有处有还无"之境的。孰为真，孰为假？孰为幻，孰为非幻？曹雪芹用一场红楼大梦来作解释。"乱烘烘你方唱罢我登场"，世人总在这种历史的循环往复之间，真假不分，幻与非幻不清，追逐于功名利禄，受役于物，去寻求片刻的荣华。

一僧一道的"真人"相与"畸人"相，正是这真与假、幻与非幻的表达。居于"天不拘兮地不羁"的仙界，他们明了世间真谛，能够"无所待，以游无穷"。但当他们将补天余石幻化为"通灵宝玉"，他们对世间就有了人为的干预，从而生出羁绊。也正因此，他们才会进入世间，来度脱几位"风流冤孽"。于是他们也就从"风神迥异"转为癞僧跛道，从而具有了两重样貌，而"畸人"相，又可视作尘俗世界对人的压抑与改变。这其中未必没有曹雪芹对于世人的讽刺：真假不分、是非难辨。

非独一僧一道，仙界中未生情之时的神瑛侍者，也是呈现出"真人"的样貌。而因其对绛珠仙草表现出的情不情，才会进入凡尘间来历劫。在凡尘间，贾宝玉就有着"畸人"的特性。

贾宝玉崇尚自然，拒绝人附庸风雅。在小说第十七回中，论及稻香村之时，贾宝玉道：

> 却又来！此处置一田庄，分明见得人力穿凿扭捏而成。远无邻村，近不负郭，背山山无脉，临水水无源，高无隐寺之塔，下无通市之桥，峭然孤出，似非大观……非其山而强为山，虽百般精而终不相宜……

于大观园这种华丽之地，忽现一处田园风光，在贾政自然是标榜清幽雅致，在贾宝玉的眼中，却是违背自然之理、强行而为之的。二者之间的认知形成尖锐对立。

在众人眼中，贾宝玉是呈现出多面性的。刘再复先生曾列举小说中人物对贾宝玉的评论，如在贾政眼中，贾宝玉是一个"不肖的孽种"；在王夫人眼中，贾宝玉是一个永远的孩子；在警幻仙姑眼中，贾宝玉是"天下第一淫人"等等。[1]不同人的眼中，会呈现出不同的形象。这些不同的评价的叠映，尤能显示被评价者与社会之间的关系。

曹雪芹善于通过不同人的眼，来呈现人物形象。贾政眼中的贾宝玉，之所以为不肖的孽种，是因其不喜读书，整日厮混于闺阁之中，又多有不合礼教之举；王夫人眼中的贾宝玉之所以为长不大的孩子，是因二者之间的亲子关系以及贾宝玉的诸多荒唐举动；警幻仙姑眼中的贾宝玉之所以为"天下第一淫人"，是因其执著于情。在《红楼梦》中，有三处关于贾宝玉的评价是出于旁观者角度的：其一为冷子兴的演说，在冷子兴的眼中，贾宝玉将来必然是一个色鬼；其二在第三十五回中，两个婆子对贾宝玉的评价为有些呆气，究其原因是他常有一些怪异举动；其三在第六十六回中，兴儿对宝玉的评价为疯疯癫癫的、没有刚柔。

从这些评价来看，贾宝玉的行为是与众不同，又不符合主流价值观的。正如警幻仙姑所言，贾宝玉是"天下古今第一淫人"，所谓"淫"，是其对色的偏好、对情的执著。也正因如此，他才会被"百口嘲谤，万目睚眦"，也就有了"行为偏僻性乖张"的评价。但贾宝玉终归是"那管世人诽谤"的。他鄙弃禄蠹，讽刺"文死谏武死战"，拒绝谈世俗经济。正

---

[1] 刘再复《贾宝玉论（上）》，《读书》2013年第3期。

因如此，他人眼中的贾宝玉是"畸于人"的。这种"畸于人"，并非言其形貌，而是来自价值的认同。然而在此时，贾宝玉尚无法称为"畸人"，他只是一个行异于常的人，或以晚明"畸人"一词风行之时的"畸人观"视之，方能吻合。

但贾宝玉对于情的思索是有意识的，是基于其本心的。他的前身神瑛侍者，因为情而下凡历幻，使其具有本真性情"情不情"。当这种"情不情"作用于具有美好属性的女子身上时，就形成了"意淫"。对于情，贾宝玉也是一直在思索的，在小说第二十一回中，贾宝玉读完《庄子·外篇·胠箧》之后，续写了这样一段文字：

> 焚花散麝，而闺阁始人含其劝矣；戕宝钗之仙姿，灰黛玉之灵窍，丧减情意，而闺阁之美恶始相类矣。彼含其劝，则无参商之虞矣；戕其仙姿，无恋爱之心矣；灰其灵窍，无才思之情矣。彼钗、玉、花、麝者，皆张其罗而穴其隧，所以迷眩缠陷天下者也。

宝玉如此想，是因为他认为情带给他以烦恼，根源是女儿们的聪明灵秀，如宝钗之仙姿、黛玉之灵窍，只有去除了美，才能使丑也不复存在。此段内容颇有"绝圣弃智"的意味，然而贾宝玉的"悟"总会被现实生活所黏住，当他见到娇嗔满面的袭人之时，烦恼也就抛到了脑后，"意淫"终归还是本性。

第二十二回中，贾宝玉又因自己夹于湘云与黛玉之间，"巧者劳而智者忧"，不受二人理解，写出了"你证我证，心证意证。是无有证，斯可云证。无可云证，是立足境"的偈子，又填了一阙《寄生草》：

> 无我原非你，从他不解伊。肆行无碍凭来去。茫茫着甚悲愁喜，纷纷说甚亲疏密。从前碌碌却因何，到如今回头试想真无趣！

这段文字中，贾宝玉明显是受到《庄子》的影响，意图通过去你我、去目的、去智慧的方式，使自己回归于自然状态，得到快乐与自由。然而这种"悟"又被林黛玉的"无立足境，是方干净"所打断，使他再次回归于生活之中。

贾宝玉的"悟"是经常被打断的，但也是经常发生的，在第二十八回中，贾宝玉听到林黛玉的《葬花吟》之后，转而去思考美好在时间面前的脆弱，最终转向"逃大造，出尘网"的角度，此也可视作贾宝玉"悟"的进步。然而"情"并不会因此而被他抛弃，对美好的呵护仍然是贾宝玉的执念，他宁愿"化成一股灰""一股烟"，也不会放弃"情"。在"情悟梨香院"之后，他终归是明白了"各人各得眼泪"，从而明白了情的专属，继而对林黛玉说出"你放心"。至此，"情"

再也不是贾宝玉所能够抛弃的了，也不再是他产生烦恼的因由。在这个过程中，贾宝玉明了了自我的坚持，明了了自我的价值，那就是"情"。正因如此，经历了凡间之旅的神瑛侍者，并不会再返还于仙界之中，因为他并未抛弃凡心，反而将"情不情"更加深化了。空空道人在经历了"因空见色，由色生情，传情入色，自色悟空"之后，改名为"情僧"，亦可作此注脚。此情僧，即可视为贾宝玉的后身，也可当作小说的第一个阅读者，他与贾宝玉形成心灵共鸣，也因此与贾宝玉有了共同的认知，于是他与贾宝玉形成了二而一的审美意象。后四十回中，披着猩红毡子的贾宝玉，又何尝不是固守本真的和尚？

在这一过程中，贾宝玉从对美好之色的欣赏喜爱，转为对情的执着，从行为异于常人，走向了有着自我思想、自我坚持的心灵异于常人，终归实现了自我意识的圆满，成为了《庄子》中的"畸人"。这一过程使其与世形成了不可调和的矛盾，也为他的出世做好了预设。

作为贾宝玉的心灵知己，林黛玉自然也属"畸人"。

在仙界之中，绛珠仙子以密情果为膳，以灌愁海水为汤，本就郁结着缠绵不尽之意。她历幻的唯一目的是"还泪"，以助贾宝玉得以悟透"情"，从而摆脱凡心，重返仙界。因而林黛玉是因情而生，因情而死，她也就成为情的符号、情的代名词。

在林黛玉进贾府之时，就已经开始了还泪之旅。她有着敏感的诗人气质，有着过人的才情，更因其对"情"的执念而异于常人。如在小说第五回中，众人对林黛玉的评价是"孤高自许，目无下尘"。然而，众人的评价多有基点问题，小说中有许多描写足以证明：第二十六回中，佳蕙奉贾宝玉之命去给林黛玉送茶叶，恰逢林黛玉收到月钱，"就抓了两把"给佳蕙，此举动足显其宽厚仁德；黛玉与紫鹃之间虽有主仆之名，却实为姐妹；香菱想学诗，黛玉倾情相授；对于宝钗的"金兰语"，林黛玉也以肺腑之言应之。这说明在黛玉的心中，情感是超越身份界限的。她只会从自我的情感出发，去面对众人：佳蕙是宝玉的丫鬟，紫鹃是整日一起生活的姐妹，香菱是痴于诗的人，宝钗以关心口吻爱护着她。"目无下尘"只是如同贾宝玉对于禄蠹的批判，是针对那些俗物的。

林黛玉也是尖刻的。她缺乏身份界限意识，但她对自己的尊严又是非常在意的。如在"送宫花"事件中，她就说出"别人不挑剩下的也不给我"这样的话。这种自尊还体现在她与宝玉的交往之中。在二人共读《西厢》之时，贾宝玉唐突地说出"我就是个'多愁多病身'，你就是那'倾国倾城貌'"，这在贾宝玉可谓情不自禁，在林黛玉则有被"轻薄"之感。这些均是其自尊之体现。

对林黛玉刺激最大的自然是贾宝玉。相对于宝玉的懵懂，林黛玉自始至终有着专一之情。她会因为宝钗的金锁要与玉配而留心，也会因为晴雯不开门而误疑宝玉，更会因元春赐礼、张道士说亲等与宝玉闹得不可开交。如此等等，未尝不是贾宝玉的心意未明，或者说是贾宝玉的爱博造成的。其所求者，不过是相互知心而已。她只会"情情"，情只为有情人而生，情就是她的道。非因情的获得，对于林黛玉是没有价值的。贾宝玉说的"林姑娘从来说过这些混账话不曾"，正可说明二者的契合。他们均是本着自我内心而生活的人，不以世俗通常以为的价值为价值。"质本洁来还洁去"，也是林黛玉面对命运之时的主动选择，在她的眼泪渐少之时，在她的情不被世俗所认可之时，她也唯有如此了。

故而，世人眼中的林黛玉是柔弱的、尖酸刻薄的，是会时时哭泣的，是一个奇怪的人；但她又是顺从于自我内心、自我之道的人。与贾宝玉相比，林黛玉是缺少成长性的，小说中说她"生不同人，死不同鬼"，也正是她作为"畸人"的体现。

当林黛玉所坚持的"情"被世俗摧毁之后，死亡也就来临了，"泪尽而逝"就是她的先天命定。

一僧一道、贾宝玉、林黛玉属于"畸人"是通过其行为模式、思想感情来展现的，而书中明写为"畸人"的只有妙玉。小说第六十三回中，邢岫烟对贾宝玉说道：

> 怪道俗语说的"闻名不如见面"，又怪不得妙玉竟下这

帖子给你，又怪不得上年竟给你那些梅花。既连他这样，少不得我告诉你原故。他常说："古人中自汉晋五代唐宋以来皆无好诗，只有两句好，说道：'纵有千年铁门槛，终须一个土馒头。'"所以他自称"槛外之人"。又常赞文是庄子的好，故又或称为"畸人"。他若帖子上是自称"畸人"的，你就还他个"世人"。畸人者，他自称是畸零之人；你谦自己乃世中扰扰之人，他便喜了。如今他自称"槛外之人"，是自谓蹈于铁槛之外了；故你如今只下"槛内人"，便合了他的心了。

在这里，"畸人"与"槛外之人"是一组，而"世人"与"槛内人"是另一组。在妙玉的认知中，人就是应该如此划分的。扰扰，纷乱状也，"世人从扰扰"，追逐于名利之间，勘不透人的归宿只是"一个土馒头"。这段文字，对妙玉的心性有着深入的描写。她通过这样的行为进行自我暗示，她是需要与众不同的。《庄子》中的"畸人"是道德圆满之人，这是妙玉的追求；她坚持与世人的隔阂，坚称自己为"槛外之人"，又未尝不是一种敏感与自尊的表现。

这与妙玉的身世有关，她确为畸零之人。她本为读书仕宦家族之女，父母双亡，自小多病，只能入空门中带发修行，又独居于京师。种种遭际，使她形成了敏感而又自尊的性格，而自尊，又往往来自于自怜与自怨。因此，她才会强调自己的与众不同，以寻求精神的超脱。在整部《红楼梦》中，妙玉是少与人言的，孤僻之性众人皆知，李纨就曾言"可厌妙玉为人"，由此可见一斑。"洁"是她的追求，这种追求外化，就成为她的行为准则，如她丢弃刘姥姥用过的茶杯，在众人走后用净水洗地等行为，均来源于此。

然而，她也是寂寞的，她希望有知己，渴望有友情。她邀请贾宝玉、林黛玉、薛宝钗去喝体己茶，与史湘云、林黛玉联句等，均体现了她的这份希冀。又因这种自我强制的孤高，她在与这些"槛内"之友的主动接近中又有着疏远。所以妙玉是矛盾的，这份强制中也就少了自然的气象，多了人为和刻意之感。如果以"畸人"论之，她更像是晚明文化中的"畸人"，离庄子所说的"畸人"颇远。

综上，《红楼梦》中出现了四类"畸人"，也承载了曹雪芹对"畸人"的各种思考。

就一僧一道而言，他们由"真人"而"畸人"，呈现出仙界与凡间的两种形象。"真人"善忘，而"畸人"怀情，正因如此，一僧一道也就以癞僧跛道的样貌示人。此也体现了凡尘中的压抑与污浊。

贾宝玉与林黛玉是相似的，二人都以"情"为第一要务，而不屑于世俗中的熙熙攘攘。然二者也是有差异的。如果说林黛玉从一开始就是"畸人"，那么《红楼梦》更像是一部贾宝玉的"畸人"养成史，虽其在初始时就显示出与众不同的个性，但在思想上他是逐步成熟、逐步完满的。

妙玉的"畸人"之相有着刻意的成分。她的敏感、她的自尊，使其隔离于世人之外，以求自我精神的独立，保持孤高与傲然。这也是一个飘零之人的无奈。

小　结

从"齐物"，到"道通为一"，庄子在构建一种合于道的思想，于是"真人""至人"也就诞生了。但是庄子显然也意识到异化的力量，且这种影响是广泛存在的，故而他又构建了于凡尘中生活的"畸人"，他们合于道，求自我精神的完满，展现出独特的生命特质。但这也是一种无奈的选择，发展与自然之间、理性与感性之间，总会出现背驰之势。天之小人，人中君子，反言之则人中小人，天之君子，人与天之间的这种矛盾是难以调和的。而"畸人"，虽渴望"侔于天"，但"畸于人"的特性，总会使其独立于世，这样又会触及个体与群体之间碰撞的问题。如阮籍的一生，正可视为"畸人"人格于凡尘中的修行。

思想下行，形而上转为形而下，"畸人"语义也会发生演变。当"畸人"成为行异于常的高洁之士的称谓之时，对个体精神的追求也就成为一种思潮。在此时，"畸人"更多是指一种生活方式，是一种与现实的不妥协。此时所谓"畸人"，更多地是展现自我，是与世人对立，而在"合于道"的追求上，与庄子所言已相去甚远。

曹雪芹延续了关于"情"的思考，并将之放置于"道"的位置，那么坚守于"情"的林黛玉，就成为了"畸人"。与之相比，贾宝玉在天然性情的引导下，从行异于常逐渐发展到心异于常，成为了真正的"畸人"。而《红楼梦》的故事情节，自可从"畸人"与"畸人"之间的吸引，以及"畸人"与"世人"之间的碰撞来阐释。

除却一僧一道，宝玉、黛玉、妙玉这三玉都是纯粹的，他们专注于自我的精神世界，体现出独特的生命特质，然而他们的结局都是悲剧的。

眼极冷、心极热的庄子，能够意识到"畸人"之所以为"畸"的原因，同样眼冷心热的曹雪芹，也同样意识到了"畸人"与"世人"的碰撞。与庄子不同，曹雪芹将自己对"畸人"的理解，幻化为人格游走于世间，而世间的规则，又在挤压着"畸人"的生存空间。《红楼梦》中那大大小小的悲剧，又何尝不是世间规则的力量体现？

在曹雪芹的构想中，贾宝玉并未回归于仙界。那是因为曹雪芹也认为"情"才是第一要务。既然因"情"而下界，去"情"才能返回，有"情"又不能合于世，那么贾宝玉就只能以情僧的样貌来游走了。情僧，又何尝不是一位"畸人"？

第三节 曹雪芹的历史认知与《红楼梦》的悲剧生成

王国维先生在《红楼梦评论》中提出《红楼梦》是"彻头彻尾之悲剧"[1]，以悲剧而言，王国维此论颇受关注，引来的非议也有许多，然如以结果来论，却也合适。《红楼梦》构建了许多美好，但美好的被毁灭正是悲剧之体现。

悲剧之生成，来源于曹雪芹的思想。小说首先是一种精神产物，是作者精神世界的反映。《红楼梦》的悲剧，集中了曹雪芹对社会、历史以及人的认知，这就使得曹雪芹的个体创作中，有着他非常独特的自我气息。正是他对社会存在与社会意识认知的反馈，形成了《红楼梦》中的诸多问题，如人与社会、个体精神与集体意识等等。从小说创作来说，对历史、社会规律以及人的认知，是推动小说情节、塑造人物形象的逻辑基础。缺乏这种逻辑基础，就无法完成小说中社会与人的合理性塑造，也就无法承载曹雪芹的思考。这就牵扯到作者的历史认知问题。

历史与历史认知，是相连而又不同的。以历史而言，首

---

1 王国维《红楼梦评论》，载于《王国维全集》第一卷，浙江教育出版社2009年版，第64页。

先来源于凭据,这些凭据需要"在我们自己的胸中才能找到那种熔炉,使确凿的东西变为真实的东西,使语文学与哲学携手去产生历史"[1]。由确凿而真实,正是个体历史认知的作用。有不同的认知就会对历史有不同的解读。认知又来源于人们对现实的看法,从而形成解读凭据的经验。因而考察作者的历史认知与其描写的现实之间的关系,进而去观察其对《红楼梦》悲剧的形成所起到的作用,也就成为有价值的探索。

一、事功与欲:修身的无力与人性中的贪婪

从创作角度而言,作者脱离不了自己所处的历史语境。以《红楼梦》为例,我们虽常惊叹于其内容的广博、艺术的精致、思想的深邃,但它仍然局限于作者所处的时代。

王昆仑先生在《关于曹雪芹的创作思想》一文中写道:"一个伟大作家总是忠实地反映着自己对于现实社会所取的态度。"[2]作家态度之生成,是他对历史、社会、人生的感受与反思,进入小说之中,这些思考就会被故事情节等承载,也就是《红楼梦》开篇所云的"真事隐去""假语村言"。《红

---

1 (意大利)贝奈戴托·克罗齐《历史学的理论和实际》,傅任敢译,商务印书馆1982年版,第14页。
2 王昆仑《红楼梦人物论》,北京出版社2004年版,第2页。

楼梦》正是作者与历史、社会、人生碰撞之后的产物。

《红楼梦》中对于古人的评价集中在"正邪两赋"论中。作者将古人分为四类，除却碌碌之人，有大恶、大仁、正邪两赋中人三类。这种分类，基于对历史人物的理解，体现着曹雪芹的历史认知。

我们前文曾论及"正邪两赋"区分人物的标准属于儒家体系，以及曹雪芹特意以事之成败来代替仁与不仁区分，也曾谈及历史的书写者等问题，因书写者的不同，评价也会发生偏移。这些正是曹雪芹历史认知的展现：淡化事功，消解仁与不仁的评价基点。之所以形成这样的历史认知，实质上是曹雪芹对他所处时代的社会存在与社会意识之间诸多现象的反思，转而成为对史的批判。

儒家强调人与社会之间的关系，事功一途，向受重视。"子路问君子。子曰：'修己以敬。'曰：'如斯而已乎？'曰：'修己以安人。'曰：'如斯而已乎？'曰：'修己以安百姓。修己以安百姓，尧舜其犹病诸？'"[1]《论语·宪问》中的这段话，正是儒家对于君子的要求，也是一个从"修己以敬"至"修己以安人"，再至"修己以安百姓"的进程，规定了君子的社会责任。孟子也曾说"穷则独善其身，达则兼善天下"[2]，此也是许多儒士的座右铭。《大学》中格物、

---

[1] 杨伯峻译注《论语译注》，中华书局2006年版，第179页。
[2] ［宋］朱熹集注《四书章句集注》，中华书局1983年版，第451页。

致知、诚意、正心、修身、齐家、治国、平天下"八条目"的提出，确立了"以修身为本"的成德之路，并将之当作实现事功的基础。而无论如何，儒家强调的事功，是在儒家思想下的社会活动，所追求的是仁的实现。

二者之间的差异已经非常明显。在曹雪芹眼中，历史上的事功，成败是其关键，而无关乎仁与不仁；儒家思想体系中的事功，是从个体修身始，再作用于群体，是一种实现仁的人生之路。

小说是生活的艺术化表达，作者创作离不开他所处的环境。《红楼梦》是写实的，其中的部分情节就可反映这些思考。

从思想上来说，曹雪芹对于儒家既有认同，又有反思。作为《红楼梦》中的主要人物，贾宝玉身上寄托了曹雪芹的最重要思考。第三回中，贾宝玉表达了他对儒家的态度："除《四书》外，杜撰的太多，偏只是我杜撰不成？"又有"只除'明明德'外无书，都是前人自己不能解圣人之书，便另出己意，混编纂出来的"一语。这说明曹雪芹对于儒家的接受是有选择的，此两段话中就有对圣人之意、圣人之书的尊崇，但他对经过后人异化的儒家思想，是持贬斥态度的，认为是"杜撰"与"混编纂"。

此种批评并非虚言。"四书"之名，虽自朱熹始，但原典早已存在。《大学》出自《小戴礼记》第四十二，其中多有朱的改动：如"明明德"的后句"在亲民"，朱熹据程颐意改"亲"为"新"。又如《四书章句集注》中《大学》第五章:"右传之五章,盖释格物、致知之义,而今亡矣。间尝窃取程子之意以补之。"[1]这里所讲"格物致知",也即贾雨村借以生发"正邪两赋"论之方法。其内容既已"亡",又经"补",曹雪芹自可以"杜撰"视之。此或即"杜撰""混编纂出来"之所指。此风也非自朱熹始,袁枚在《随园随笔·摘注论语》中亦曾言"汉人注疏好臆造典故"[2]。因乎此,贾宝玉才会有焚书之言。这其中体现的态度非常鲜明:曹雪芹认同的是原初的儒家思想,反对的是异化之后的儒家。

自汉代独尊儒术,儒家成为统治之学,在儒家思想的影响下,诸多儒士又是何种形象?《红楼梦》中塑造了许多儒生,如贾雨村,熟读经书,终成禄蠹,最终躲不过锁枷之累;又如贾代儒,迂腐老儒,误人误己;再如贾敬,身为进士,却成日炼丹。此辈皆谙熟圣人之书,其行为却离君子很远。即便如《红楼梦》中的君子贾政、林如海,亦仅可称为宽厚仁德,于世务也无太多表现——修身则可,齐治平则未见。

儒家思想笼罩之下的社会又呈现出怎样的面貌?小说第四回中就有"护官符",按门子所说:"这四家皆联络有亲,一损皆损,一荣皆荣,扶持遮饰,俱有照应的。"由此引出

---

[1] [宋]朱熹《四书章句集注》,中华书局1983年版,第6页。
[2] [清]袁枚著、王英志编纂校点《袁枚全集新编》第十三册,浙江古籍出版社2015年版,第12页。

了"葫芦僧乱判葫芦案",更为"石呆子"一事埋下伏笔。

小说第十六回《贾元春才选凤藻宫　秦鲸卿夭逝黄泉路》末尾处有这样一段鬼话:

> 都判官听了,先就唬慌起来,忙喝骂鬼使道:"我说你们放了他回去走走罢,你们断不依我的话,如今只等他请出个运旺时盛的人来才罢。"众鬼见都判如此,也都忙了手脚,一面又报怨道:"你老人家先是那等雷霆电雹,原来见不得'宝玉'二字。依我们愚见,他是阳,我们是阴,怕他们也无益于我们。"都判道:"放屁!俗语说的好,'天下官管天下事',自古人鬼之道却是一般,阴阳并无二理。别管他阴也罢,阳也罢,还是把他放回没有错了的。"

曹雪芹借鬼说人话,以谐写庄,批判之意非常明确。第三十八回中薛宝钗所作《螃蟹咏》:"眼前道路无经纬,皮里春秋空黑黄。"智通寺中对联:"身后有余忘缩手,眼前无路想回头。"这些地方均有此意。这些尖锐的讽刺,直指社会的阴暗面,与儒家所倡的大同形成极大差异。由此可见,曹雪芹对于以儒治国持有怀疑且批判的态度。

《红楼梦》中诸多情节也体现出儒家思想与现实的脱节。

在第四回中,说到贾政"训子有方,治家有法"时,又以"素性潇洒,不以俗务为要"为由,为贾政的不理家作出解释。

然"治家有法"与"不以俗务为要"形成矛盾，无论如何解释，呈现出来的仍是贾政的不谙于实务。

小说第五十六回中，有这样一段文字：

> 宝钗笑道："……竟没看见朱夫子有一篇《不自弃文》不成？"探春笑道："虽看过，那不过是勉人自励，虚比浮词，那里都真有的？"宝钗道："朱子都有虚比浮词？那句句都是有的。你才办了两天时事，就利欲熏心，把朱子都看虚浮了。……"探春笑道："你这样一个通人，竟没看见子书？当日姬子有云：'登利禄之场、处运筹之界者，窃尧舜之词，背孔孟之道。'"

朱熹《不自弃文》由物及人，确为勉人自励之文。此段内容重心在"姬子有云"的一段文字，言功名利禄中人，以尧舜为托词，实质上是背离孔孟之道的，并以此证《不自弃文》的"虚比浮词"。而这段语也说明，孔孟之道并不能压制利禄之心，与实务是有脱节的。

脱节来源于欲望的不受控制。儒家虽以修身为前提，然而修身对于泛滥的欲望来说，缺乏约束力。

曹雪芹明了欲望之于人与社会的力量。在《红楼梦》中，对于欲望的书写是非常透彻的，像王熙凤的贪婪，贾琏、贾珍、贾蓉的淫欲，贾雨村对仕途的渴望等等，都诠释了欲望。

第二章 《红楼梦》中的哲思

《红楼梦》也有劝世警鉴之意：小说第一回就写到"今之人，贫者日为衣食所累，富者又怀不足之心，纵一时稍闲，又有贪淫恋色、好货寻愁之事"；《风月宝鉴》之名，也是针对淫欲而设；好名也是一种欲望，小说中又有贾宝玉对于"文死谏，武死战"的批判。这些内容均是对现实的如实反映，为曹雪芹所"不敢穿凿"处。

在对欲望的观照之下，曹雪芹认识到历史的循环往复、兴衰更替。甄士隐的《好了歌注》中的"陋室空堂"与"笏满床"、"白骨"与"鸳鸯"，都说明世事是瞬息变化的，世人"乱烘烘你方唱罢我登场"，终归是"为他人作嫁衣裳"。贾雨村的经历正是最佳说明：他的一生由衰而盛，由盛而衰，形成圆环。贾雨村初始时的意气、得意时的贪婪、衰败时的锁枷扛，究其根本都是受欲望支配的表现。相比于世间的花柳繁华、温柔富贵，儒家经典并未对他个体的品性形成限制。而他也是众生的缩影，甄家抄家后，甄宝玉是否也会落入此种循环？

曹雪芹的历史认知来源于他对社会现实的观察。在他看来，儒家虽形成了一套完整的体系，但是这套体系并不能使社会真正和谐。他揭开历史虚伪的面纱，透视历史与人性，观察到欲望的作用，而修身在欲望面前是无力的，于是他形成了淡化事功、排除仁与不仁之辨的认知。正是基于此，曹雪芹构建了《红楼梦》这个小社会中的社会意识与社会存在，

115

《红楼梦》中的诸多人物,也就生活在这个独特的小社会中。

二、情:个体精神的光辉

"明明德"为《大学》开篇第一句,郑玄注:"谓显明其至德也。"[1]朱熹注:"明,明之也。明德者,人之所得乎天,而虚灵不昧,以据众理而应万事者也。"[2]张毕来先生认为这里"明德",即是朱熹所言的"天理"。[3]贾宝玉独尊此句,但其"明德"之内容,已与朱熹所倡有了差异,有着个人理解的"至德"之意。

从贾雨村对"正邪两赋中人"性情的描述,我们可以发现,这类人是与众不同的,他们既不是儒家君子,又不会成为奸雄霸主。无论是奸雄还是君子,他们都是以事功实现自我价值的。而"正邪两赋中人"显非如此,他们是"聪俊灵秀"的,性格上又是"乖僻邪谬"的。曹雪芹用"情痴情种""逸士高人""奇优名娼"三类加以概括。这些人所明了的"至德"各不相同,如阮籍的至情至性、宋徽宗的沉迷书画、米芾的痴癫等等,但他们有着相同的一面,即都是审美的、关注自我精神的人。"易地则同"一语,正可说明这一特点。

---

[1] 《礼记》卷五,《四部丛刊》影印宋本。
[2] [宋]朱熹《四书章句集注》,中华书局1983年版,第3页。
[3] 张毕来《论红楼梦中的儒学道统(上)》,《文艺理论研究》1981年第3期。

这一共同点，正可说明曹雪芹的思想倾向。当人将精神追求置于首位，也就脱离了对利益的追求，不再受欲望的侵扰，从而散发出个体精神的光辉。这也可视作曹雪芹的历史认知：他欣赏具有个体生命特质的人，他思考的重心偏重于个体精神层面。

作者借贾雨村之口发表"正邪两赋"论，目的是以"大恶""大仁"两类人物为"正邪两赋中人"做铺垫，以引出本书的主人公贾宝玉这个典型的"正邪两赋中人"。此在拙作《〈红楼梦〉中的正邪两赋论与情之关系析读》中已有论述[1]，不再重复。

曹雪芹对于"情"的认知是有根源的。我国古代诸家哲学多为统治之学，哪怕强调"清静无为"的《老子》所论是治国之术，如《汉书·艺文志》中有评价：

> 道家者流，盖出于史官，历记成败存亡祸福古今之道，然后知秉要执本，清虚以自守，卑弱以自持，此君人南面之术也。[2]

这段评价是很中肯的。老子对"道"有着深入阐释，他

---

[1] 卜喜逢《〈红楼梦〉中的正邪两赋论与情之关系析读》，《文史知识》2023年第6期。
[2] [汉]班固撰、唐颜师古注《汉书》，中华书局1962年版，第1732页。

的治国理念也因道而生成，但这并不会改变其"君人南面之术"的本质。正如李泽厚所言："如果把《老子》辩证法看作似乎是对自然、宇宙规律的探讨和概括，我以为便恰恰忽视了作为它的真正立足点和根源地的社会斗争和人事经验。"[1]这与"盖出于史官"一语吻合。他们更关注于统治之学，对于个体精神尚少论述。

《庄子》独立于统治之学之外，它在本质上是审美的、关注个体的，他追求个体身心的绝对自由。《红楼梦》与《庄子》极为相似，他们均从人的特质出发，关注个体精神，也因此呈现出反理学的特点。

对于庄子，"道"是天，是自然之理；对于曹雪芹，"道"则是"情"。曹雪芹在此又有对冯梦龙的继承。前文曾提及冯梦龙借助于庄子的方式，将人分为至人、下愚、常人、畸人四大类。而其分类的依据为"情"，这与庄子有着极大的差异。冯梦龙将"情"放置于"生万物"的位置，自号"多情欢喜如来"，认为：

天地若无情，不生一切物。一切物无情，不能环相生。生生而不灭，由情不灭故。[2]

---

1 李泽厚《中国古代思想史论》，生活·读书·新知三联书店2008年版，第93页。
2 [明]冯梦龙评辑《情史》，浙江古籍出版社2011年出版，第1页。

在《红楼梦》中,"情"的地位也与此相似。如小说第一回中有"因空见色,由色生情,传情入色,自色悟空"十六字,"空""色"本属佛教词汇,分别谓世界本质与其物质表现形式,曹雪芹独以"情"介入其间,尤显"情"之地位,及其对于人的作用。

在第一回写到补天余石被弃在青埂峰下时,有一脂批:"妙!自谓落堕情根,故无补天之用。"此条批语深中肯綮。第十九回中有脂批"后观《情榜》评曰'宝玉情不情''黛玉情情'……",对贾宝玉与林黛玉的根本性情进行概括。如神瑛侍者在三生石旁见到绛珠仙草,因空见色,由色生情,也就有了"情不情"的根本属性,才会"凡心偶炽",进而需要到凡间来荡涤凡心。绛珠仙草因负情债,五衷郁结出缠绵不尽之意,也只能以还泪的形式来报答神瑛侍者的灌溉之恩,可谓"情情",于是也就生出林黛玉因情而生、因情而死的故事。五衷,即五脏,代指了绛珠仙草的全体,概言其为情的化身。空空道人因读《石头记》,由空而生情,终为情僧。而整部《红楼梦》就以神瑛侍者"传情入色,自色悟空"的凡间经历作为故事主体。

以此观之,《红楼梦》就是一部"情书"。然而"情"并非滥情,第五回中警幻仙姑的一段话就曾批判过借情而淫。《红楼梦》中的"情"之所以美好,是其本就因美而生,且这种美是多样的。曹雪芹是包容的,他体贴于各种美,也尊重各种具有美好属性的人。虽然并非人人能形成独有之思想，然而曹雪芹通过观察体悟，发现各种人物独特的生命质感，在小说中展现出他们最灿烂的一面。这正是历史认知之于文本的作用——以历史认知观人，发现其中的美。

如《红楼梦》中的薛宝钗是一个典型的儒家淑女形象，她以冷香丸来压制先天的热毒，这是她凭借儒家思想压抑自我性情的象征。曹雪芹并没有因为对儒家思想体系的态度而忽视或贬低薛宝钗这一形象，相反，曹雪芹对其美好的属性有着充分的认可，如薛宝钗的德。他体贴于此类人物，并对她抱有深深的同情，"可叹停机德"，一个"叹"字就将曹雪芹对薛宝钗一生遭际的悲悯展现了出来。

又如王熙凤，曹雪芹也并未因其贪婪，而掩其美好。她聪明俊逸，爽利干练，王昆仑先生以"恨凤姐，骂凤姐，不见凤姐想凤姐"一语来概括自己对王熙凤这一人物的阅读感受[1]，包含着对王熙凤美好属性的赞叹，这也来源于曹雪芹对王熙凤这一人物的深刻塑造。

《红楼梦》是不缺乏美的，这点实不用展开论述。《红楼梦》中可谓诸美皆俱，如妙玉之洁、探春之才、香菱之呆、晴雯之烈、蔷官之痴等等，哪怕只出场过一次的二丫头，曹雪芹也以贾宝玉的惆怅展现其质朴与自然。

---

[1] 王昆仑《红楼梦人物论》，北京出版社2004年版，第152页。

有了对美好的描绘，《红楼梦》中的"情"就越发深长。借助于各种情节，曹雪芹将"情"描绘得淋漓尽致。为了"情"的发挥，也为了"情"的纯粹，曹雪芹将林黛玉这一"情"的化身置于贾宝玉身侧，又以一干"情痴色鬼"围绕。犹嫌不足，他又构建一个大观园。大观者，美之大观。曹雪芹让他们暂时脱离俗世，让贾宝玉得以恣肆于其中。对于情，曹雪芹是赋予呵护的。

情与儒家事功是截然不同的。情是精神层面的，而事功则建立在个体对群体的作用之上。曹雪芹赋予贾宝玉以"情不情"的本真性情，而贾宝玉是以这种本真去面对世界，其后更有对"情"的纯粹。"意淫"的生成，正是这种纯粹的表现。当"情不情"面向具有美好属性的女子之时，就是"意淫"。"意淫"代表了有选择地付出以"情"。

这种有选择，也体现出曹雪芹的态度。在曹雪芹的眼中，情的付出是有着明确对象的。贾宝玉有一段名言："女儿是水作的骨肉，男人是泥作的骨肉。"男人之所以污浊，是因为多沉迷于欲望，被名利所污，从而将本真丧失。《红楼梦》中的诸多男性形象足以证明此点。女子与男子可以作为符号的表达，这其中的针砭已非常明确。

女子又如何？她们是否能一直秉有美好的本真？曹雪芹给予否定。最能体现此点的是第五十九回中，曹雪芹借春燕口所说出的鱼眼睛论。此论中，贾宝玉将女子分成宝珠、死珠子、鱼眼睛三类。贾宝玉意淫的对象，只会是具有美好属性的女子。正如春燕在说出鱼眼睛论后，以其母和姨妈为例，说他们"越老了越把钱看的真了"，这正体现了欲望的作用。正是在欲望的作用之下，众多女子完成了从宝珠到鱼眼睛的变化。其中，多出的是欲望，灭失了的是人的美好。本真是会失去的，女子也是会异化的。

以"情"对美好，这是曹雪芹的态度。曹雪芹是执拗的，他讽刺"假作真时真亦假"的世态，其原因在于他对真假有着判断，真就是真，假就是假，真假不发生辩证转化，而是在"情"观照下的恒定存在。因之而生成的有与无的对立，更是直指人生根本问题：人生的价值到底为何？何谓有，何谓无？在曹雪芹而言，有情为有，无情为无，他渴望一个真的世界，这个真的世界，是有情的，也是可以付出以情的。这正是曹雪芹历史认知的映射：崇尚个体精神特质的发挥。

曹雪芹追求的正是一个有情的世界。曹雪芹塑造了诸多美好，并以大观园来容纳，以情来涵养，而情也在这个纯粹的环境中得以纯化。

三、幻灭：美好的逝去

与思想家不同，小说家是以故事来承载其思想的。虽《庄子》中也有许多寓言以示其思想，但未免有观念先行的现象。

第二章 《红楼梦》中的哲思

长篇小说可对主人公的一生加以描述,从而既表现其思想倾向,又展现他的人生轨迹,创作的过程又会加深作者的思考,于是各种思想、价值观的碰撞就会呈现出来。这种现象在《红楼梦》中表现得尤为完整。

《红楼梦》中有着明显的"梦幻"意识。小说第一回中,一僧一道说道:

> 善哉,善哉!那红尘中有却有些乐事,但不能永远依恃,况又有"美中不足,好事多魔"八个字紧相连属,瞬息间则又乐极悲生、人非物换,究竟是到头一梦、万境归空。倒不如不去的好。

在曹雪芹的眼中,红尘中是有乐事的,但是乐事并不会长久存在,最终只会是"到头一梦,万境归空"。此与《好了歌》中"白茫茫大地真干净"一语是相类似的,均指向人生的虚无。

在《红楼梦》中,美好终归是幻灭了的,正如小说第五回中《红楼梦曲》所说:"为官的家业凋零,富贵的金银散尽。有恩的死里逃生,无情的分明报应。欠命的命已还,欠泪的泪已尽……"这也正是《红楼梦》的悲剧之所在。鲁迅先生在《再论雷峰塔的倒掉》中说:"悲剧是将人生的有价值的东西毁灭给人看。"[1]《红楼梦》的悲剧在于美好的毁灭、有情世界的崩塌。当一切幻灭以后,曹雪芹的另一重历史认知也显露:美好是不会持久的,终将会被世俗毁灭。

这与曹雪芹的经历有关。小说凡例中言:"作者自云:因曾历过一番梦幻之后,故将真事隐去,而撰此《石头记》一书也。"此句正是曹雪芹创作的缘起。现实中的曹氏家族也如《红楼梦》中的贾氏家族一样,经历过烈火烹油的盛况,也面临着由盛而衰的转变。因曾经历过梦幻,故而写出的仍是梦幻。作家经历与小说文本之间本就有着千丝万缕的联系。

曹雪芹在自身经历与《红楼梦》的创作之间是有着挣扎的,他试图通过各种方式来回避悲剧。

譬如家族的覆灭。曹雪芹在小说中不断地反思曹氏家族覆灭的原因,如冷子兴所言的子孙不肖、家族排场等,并通过各种情节将此展现。又通过元春封妃、秦可卿托梦、探春理家等诸多契机,试图挽救这将败之局,因此生出"补天"一说。然而这些都是徒劳的,以元妃之势来"补天",只有一时之力,秦可卿托梦所嘱之事也是没有实现的,探春理家也无法扶大厦于将顷。"无材可去补苍天"一语中就有着曹雪芹对自己无能为力的慨叹,也有着对自我专注于个人精神的诉说。也正因此,才会形成曹雪芹个人精神特质的追求。

---

[1] 鲁迅著,王世家、止庵编《鲁迅注译编年全集》第六卷,人民文学出版社2009年版,第44页。

第二章 《红楼梦》中的哲思

在一个欲望泛滥、本真会异化的环境里,坚守本真又会如何?曹雪芹通过对贾宝玉一生的演绎,去推求这种结果。

要完成这种演绎,首先就要构建一个真实的社会。我们在前文中曾言曹雪芹对社会的认知,故而小说开篇即言"追踪蹑迹"与"不敢稍加穿凿"。曹雪芹忠实地将人与社会写入小说之中。

其次,还需要对人有深刻的认知。曹雪芹是承认人的复杂性的,所以《红楼梦》才会摆脱脸谱化的书写,将其中诸多人物塑造成立体的丰满的人物典型。也正因为此,《红楼梦》中的人物才会如真实的人一样,要直面各种生活的压力、欲望的诱惑,所以异化难以避免。

如王夫人,在无关宝玉的事情上,显得宽容、慈悲,寡言少语,规矩本分,总是一种雍容贵族主妇的形象;但当事涉宝玉,就会触动她的敏感神经,令她紧张起来,一扫往日宽厚,严厉刻薄甚至刻板,从逐金钏、晴雯等事件便可看出。这就将王夫人之为贵族主妇和母亲的双重身份结合起来,毫无违和之感。如此等事,正是曹雪芹所擅长的。《红楼梦》中的主要人物是优缺点兼具的,从不同的视角观察,就会得到不同的认知。

也正因此,《红楼梦》总会给人以熟悉感与陌生感兼具的阅读体验。从熟悉感而言,《红楼梦》中的社会与人都是真实的,仿若我们周边之人;从陌生感而言,《红楼梦》中的人与事都是经过提炼的，较之于现实社会，反而更能体现本质，曹雪芹代替读者穿越层层迷雾，抓住了社会的事理体要。曹雪芹将理想幻化为人格，游走于小说之中，既想着去探寻一条出路，又试图坚持本真、留住美好。

在《红楼梦》中，针对于美好、针对于情，曹雪芹也做出种种尝试来抗拒异化的作用，以求保留本真。他构建了一个大观园，将一干青春美好的女子置于其中，让贾宝玉在大观园中去纯化情。大观园自然是美好的，小说第二十三回有四首即事诗，字里行间满溢着惬意与优游。

曹雪芹特意消解生活的压力，只保留生活的美好。在这样的环境中，贾宝玉得以悟情，由"情不情"至"意淫"，由"爱博而心劳"逐渐向"各人各得眼泪"转化，从而使贾宝玉悟得情非自己的专属，而是人之常情。《红楼梦》中宝黛之外的爱情故事，无不在说明情是人不可或缺的灵魂需求。

为了使情长久，曹雪芹特意延缓时间，从而使大观园中的少年得以保存本真。我们在阅读《红楼梦》的时候，在一个时间段内，是很难感受到时间流速的，贾宝玉仿佛一直十三岁，既有着青春的敏悟，又可以年岁尚幼的理由留在大观园中。

然而大观园毕竟只是一个建立在世俗中的园林，当大观园小厨房里的利益纠葛牵扯到园中人时，当大观园中的物产成为商品时，当大观园中的人也有了各种欲望之时，大观园的围墙终究挡不住世俗的侵袭。

曹雪芹是善作冷语的。于极热中写出极冷，正是曹雪芹冷静与沉思的体现。于是有"魇魔法"，有"尴尬人"与"尴尬事"，有"金钏投井"，有着诸多死亡，也就有了宗祠里的一声叹息。鲁迅说："悲凉之雾，遍被华林，然呼吸而领会之者，独宝玉而已。"[1]此语前半部分，的是确论，"悲凉之雾"的阅读体验，正是曹雪芹冷语的作用。后半部分却是有阶段性的。大观园中的宝玉，沉湎于"悟情"之中，却极少有"悟世"的表现，甚或可说他是愚钝的。如在写出"你证我证"的偈子之时，他的悟性显然不如林黛玉。在林黛玉说出贾氏家族"出的多进的少"，将要"后手不接"的现状之时，宝玉答道："凭他怎么后手不接，也短不了咱们两个人的。"这也显露出他拙于世、专于情的本质。

贾宝玉也是留恋于凡尘的。张天翼先生在《贾宝玉的出家》一文中写道："可是他内部还有些别的种子，又使他执着在这个世界，舍不得放手。"[2]相比于青埂峰下的清冷，贾宝玉更喜好世间的美好，这是因为世间有情。故而他的"悟"总是呈现出阶段性。只有当他的情悟达到一定的水平，美好的毁灭来临之时，他的世悟与情悟才会合流，尘世摧毁美好

---

[1] 鲁迅《中国小说史略》，东方出版社1996年版，第186页。
[2] 张天翼《贾宝玉的出家》，转载于吕启祥、林东海主编《红楼梦稀见资料汇编》，人民文学出版社2001年出版，第833页。

的本质才会在他眼中显现。

大观园因抄检而毁灭了，时间也是不可抗拒的，这也说明了悲剧的不可避免。贾宝玉虽拒绝异化，拒绝成长，并希图以此抗拒世俗的力量，然而这是大势所趋，不会因个人意愿而改变。于是迎春也就嫁人了，惜春也选择了出家，"三春去后诸芳尽"，园中人终归难逃薄命司的召唤。当女儿成为美好的符号，美好也总是脆弱的。第六十三回中的"群芳开夜宴"正是毁灭前夕的狂欢。

这也是有预演的。第六十四回中林黛玉作有《五美吟》，正可作为女儿在世俗中的悲剧写照。无论是西施、虞姬、昭君，还是绿珠、红拂，无论她们是为情还是为时事，她们都得不到大观园的庇佑，她们都是直面于现实的，而现实给予她们的就是毁灭的命运。美好的毁灭是曹雪芹历史认知的体现。

如果贾宝玉重返仙界，则《红楼梦》未必是一种悲剧，他毕竟获得了某种宗教式的解脱，而《红楼梦》也就与《邯郸记》《南柯记》等类似，提供了一种宗教的胜利。然而贾宝玉毕竟没有走向警幻仙姑与一僧一道所预设的道路——洗去尘世的凡心，回归于清冷的仙界之中。贾宝玉以出家为结局，但他仍执着于世间。正如前文所述的空空道人一般，贾宝玉哪怕遁入空门，也仍然坚持着情的不可或缺，他们形成了二而一的审美共同体。这是曹雪芹的执拗，也是曹雪芹对人世间美好的留恋。

小　结

于读者而言,《红楼梦》的悲剧是多重的,有爱情的悲剧、家族的悲剧等等。这是见仁见智的事,其多重性来源于《红楼梦》的写实性与艺术感染力。

在曹雪芹而言,这种悲剧无疑更令人苦痛。曹雪芹用《红楼梦》去探索了与社会、个体与群体的背反,也用毁灭来呈现出他所探索的结局。

胡文英评价庄子"眼极冷""心极热",与庄子类似,曹雪芹也有这种能力:他眼极冷,故能穿透社会与历史的迷雾;他又心极热,总是去体贴、去感悟、去悲悯于世间的美好。创作中的曹雪芹又呈现出心极冷的样貌,他以将美好毁灭的方式控诉人性的异化、欲望的泛滥。

然而曹雪芹毕竟是构筑了美好的,他让我们看到了人性的真与纯,也看到了情的光辉,让我们了解到有情之世界的魅力。这不也是我们所追求与向往的么?

第四节 《西江月》中的贬与褒

以诗词来为人物定型的写法源于说话,在说话中,常采用说与唱相结合的方式,唱的部分又演变为话本中的"有诗为证",这种做法被《红楼梦》所继承,但并不常用,仅有《西江月》与《警幻仙姑赋》两处。因此第三回中的两首《西江月》就极为突出了。

曹雪芹对全书主角贾宝玉的刻画是煞费苦心的。在贾宝玉未出场之时,曹雪芹已通过冷子兴、林黛玉、王夫人的描述,对贾宝玉进行了三度皴染。在贾宝玉出场时,又以两首《西江月》给予他一个定型:

无故寻愁觅恨,有时似傻如狂。纵然生得好皮囊,腹内原来草莽。 潦倒不通世务,愚顽怕读文章。行为偏僻性乖张,那管世人诽谤!

富贵不知乐业,贫穷难耐凄凉。可怜辜负好韶光,于国于家无望。 天下无能第一,古今不肖无双。寄言纨袴与膏粱,莫效此儿形状!

这两首《西江月》是有层次之分的：第一首通过白描的方式，将贾宝玉的行为与性情写了出来；第二首从评价的角度进行书写。两首词与冷子兴等三人的侧面描写相结合，呈现出一个完整的人物形象。

多有学者认为这两首《西江月》都是以贬写褒的，如蔡义江先生认为："作者用反面文章把贾宝玉作为一个封建叛逆者的思想、性格，概括地揭示了出来。"[1] 而如何实现这种以贬写褒，其中又寄寓了作者的何种思考，是本节所致力解决的问题。

一、《西江月》的评价基点

无论以什么方式进行评价，都会面临一个评价基点的问题。这在两首《西江月》中表现得最为充分。在小说中，对于评价人的身份是明确写出"后人"二字的。从这个角度来说，"后人"既然能以总括的形式评价贾宝玉，自然是熟知贾宝玉的性情的，也只有如此，其评价才会具有说服力。

此"后人"有着非凡的眼光，能够高度概括贾宝玉的性情。在"后人"的眼中，贾宝玉喜欢"寻愁觅恨"，行为上是"似傻如狂"，"偏僻"且"乖张"，又"不通世务"，更"怕

---

[1] 蔡义江《红楼梦诗词曲赋全解》，复旦大学出版社2007年版，第15页。

读文章"，如此的贾宝玉自然是一个纨绔的形象，也是一个无用的人，是反面典型。

在《红楼梦》中，关于贾宝玉的描写，总不脱这两首《西江月》的痕迹。

譬如贾宝玉的偏僻与乖张之处。在冷子兴的演说中，曾提及贾宝玉的著名言论："女儿是水作的骨肉，男人是泥作的骨肉。我见了女儿，我便清爽；见了男人，便觉浊臭逼人。"此等言论，可谓惊世骇俗。贾宝玉在初见黛玉时的摔玉行为也将此意表达得很充分，他因为黛玉没有玉，就将玉"狠命摔去"，并哭得满脸泪痕，这正是"似傻如狂"的形象表达；而他在与晴雯发生矛盾后，为逗晴雯开心，"撕扇子作千金一笑"，这种种行为，在其他人的眼中自然是偏僻与乖张之举。

又如他的不通世务，在《红楼梦》中也多有体现。刘姥姥"信口开河"，编造出一个女子抽柴的故事，贾宝玉就信以为真；林黛玉与之谈论家族"后手"问题，贾宝玉认为"凭他怎么后手不接，也短不了咱们两个人的"，这些都活画出一个厮混于闺阁中的纨绔子弟形象。

贾宝玉是排斥"经济"的，这种排斥表现在两个方面：其一是不喜与贾雨村等人结交，其二为不喜读书。

在第五回中，警幻仙姑以"仙闺幻境"给予贾宝玉以镜鉴，期望他能够置身于"经济"之道，然而贾宝玉终归是落入了迷津之中。秦钟临逝之时，同样给予贾宝玉以警示："以前你我见识自为高过世人，我今日才知自误了。以后还该立志功名，以荣耀显达为是。"但贾宝玉也并未听从秦钟的劝诫。薛宝钗劝谏他多学些经济学问，史湘云也曾劝他多会会"为官做宰"的人，谈谈"仕途经济"之学，二人皆遭贾宝玉冷言相对。当他面对贾雨村的时候，"全无一点慷慨挥洒谈吐，仍是葳葳蕤蕤"。在这一方面，贾宝玉是固执的，也是愚拙的，恰如两首《西江月》中所说的"于国于家无望"，是"天下无能第一"之人。

贾宝玉更是不喜读书的，也曾多次表达对书的态度，如说"除《四书》外，杜撰的太多"，更曾经将《四书》以外的书都焚了。这些怪诞的言行，自然会给人留下不读书的印象，掌塾先生、袭人、兴儿等均曾经用"不喜读书"四字来评价过贾宝玉，贾敏在向林黛玉提及他时，也说过"顽劣异常，极恶读书"一语。

为了强化这一形象，小说对这些内容加以皴染，并与两首《西江月》相映衬，如第三十五回中借俩婆子闲谈，对贾宝玉的各种怪诞行为加以描述：

那两个婆子见没人了，一行走，一行谈论。这一个笑道："怪道有人说他家宝玉是外像好里头糊涂，中看不中吃的，果然有些呆气。他自己烫了手，倒问人疼不疼，这可不是个呆子？"那一个又笑道："我前一回来，听见他家里许多人抱怨，千真万真的有些呆气。大雨淋的水鸡似的，他反告诉别人：'下雨了，快避雨去罢。'你说可笑不可笑？时常没人在跟前，就自哭自笑的；看见燕子，就和燕子说话；河里看见了鱼，就和鱼说话；见了星星月亮，不是长吁短叹，就是咕咕哝哝的。且是连一点刚性也没有，连那些毛丫头的气都受的。爱惜东西，连个线头儿都是好的；糟踏起来，那怕值千值万的都不管了。"

在《红楼梦》中，还有一段类似的内容：

兴儿笑道："姨娘别问他，说起来姨娘也未必信。他长了这么大，独他没有上过正经学堂。我们家从祖宗直到二爷，谁不是寒窗十载，偏他不喜读书。老太太的宝贝，老爷先还管，如今也不敢管了。成天家疯疯颠颠的，说的话人也不懂，干的事人也不知。外头人人看着好清俊模样儿，心里自然是聪明的，谁知是外清而内浊，见了人，一句话也没有。所有的好处，虽没上过学，倒难为他认得几个字。每日也不习文，也不学武，又怕见人，只爱在丫头群里闹。再者也没刚柔，有时见了我们，喜欢时没上没下，大家乱顽一阵；不喜欢各自走了，他也不理人。我们坐着卧着，见了他也不理，他也不责备。因此没人怕他，只管随便，都过的去。"

这两段文字，均是对贾宝玉日常行为的记述，其中既有体现"寻愁觅恨"的地方，也有表现他"偏僻怪诞"之处，与两首《西江月》是相吻合的，且评价人的态度与评价基础等是一致的。如此，我们可以认为，作两首《西江月》的"后人"，当与婆子以及兴儿是一类人。

两首《西江月》是以"有用"与"无用"作为评价基点的，"于家于国无望""天下无能第一"二句最为明显。基于这种认知，贾宝玉的各种行为皆呈现出怪诞的一面，落在婆子与兴儿的眼中，这种怪诞又被放大，使他成为可以随意评价的对象。而其根由却是贾宝玉对下人太好，"没有刚柔"，从而失去了作为主子应有的样子。在他们的眼中，贾宝玉是"浊"的，仅仅是有个"好皮囊"而已。

从口含通灵宝玉降生开始，贾宝玉就有着迥异于常人的行为。无论在下人的眼中，还是在亲友的眼中，贾宝玉都是一个与众不同的人，这种"不同"更多地被认为是"无用"，故而贾宝玉是一无是处的，是不符合所处时代对仕宦子弟的要求的，更是不符合时代主流价值期待的。这也正可说明，曹雪芹在最初的创作思考中，就将贾宝玉定型为一个异类，一个有着独特性格、独特行为模式的人。

二、《西江月》的以贬写褒

从《西江月》以及两位婆子与兴儿的评价来看,他们是无需走入贾宝玉的内心的,他们仅仅是基于自身价值观,对贾宝玉进行表面化的评价。贾宝玉的内心是什么样的,这不是他们所关心的问题。

如此,贾宝玉就成为反面典型,曹雪芹似乎也在正告读者,"莫效此儿形状"。然而,如果贾宝玉真的只是一个被批判的对象,那么《红楼梦》的思想性就无从谈起了,空空道人也不会因读石上故事,"因空见色,由色生情,传情入色,自色悟空",从而转变为情僧。在这些偏僻怪诞的性情之外,贾宝玉的故事必然会给人深思,这才是曹雪芹的创作重心所在。

贾宝玉因说"女儿是水作的骨肉,男人是泥作的骨肉",而被世人诟病,然而此说也最能代表他的认同与追求。在小说第五十九回中,还有一段著名的"鱼眼睛"论,将两者结合起来看,我们会发现,女儿是一种符号化的表达。

未出嫁的女儿,因为涉世未深,生长于深闺之中,与世俗是隔绝的,因此保留了纯真的本性,是纯真的代表;出嫁之后,受到世俗的侵染,也就逐渐地世俗化了,在此时虽仍然是珠子,但已经失去了光彩;在世俗中,生活得越久,被各种欲望熏浸越多,就越同化于世俗,也就变成鱼眼睛了。

为了强调这种来自于世俗的影响，春燕在复述完贾宝玉的言论之后，又举例进行说明：

> 这话虽是混话，倒也有些不差。别人不知道，只说我妈和姨妈，他老姊妹两个，如今越老了越把钱看的真了。先时老姐儿两个在家抱怨没个差使，没个进益，幸亏有了这园子，把我挑进来，可巧把我分到怡红院。家里省了我一个人的费用不算外，每月还有四五百钱的余剩，这也还说不够。后来老姊妹二人都派到梨香院去照看他们，藕官认了我姨妈，芳官认了我妈，这几年着实宽裕了。如今挪进来也算撒开手了，还只无厌。你说好笑不好笑？

春燕的妈与姨妈二人，自然是鱼眼睛的代表。在春燕的描述中，她们对于利益的追逐是无止境的，得陇望蜀，贪得无厌。

人生大多会经历这三个阶段，这是欲望的作用，更是生活的影响。恬淡之所以会成为一种追求，正说明恬淡之不易。"鱼眼睛"本不是天然存在的，而是社会造就的。当"宝珠"变成"鱼眼睛"之后，也就混同于"泥作的骨肉"了。男人在这里也是符号化的表达，代表了世俗与功利，因而才是污浊的。如此来看，"鱼眼睛"论实质上是"女儿是水作的骨肉，男人是泥作的骨肉"的细化表达，女儿本质上是纯净的、美好的，从"宝珠"至"鱼眼睛"，丢失的也正是这份纯净与美好。

正是这种污浊、世俗的人，才会对贾宝玉作出"无用"的评价。与之相反，贾宝玉是在呵护本真、呵护美好的，这种行为在他人眼中却成为怪诞与偏僻之举。二者之间的反差，体现着曹雪芹的创作思考——以评价人与被评价人的思想倾向对比，表达作者的真正意图。

宝玉不喜读书也是被世人诟病之处。在小说中有许多涉及贾宝玉读书的情节，也展示过他人对贾宝玉读书的要求，如小说第九回中，贾政道：

> 那怕再念三十本《诗经》，也都是掩耳偷铃，哄人而已。你去请学里太爷的安，就说我说了，什么《诗经》古文，一概不用虚应故事，只是先把《四书》一气讲明背熟，是最要紧的。

贾政自幼即酷爱读书，也本想从科第出身，但因皇上体恤先臣，赐了他一个主事之职，所以断绝了科举之路，但他还是非常重视举业的，对贾宝玉的要求也是以举业为主。贾政的思想，是符合时代要求的。据邓云乡先生介绍，八股文的题目全部出自《四书》，且词语出典，都要出自经书、正史[1]，如此也就划定了初入学的贾宝玉的读书范围。

清承明制，明承元制，以《四书章句集注》作为主要考试内容，《四书章句集注》也因此成为权威著作。而贾政所讲之《四书》即指《四书章句集注》。

小说第七十三回中有一段贾宝玉的筹划：

如今打算打算，肚子内现可背诵的，不过只有《学》《庸》二《论》是带注背得出的。至上本《孟子》，就有一半是夹生的，若凭空提一句，断不能接背的；至下《孟》，就有一大半忘了。算起五经来，因近来作诗，常把《诗经》读些，虽不甚精阐，还可塞责。别的虽不记得，素日贾政也幸未吩咐过读的，纵不知，也还不妨。

至于古文，还是那几年所读过的几篇，连《左传》《国策》《公羊》《谷梁》汉唐等文，不过几十篇，这几年竟未曾温得半篇片语，虽闲时也曾遍阅，不过一时之兴，随看随忘，未下苦工夫，如何记得。这是断难塞责的。

更有时文八股一道，因平素深恶此道，原非圣贤之制撰，焉能阐发圣贤之微奥，不过作后人饵名钓禄之阶。虽贾政当日起身时选了百十篇命他读的，不过偶因见其中或一二股内，或承起之中，有作的或精致，或流荡，或游戏，或悲感，稍

---

1 邓云乡《清代八股文》，河北教育出版社2004年版，第83—84页。

能动性者，偶一读之，不过供一时之兴趣，究竟何曾成篇潜心玩索。

贾宝玉是深恶时文八股的，因其为"代圣人立言"，并非圣贤所作，此也反映出他对科举的态度。在这段文字中，我们也可发现贾宝玉并非不读书，他侧重于读能"动性"的书，是以自身兴趣为出发点，有选择地读书。小说中关于贾宝玉读书的情节有很多，如共读《西厢》、续写《庄子》，都体现了他读书的偏好。在"大观园试才题对额"中，也显示出贾宝玉的才华。

由此我们也可知道，所谓的"愚顽怕读文章"与贾宝玉的实际阅读形成反差，彰显出贾宝玉并非不喜读书，而是不喜读与科举有关的书籍。

从评价的基点，到贾宝玉的阅读，都显示出贾宝玉并非如《西江月》中所写那样不堪，相反，他有着自己的思想，秉持着自己的行为准则，他只是不入世俗之人的眼而已。

小　结

曹雪芹用世人的眼光来评价宝玉，又对宝玉的性情详加皴染，使二者之间形成极大的差异，从而发生碰撞。这种碰撞，对于表达贾宝玉的与世不协，是极为有效的。而在文学方面的作用之外，还有着表达哲思的目的。

前文中，我们通过对"正邪两赋"论的解读，分析了曹雪芹之所以建构这一理论，是为了突出贾宝玉作为"正邪两赋之人"的特质。这两首《西江月》也有着类似的功能。

以贬来写贾宝玉，并将贬的视角设定为来自世俗中人，这本身即体现着一种创作态度，更是一种明确表达。

对于贾宝玉的形象塑造来说，这种形成反差的描写方式，是更易引起读者兴趣的。曹雪芹用笔向来极为狡狯，他善于以谐写庄，更擅长运用春秋笔法。以两首《西江月》来对贾宝玉进行定型，使读者在阅读过程中慢慢地反转对他的印象，相较于平铺直叙，会收到更好的阅读效果。而在表达作者的态度方面，也可通过碰撞，展现得更加充分。

世俗中人对名与利的追求，以及欲望的泛滥，本身是曹雪芹所抨击的对象。对于这一点，《红楼梦》中有诸多情节可以佐证。如曹雪芹用尖锐的笔触，创作了"二马同槽""父子聚麀"等情节，对"皮肤滥淫"之辈加以揭露与批判；又如王熙凤，她对利益的追求是不择手段的，在判词当中，曹雪芹就以"机关算尽太聪明，反误了卿卿性命"作出谶示；再如贾雨村，他不择手段地向上爬，终于换来"锁枷扛"的下场。这些皆可视作曹雪芹对泛滥欲望的批判。

"不合世"的贾宝玉，必然与世俗中人有着不同的价值追求与行为准则。在贾宝玉的眼中，"情"是第一位的，他呵护着美好，呵护着纯真，他渴望一个有情之世界，此等追求，本不应该被批评，但当贾宝玉成为世俗对立面的时候，纯真与美好同样也成为被批判的对象。故而这种以贬写褒的方式，可以更大限度地加深读者的思考。

如此，当曹雪芹运用追踪蹑迹的写实手法来展现贾宝玉的一生遭际之时，追求美好的贾宝玉，只能以出世为结局，这既是对社会的反思，也是对社会的批判：美好的、纯真的人不被世所容，美好的、纯真的人如何才能为世所容？

后者是曹雪芹的探索，前者则是曹雪芹的所见。

对寄托了自己思想与理想的小说人物，只能用贬词来对待，当曹雪芹写下这两首《西江月》之时，其内心当是苦闷的。其后的描写所带来的反转，又何尝不是因为他渴望被读者、被世人所理解？现实终归是现实，贾宝玉也就只能以出世为结局了。

第三章

《红楼梦》中的情节释读

第三章 《红楼梦》中的情节释读

《红楼梦》为细针密线之作，这是共识。与《儒林外史》《西游记》《老残游记》等"虽为长篇，颇同短制"的小说不同，《红楼梦》中的每一个情节，都是服务于小说整体的，是小说不可或缺的组成部分。

如此情况下，对于《红楼梦》的情节进行解读，就需要考察具体情节对小说整体的作用，以及曹雪芹赋予此情节的文本功用。

就情节分类而言，《红楼梦》的有些情节是集中在个别篇章之中的，如"顽童闹学堂""宝玉挨打"等；又有些情节如"香菱改名"，是由数个子情节构成的，但又有着共同的指向；再如"姽婳词"的情节，是曹雪芹对社会上流传的故事加以演绎，而将其嵌入《红楼梦》的主体故事。本节拟对这些不同类型的情节加以解读，以考察曹雪芹的创作构思。

第一节 "顽童闹学堂"释读

《红楼梦》主要写闺阁之内的事情,闺阁外的事则从简,或一笔带过,或仅靠人物之口来传达一些有必要交代之情节。正如小说第一回中写到的:"毫不干涉时世。"除第一到第三回需要交代故事缘起之外,书中其他章节对闺阁以外之事的叙写就非常有限了,而如第九回《恋风流情友入家塾 起嫌疑顽童闹学堂》这般,以一整回的篇幅来描写学堂之事,就显得非常独特了。

曹雪芹向来是少作无用笔墨的,虽然不至于字字皆有深意,然而在这浓淡干湿之间,总是很有章法的。如此一来,"闹学堂"就应该被重点关注一下。

宝玉这等不爱读书之人,能主动提出去学堂读书,目的当然不在读书本身。回目中的"恋风流""情友"对此有着明示。这是贾宝玉"色"的体现,是他对美好的向往。对他来说,读书是次要的,只是遮人耳目而已。

本节试就贾宝玉学堂故事中的诸多细节作一解析。

一、各种心思，各种口吻

在小说第三回中，曹雪芹通过两首《西江月》给予了贾宝玉一个定型，其中说道："潦倒不通世务，愚顽怕读文章。"小说第二回中，贾雨村也曾言及甄宝玉的读书经历，有"因祖母溺爱不明，每因孙辱师责子"一句，移用于贾宝玉也是颇为合适的。"甄""贾"本就是互为映衬的。第九回中，宝玉上学之前去见贾政时，贾政的话中有一个"再"字，说明这种上学的经历非只一次。

由此我们就可以拼出第九回之前贾宝玉的学习经历：请过几任塾师，却顽劣不肯读书，又因祖母溺爱，得不到有力管束。

如此厌恶读书的贾宝玉要入家塾读书了，临去之前曹雪芹设置了几组对话，我们且来逐个分析。

第一组对话是宝玉与袭人的：

> 袭人笑道："这是那里话。读书是极好的事，不然就潦倒一辈子，终久怎么样呢。但只一件：只是念书的时节想着书，不念的时节想着家些。别和他们一处顽闹，碰见老爷不是顽的。虽说是奋志要强，那工课宁可少些，一则贪多嚼不烂，二则身子也要保重。这就是我的意思，你可要体谅。"袭人说一句，宝玉答应一句。袭人又道："大毛衣服我也包

好了，交出给小子们去了。学里冷，好歹想着添换，比不得家里有人照顾。脚炉手炉的炭也交出去了，你可着他们添。那一起懒贼，你不说，他们乐得不动，白冻坏了你。"

在小说中，作者给予袭人的一字评语是"贤"。在这段话中，我们可以看到袭人对于宝玉的读书并没有寄予厚望，最关心的是其身体，至于学业，则置于从属地位。脂批中也说："盖袭卿心中，明知宝玉他并非真心奋志之人，袭人自别有说不出来之话。"这自然是来自袭人对贾宝玉的了解。实际上，袭人从来没有奢望过宝玉能够走科举之路，她所期待的，只是宝玉能够得到家人的喜欢，能够快乐地生活。这当然是袭人的一份痴心，小说第三回中就说：

这袭人亦有些痴处：伏侍贾母时，心中眼中只有一个贾母；如今服侍宝玉，心中眼中又只有一个宝玉。

实质上，这段话也是一个铺垫，在小说第十九回《情切切良宵花解语　意绵绵静日玉生香》一回中对此有回应：

袭人道："第二件，你真喜读书也罢，假喜也罢，只是在老爷跟前或在别人跟前，你别只管批驳诮谤，只作出个喜读书的样子来……"

第十九回中的回应可以看作第九回中言语的进一步深化，据此就可对袭人之于宝玉读书的态度作一个完整的了解了。

我们再来看贾政：

> 贾政冷笑道："你如果再提'上学'两个字，连我也羞死了。依我的话，你竟顽你的去是正理。仔细站脏了我这地，靠脏了我的门！"……贾政因问："跟宝玉的是谁？"……因向他道："你们成日家跟他上学，他到底念了些什么书！倒念了些流言混话在肚子里，学了些精致的淘气。等我闲一闲，先揭了你的皮，再和那不长进的算账！"……贾政也撑不住笑了。因说道："那怕再念三十本《诗经》，也都是掩耳偷铃，哄人而已。你去请学里太爷的安，就说我说了，什么《诗经》古文，一概不用虚应故事，只是先把《四书》一气讲明背熟，是最要紧的。"李贵忙答应"是"，见贾政无话，方退出去。

与袭人相比，贾政就是另一种声口了。在贾政的眼中，只有认真读书，通过举业谋取功名，方才是人生的正途。这从贾政重视《四书》而轻视《诗经》与古文就能看出来。然宝玉却一再让贾政失望，故而才有了前面的这种貌似调侃，实则饱含怒意的反话。俗话说"知子莫若父"，贾政自然是了解贾宝玉的，书中虽未明说贾政是否知道宝玉读书的真实目的，但笔者认为贾政应该清楚贾宝玉至少不是真为了读书而去私塾的。不好读书的贾宝玉，能够主动提出去读书，这是非常反常的，贾政自然能意识到。然而对于贾政来说，无论贾宝玉是出于何种目的，读书毕竟是应该认可的，在这里也就只能通过各种方式，增加贾宝玉的压力，以让他专心读书了。

在见完贾政之后，贾宝玉又去见了林黛玉。黛玉反而以调笑的口吻来与宝玉说话："好，这一去，可定是要'蟾宫折桂'去了。我不能送你了。"此种口吻，显见黛玉对于宝玉是否去读书并不在意，"蟾宫折桂"与否，也并非黛玉所看重的。然而在下一句中却透露出黛玉的关注点："你怎么不去辞辞你宝姐姐呢？"此时的宝黛关系，仍处于相互试探的状态，这正是少年男女明明心系对方，偏偏又患得患失的微妙心理的表现。

此三者，一为宝玉的丫鬟，一为宝玉的父亲，一为宝玉的知己。在宝玉的世界里，他们都是极为重要之人。这三者的话语形成了一种对比：袭人是一心为了宝玉，以宝玉的荣耀为荣耀；贾政一心想让宝玉与自己一样，以《四书》为正业，以科举为正途；黛玉所关注的是自己与贾宝玉的情，其余并不在意。曹雪芹通过这三段对话，展示了不同的人不同的价值观。这也为后面情节的展开做好了铺垫，同时也完成了对人物的皴染。

二、败亡的先兆

《红楼梦》是引人思考的小说。如果仅仅将故事框定在闺阁之中，难免会限制这种思考，而"闹学堂"一段故事，让小说从闺阁之中走了出来，走向了更广阔的世界。

曹雪芹总是有意无意地提示贾府已经处于末世了。在第二回中，他通过冷子兴之口演说了一次荣宁二府之后，仿佛怕读者忘记，又在第九回中特意点出来。

我们先来看第十三回《秦可卿死封龙禁卫　王熙凤协理宁国府》中的一段文字：

> 秦氏道："目今祖茔虽四时祭祀，只是无一定的钱粮；第二，家塾虽立，无一定的供给。依我想来，如今盛时固不缺祭祀供给，但将来败落之时，此二项有何出处？莫若依我定见，趁今日富贵，将祖茔附近多置田庄房舍地亩，以备祭祀供给之费皆出自此处，将家塾亦设于此。合同族中长幼，大家定了则例，日后按房掌管这一年的地亩、钱粮、祭祀、供给之事。……"

此段话是秦可卿死后，给王熙凤托梦时候所说。笔者读到这里的时候，感受到了曹雪芹深沉的悲哀。了解曹雪芹家世的读者，一定会知道曹家本为大族，抄家之后徙居北京，过着"举家食粥酒常赊"的生活。从富贵至没落，曹雪芹是亲身经历了的。此段话中，有着曹雪芹对于自己家族覆灭的思考。

这段话提到两个方面：其一为祖宗祭祀，其二为家族教育。中国人自古以来重视祭祀，这是以"孝"为本的民族特性，此处不拟详说。我们需要注意的是，秦可卿将家塾的地位提到了与祭祀相同的地位。祭祀的对象是祖先，教育的对象是子孙，一为过去，一为将来，都是世家大族最为重视的方面。如此来看，秦可卿的话就容易理解了。这也说明在曹雪芹的认知中，家族教育是非常重要的。也正因此，曹雪芹才写下了第九回"闹学堂"的一篇文字。

贾家创建家塾的初心是好的，是为了家族的长久兴盛。一个家族之中，随着人丁繁衍，必然会形成一个个小的组成部分，因为嫡庶的不同，所获得的资源也不同，随着时间的流逝，各组成部分就有了天壤之别。这在《红楼梦》中也有反映，如贾蓉与贾芸，贾宝玉与贾瑞，虽辈分相同，地位却有着极大的差异。贾芸与贾瑞虽名为贾家人，实际占有的资源却连贾府之中有头脸的管家都不如。但作为家族的一部分，这些旁支成员仍然是家族需要照顾的。旁支如果能够兴盛，自然也会拱卫主支。那么旁支成员的文化教育，自然是一个必须解决的问题。第九回中就写到了这一点：

原来这贾家之义学，离此也不甚远，不过一里之遥，原系始祖所立，恐族中子弟有贫穷不能请师者，即入此中肄业。凡族中有官爵之人，皆供给银两，按俸之多寡帮助，为学中之费。特共举年高有德之人为塾掌，专为训课子弟。

然而现实与设想之间，总会存在差距。贾家的家塾，虽然秉承着先祖的意志在延续着，但也衍生出许多初设家塾时未曾预料的故事。

显然，曹家的家塾是有着很多弊病的，这些弊病既出在塾师身上，也出在学生身上，可谓处处皆病。

首先，充当塾师者应该年高有德。在这一代中，贾府的塾师是贾代儒。"代"字辈在荣宁二府中辈分是很高的，与贾母同辈。小说中对他也有一个介绍，是"当今之老儒"，这说明在一个特定的范围里，贾代儒还是有一定名气的。然而当我们看到贾代儒在小说中的表现时，却未免有些失望。小说中关于贾代儒的情节并不多，在第九回中，与他有涉的有两件事情：其一为薛蟠入学，白送了贾代儒束修；其二为贾代儒家中有事，仅留一句七言对联。在第十二回中贾代儒教训贾瑞，将他打了三四十板，让他跪在院内读文章。另一比较重要的举动，是在贾瑞死后，他欲烧掉风月宝鉴。

从这种种举动之中，我们可以看出贾代儒并没有什么责任心，任薛蟠在塾中胡行为一证，教学的随意亦为一证。《三字经》中有"教不严，师之惰"一语，放在贾代儒的身上是非常合适的。也正是贾代儒的"不严"，导致了贾家私塾之中怪相丛生、鱼龙混杂。

其次，贾代儒的教育方式也是单一的，这在他教育贾瑞的手段上就能看出。实质上，贾代儒本身的思想也是固化的，这种固化在教育贾瑞的方式之简单粗暴上有所体现，但更多地体现在对待风月宝鉴的态度上。

贾代儒可以视作《红楼梦》中的一个典型人物。《孟子》中有"尽信书，不如无书"一说，然而此说在大量的读书人眼里，仅是一句陈言，而非值得重视的警示，于是就出现了大量"贾代儒"式的人物。脂批中对于贾代儒的评价也是"腐儒"。此类人物，引经据典、寻章摘句固是能事，但一旦面临实际问题，就往往手足无措。

曹雪芹通过这寥寥数事，将贾家塾师贾代儒勾勒了出来。以如此人物，负责如此重要事情，本为家族掌权者的失误。

冷子兴在第二回中对于贾府的现状进行演说：

> 冷子兴笑道："……谁知这样钟鸣鼎食之家，翰墨诗书之族，如今的儿孙，竟一代不如一代了！"

作为这段演说的后话，第九回中的诸多人物就出场了。在闹学堂的故事中，除去奴才，共有贾瑞、香怜、玉爱、秦钟、金荣、贾宝玉、贾蔷、贾兰、贾菌等人参与，另有作为故事背景出现的薛蟠。这些人入塾的目的各不相同：薛蟠入塾，小说中明确写到是为了"龙阳"之好，希望多结交几个契弟；宝玉、秦钟，则是"恋风情"；金荣一干人，均是贪慕财势；替祖父主掌家塾的贾瑞，更是个图便宜无行止的人。这一干人等，自非振兴家族的希望所在。

目的决定了行为，于是我们看到了闹家塾的一幕。这幕故事，曹雪芹写来自是妙趣横生，然而反映出来的问题，却并不轻松的。这段故事的起因非常简单，不过是争风吃醋而已；经过也非常简单，有架梁拨火者，有趁机起哄者。于是就形成了一段热热闹闹的闹学堂。细思之，事情并非如此简单，这其中体现了这批豪门后辈们的价值取向：有钱的就是大爷，淫、色就是生活。可以说，他们失去了本应纯真的童心，转而成为俗之又俗的人物。

正如我们前面所说，家塾是面向未来的，这些学生，再过十年或者二十年，就是荣宁二府的支撑者了。如此环境之中长成的人们，又如何成为支柱呢？或许这就是曹雪芹的目的之一：通过闹学堂的一段故事，进一步说明贾府败落的必然。

三、风月的体现

在这回中,贾瑞是一个很重要的人物。在《红楼梦》成书研究领域,贾瑞是一个经常被提及的人物,主要原因在于成书早于《红楼梦》且为《红楼梦》部分素材来源的《风月宝鉴》。据小说《凡例》,贾瑞的故事是《风月宝鉴》的点睛之处。

贾瑞的故事主要集中在与王熙凤有关的部分。第九回中有关贾瑞的情节并不多,仅是对这个人物形象进行铺垫:

> 原来这贾瑞最是个图便宜没行止的人,每在学中以公报私,勒索子弟们请他;后又附助着薛蟠图些银钱酒肉,一任薛蟠横行霸道,他不但不去管约,反助纣为虐讨好儿。

外加上这回中的秦钟亦属《风月宝鉴》中的人物,这就使得我们不得不考虑这一回中的部分内容,是否来源于《风月宝鉴》。

第九回中,最引人瞩目的就是男风的问题。

说起男风,古已有之。纪昀在《阅微草堂笔记》中曾提到"娈童始于黄帝"[1],真实性笔者未能考证。古语中的"龙

---

1 [清]纪昀《阅微草堂笔记》,上海古籍出版社1980年版,第275页。

阳之好""断袖之癖""分桃"等，均是男风的代名词。男风在中国古代的许多时期都非常盛行，至清代时，此风仍然未衰，甚至因此而产生许多的文学作品，如吴伟业的《王郎曲》、陈维崧的《徐郎曲》、赵翼的《李郎曲》等。著名文人郑板桥也曾写过《秋夜怀友》，更曾在《板桥自叙》中坦言自己的喜好，袁枚与秀才郭淳之间也有一段同性恋情，如此种种都被认为是风流雅事。尤其是随着戏曲的发达，"相公"一类的人也多了起来，这就更促进了男风的兴盛。

这种社会风俗，在《红楼梦》中同样有着体现，笔者粗略统计了一下，约有五处：其一为我们现在所谈的第九回，其二为第三十三回《手足耽耽小动唇舌　不肖种种大承笞挞》中忠顺亲王府长史寻找琪官时所说的话，其三为第四十七回《呆霸王调情遭苦打　冷郎君惧祸走他乡》，其四为小说第六十五回《贾二舍偷娶尤二姨　尤三姐思嫁柳二郎》中喜儿醉酒后的一段说辞，其五为第七十五回《开夜宴异兆发悲音　赏中秋新词得佳谶》中的娈童。

《红楼梦》第一回中曾经提到"大旨谈情"，在《凡例》中也曾提到"为闺阁昭传"，这一宗旨与此等男风之事是风马牛不相及的。之所以有这些情节，笔者以为与《风月宝鉴》的创作有关。

《风月宝鉴》的主旨是"警风月之情"，是一本有着"镜鉴"意味的书，与《金瓶梅》相类似，想通过"以淫止淫"

来警醒世人。

　　就素材来源而言，曹雪芹的创作离不开社会现实，社会中所发生的事情，在经过曹雪芹的艺术化处理之后，进入到小说中，成为小说中的有机组成部分。作为"淫"的一种，男风问题进入到"以淫止淫"的小说之中就不难理解了。

第二节 "宝玉挨打"释读

宝玉之所以被笞打,从近处看,是因为淫辱母婢致人跳井、结交优伶等大事,从远处看,却是因为自小就不入贾政的法眼,与贾政之期盼格格不入,那打下来的板子,又岂仅为这二三事而来?

一、宝玉挨打的必然性

要分析必然性,我们必须要看实施笞挞的贾政和被笞挞的贾宝玉之间的差异,有了差异才会有矛盾,才会有笞挞发生。

我们先来说贾政。

《红楼梦》中的很多人物命名,都可以通过谐音来进行阐释,如娇杏(侥幸)、霍启(祸起)、贾雨村(假语村言)、甄士隐(真事隐去)等等,基于此,贾政也被很多的论者解读为"假正"或者"假正经"。笔者无意就贾政与"假正"这一问题进行深究,但因本文确涉及此问题,故而略作阐释。

大多的谐音解读,都来源于脂批,而"假正"却并非如此。将贾政解读为"假正"或者"假正经",早期的来源大约是哈斯宝、俞平伯等人的论述。俞平伯先生在《读红楼梦随笔》中说道："贾政者，假正也，假正经的意思。"[1]如此一来，贾政与"假正""假正经"就拉上了关系。

然而，笔者认为要判断贾政是否"假正"或"假正经"，当从两个方面来看：其一为贾政对自己的要求是什么，其二是他人的评价。两方面结合可以比较全面地反映贾政是不是"假正"或者"假正经"。

关四平先生在《无可奈何花落去——论贾政的人生悲剧及其文化意蕴》一文中，对贾政这一形象作了总结：

> 在家庭中，贾政主观上严于律己，勤于修身，谨于治家，处处按儒家的教条规范自己的言行，从不越雷池一步。他"入则孝，出则悌，谨而信，泛爱众，而亲仁"（《论语·学而》）；他"贤贤易色，事父母，能竭其力"（同上）；他深信"君子不重，则不威"（同上），庄重威严，不苟言笑，"敏于事而慎于言"（同上）。他竭思尽虑，试图把自己塑造成一个教子成龙的严父形象、一个治家有方的家长形象、一个克尽孝道的孝子形象。[2]

---

[1] 俞平伯《俞平伯全集》第六卷，花山文艺出版社1997年版，第38页。
[2] 关四平《无可奈何花落去——论贾政的人生悲剧及其文化意蕴》，《红楼梦学刊》1993年第4辑。

关先生对于贾政的总结是非常全面的，贾政无疑是一个对自己有着严格要求的人，是符合礼教规范的，也是礼教的笃信者。他要求自己按照圣人的话来处世，成为一个正直的人。从此点来看，贾政并非"假正"，至少他自己相信自己是正直的。

从小说中人物的评论来看，冷子兴谓贾政"酷爱读书"，林如海评价贾政"谦恭厚道"，不是"轻薄仕宦"，在这些人的眼里，贾政是礼教规范下的标准读书人，无涉于"假正""假正经"。从贾政在小说中的表现来看，我们可以说他食古不化，或者没有思想，但是将"假正"或者"假正经"的恶名扣在他的头上，则未免有些冤枉。

细细想来，对贾政"假正"或者"假正经"的评价，大多是将他放在贾宝玉的对立面而得来的。贾宝玉是正的，则贾政自然而然就成为"假正""假正经"了。此种判断，难免有非此即彼的嫌疑，将好与坏、黑与白，当成了绝对的对立，也将《红楼梦》肤浅化了。笔者认为《红楼梦》是探索性的小说，而非带有明确判断的文字。

"政者，正也"，贾政名字之来源或与儒家经典中的这句话有关，理由有二：

其一，贾政笃信于儒家。

其二，贾政之所言所行，以儒家标准来看，是"正"而非"假正"。

而"贾"字，或与"假作真时真亦假"中的"假"字有关，与《红楼梦》中贯彻全书的真假之辨有关。

将贾政直接理解成"假正"或者"假正经"，是不合适的。

在创作的过程中，曹雪芹必然会有思想上的倾向，贾政毕竟不是曹雪芹的思想寄托者，曹雪芹只是按照"追踪蹑迹"的原则，将世道人心加以典型化，作一世态的推演。在曹雪芹的眼中，贾政这一类型的人物，置于《红楼梦》的大环境下，自然会发生如此这般的事情。但是，这毕竟与"正"与"不正"的是非判断无关了。

如此看来，贾政是个礼教要求下的正人。

那他又是如何成为这样的人的呢？人生于世，自然会受到方方面面的影响，面对这些影响，有些人坚持自我，有些人迷失了自我。第四十五回中，赖嬷嬷说道：

> 当日老爷小时挨你爷爷的打，谁没看见的。老爷小时，何曾像你这么天不怕地不怕的了。还有那大老爷，虽然淘气，也没像你这扎窝子的样儿，也是天天打。还有东府里你珍哥儿的爷爷，那才是火上浇油的性子，说声恼了，什么儿子，竟是审贼！

从这段话中，我们读出两点：一是贾政小时候也没少挨打，二是贾家的教育方式就是棍棒教育。

刘敬圻先生在《贾政与贾宝玉关系还原批评》一文中，提出了"主流文化的价值期待"的说法[1]。以此种说法来解读贾政的养成，比较恰当。

我们大可猜想，年幼的贾政，或者也并不把儒家思想、主流价值期待当作自己的人生追求，同宝玉一样，他也是喜好玩乐的，但是在家族教育、社会主流价值期待等的影响下，逐步变成一个方正的、古板的、僵化的人。他的身上必然寄托了老一辈的社会认知与价值判断，贾政或许有一个对老一辈的刻意模仿与主动靠拢的过程。有了这番经历，被养成了的贾政，自然与幼时的贾政有了天壤之别。贾政经过父祖的教育，终于被主流社会所同化了。

我们再来看贾宝玉。

宝玉是《红楼梦》的绝对主角，在贾宝玉身上，曹雪芹寄托了自己深深的情怀。关于此点，前人论述太多，在此仅作简述。

《西江月》将宝玉形容为"潦倒不通世务，愚顽怕读文章"，并且"哪管世人诽谤"，以至于"于国于家无望"。这两首《西江月》是将贾宝玉放置在主流价值观下进行判断，但我们也可读出宝玉的乖张与坚持，那就是贾宝玉只想按照自我的价值判断来行事，不去管世人的评说。

---

[1] 刘敬圻《贾政与贾宝玉关系还原批评》，《学习与探索》2005年第2期。

贾宝玉是拒绝被主流社会同化的。

贾政与贾宝玉，正是这两个极端。"养不教，父之过"，作为教养宝玉的主要责任者，贾政自然会基于自己的社会认知与被教育经验来教导宝玉。前文已略述贾政之养成经历，这种经历自然会被挪移到宝玉身上，这是一种惯性，是一种不用思考就会体现出来的力量。

贾政是想修身、齐家、治国、平天下的，这是贾政的追求，虽然在读者看来，这是一种奢望，但贾政却不会这么认为。作为贾政的儿子，宝玉也被要求去走这样的一条路。

而宝玉呢，自抓周始就显示出与此要求的格格不入，就被贾政所嫌恶，经闹学堂、袭人改名等事，贾政更是怒其不争。虽然在试才题对额中，宝玉大放异彩，但在饱受传统教育的贾政看来，此仍属小道，虽显聪明与文采，却并非必须。在贾政看来，《诗经》、古文是没有必要下功夫的，最要紧的是将《四书》学好，这与宝玉的读书观有着天壤之别。

当被同化了的贾政遇到拒绝被同化的宝玉，这顿笞挞似乎是很难避免的，或早或迟而已。

二、宝玉挨打的偶然性

宝玉的这次挨打，是三件事推动而来的，董学勤先生在《从宝玉挨打看贾政其人》一文中，将其原因归结为"三气"：

一"气"：贾雨村来访，要见宝玉，宝玉半天才出来，既出来了，"全无一点慷慨挥洒谈吐"，仍是"葳葳蕤蕤"……二"气"：忠顺亲王府长史官来贾府向宝玉讨要王爷宠幸的戏子琪官……三"气"：贾政正要审问宝玉之时，贾环趁机添油加醋诬告宝玉淫辱母婢金钏儿致其投井自尽……[1]

这"三气"如果再一一细思之，则又给人以不同的感受，笔者略述之。

其一，贾政认为贾雨村是有才的人，从贾政帮贾雨村谋官，又欲请贾雨村给大观园题对联等事可以看出，贾政是非常欣赏贾雨村的。同时，贾政也认为贾雨村是有大前途的人。在贾政看来，多与仕途中人交流一些仕途经济方面的经验，是有利于宝玉成长的，所以在贾雨村过府拜访时，贾政要宝玉相陪：一方面，可以增加宝玉的见识；另一方面，也未尝没有为宝玉培养人脉之意。而宝玉的表现，则将贾政的愿望踩到了泥里。希望越大，失望越大，贾政之气，可以想象。

其二，贾政是一个古板的人，与贾赦、贾珍之流不同，贾政更喜欢和清客文人交往，全书未见贾政有何风流迹象。作为一个严以待己、以礼自守的人，贾政自然对结交优伶等

---

[1] 董学勤《从宝玉挨打看贾政其人》，《现代语文》2014年第2期。

事极为厌恶。在贾政看来，贾宝玉也是必须要秉承自己的价值判断来对待此类人物的。在贾政的认知中，贾宝玉以往之错大多因为不好读书，或者喜在内帏厮混，而琪官之事突破了贾政对贾宝玉的认识，贾宝玉竟然与优伶搅在了一起，这在贾政看来就不是一件小事。更让贾政反感与担忧的是，此事竟然涉及忠顺王府，这就对贾府有了威胁，问题就更为严重了。

其三，淫辱母婢，导致婢女跳井死亡。此点又可从三个方面来看：首先宝玉犯了"淫"字。其次宝玉是不孝的，第六十三回中林之孝家的说："便是老太太、太太屋里的猫儿狗儿，轻易也伤他不的。"而宝玉轻薄了王夫人屋里的丫环，致其丧命，这便是十足的不孝。再次，世族大家是非常在意名声的，金钏跳井，导致贾府失去了"宽柔以待下人"的名声。这三点是贾政所不能接受的。

仔细品味这"三气"，当可感知贾政对宝玉的失望与恼怒。此三事累积在一起，宝玉就只能被笞打了。

贾政一心想将宝玉导入自己认知中的正轨，但是从前三十二回看，贾政是失败的。相对于贾政的要求来说，贾宝玉是冥顽不灵的，而且所犯错误也是越来越大，后果也越来越严重。作为一个从小接受父亲棍棒教育的儿子，作为一个活生生的、望子成龙的父亲，在面对宝玉表现出来的种种问题的时候，贾政束手无策，只能一怒之下，拿起了棍棒。

而引发这次冲突的最核心问题,是父子二人价值观的不同。宝玉挨打,实质是两种价值观的矛盾与冲突。曹雪芹借这种冲突,深化了《红楼梦》的思想性,也引发了读者的更多思考。

在前八十回中,曹雪芹突破了以利益引发冲突的写法,转而以价值观的冲突来引出事件,推进故事情节的发展,这在中国小说史上是一个伟大创造。

三、宝玉挨打之后

宝玉挨打的影响是非常大的,这个影响绵延了很多回。曹雪芹善用"草蛇灰线"之法,小说中的关节点,自然是牵一发而动全身。我们且以第三十四回之前半部分为对象,来看一下宝玉挨打之后,几个重要人物的反应。

常有人争论宝钗对宝玉是否有感情,是否仅是为了成为宝二奶奶才来到荣国府中寄居。这种质疑固然是有依据的,如宝钗入京的原因是待选,这件事偏偏在后文中失去了照应。于是就生成了一种论调:宝钗待选失败,因而将目光瞄准了宝二奶奶这一宝座。此种说法,实际是将成书过程中出现的纰漏,当作文本理解的基础,从而将宝钗从一个"高士",误读成为一个阴谋家。此种说法俞平伯先生曾有驳斥,不必再多作说明。至于宝钗对宝玉是否有情,在第三十四回中却

有着清晰的展现：

> 宝钗见他睁开眼说话，不像先时，心中也宽慰了好些，便点头叹道："早听人一句话，也不至今日。别说老太太、太太心疼，就是我们看着，心里也疼。"刚说了半句又忙咽住，自悔说的话急了，不觉的就红了脸，低下头来。

在此段话中，宝钗是罕有地真情流露，这在《红楼梦》中是非常少见的。然而宝钗毕竟是非常理智的，马上就"自悔"了。她的自悔自然是因为意识到这种话语与自己所秉持的"藏愚""守拙"是相悖的，是不适合自己这样身份的人来说的。

在这里，我们要注意到其中的一句话，那就是"早听人一句话。也不至今日"。这句话可与第三十二回中的一段对话相联系：

> 袭人道："云姑娘快别说这话。上回也是宝姑娘也说过一回，他也不管人脸上过的去过不去，他就咳了一声，拿起脚来走了。这里宝姑娘的话也没说完，见他走了，登时羞的脸通红，说又不是，不说又不是……"

可见，宝钗是对宝玉有过劝谏的，而如果不是宝钗所重视的人，以宝钗清冷之性，又如何会开口呢？宝钗之劝谏，无论宝玉是否接纳，从宝钗的角度来说都是出于善意，她是通过自身对社会的认知，判断什么是应该做的，什么是不应该做的，并以此来对宝玉进行劝导的。第三十三回中的宝玉受笞，也有着宝玉认为的"混帐话"，在贾政的观念中是"正经话"的因素。实际上，这也是宝钗对宝玉受笞原因的第一判断："你们也不必怨这个，怨那个。据我想，到底宝兄弟素日不正，肯和那些人来往，老爷才生气。"宝钗无疑是非常清醒的，虽然袭人说出了事情因薛蟠而起，她也仍然准确地判断出宝玉受笞的最主要原因，是与贾政的观念不合，虽然这其中难免有替薛蟠辩护的成分。

在与宝玉的对话中，宝钗也是有着心理波动的，对于宝玉的细心与关切，她是能感觉到的，小说中明确地写到她的所思所想："可见在我们身上也算是用心了。"但仍不免认为："你既这样用心，何不在外头大事上做工夫，老爷也欢喜了，也不能吃这样亏。"她的认知是根深蒂固的，是想让宝玉成为她所希望的样子。

作为最关心宝玉的人，对于宝玉受笞，黛玉自然是更为牵肠挂肚：

宝玉犹恐是梦，忙又将身子欠起来，向脸上细细一认，只见两个眼睛肿的桃儿一般，满面泪光，不是黛玉，却是那个？……此时林黛玉虽不是嚎啕大哭，然越是这等无声之泣，气噎喉堵,更觉得利害。听了宝玉这番话,心中虽然有万句言词,只是不能说得,半日,方抽抽噎噎的说道:"你从此可都改了罢!"

曹雪芹是惯用对比手法的,与宝钗的长篇大论相比,黛玉的话语非常简短,与宝钗强装出来的平静不同,黛玉是非常地不平静,而与宝钗的笑着说话相比,黛玉只剩下哭了。

如果我们再细读,会发现其中更多的微妙之处。宝钗来时,是有丫鬟在宝玉身边的;而黛玉来时,宝玉身边是没有人的。这显然是因为黛玉一直在关注着宝玉的身边情况。从二者的形象上来说,书中虽未明写宝钗之形象,但从众人的反映来看,应该是与常时无甚区别的,而黛玉则是"两个眼睛肿的桃儿一般"。如此形象,自是因为哭了很久,此实为不写之写。对于宝玉的受笞,黛玉唯有心疼,也只能哭泣。黛玉也在劝宝玉,让宝玉改,但这种劝谏的出发点并不是想让宝玉真的去投身仕途经济之道,为的只不过是宝玉不再受笞打而已。此时的黛玉,并不知宝玉因何受笞,这本不是黛玉关心的问题,她关心的只是宝玉的安危。

她没想过去改变宝玉,改变了的宝玉,也将不是她的知己。

宝玉是细心的,更是灵慧的,作为一个非常敏感的人,他可以很轻易地把握住其他人的心思,对于他人的善意,自是能够感受到的。

袭人对宝钗说出了道听途说来的宝玉受笞的原因。宝玉此前也只知道受笞的直接原因是什么，并不知道其间到底发生了哪些事，故而他也无法判断薛蟠在这一事件中的影响，但他仍拦阻了袭人的话。这是宝玉的天性使然，他本就是一个关心女子的人。在见到宝钗"娇羞怯怯"的样子时，他心里想的念的是"既是他们这样，我便一时死了，得他们如此，一生事业纵然尽付东流，亦无足叹惜"，从中获得了快乐与欣慰。

在面对黛玉的眼泪时，宝玉是慌张了的。所谓关心则乱，黛玉如此，宝玉同样如此。他心里想的念的是："你又做什么跑来！虽说太阳落下去，那地上的余热未散，走两趟又要受了暑。我虽然挨了打，并不觉疼痛。我这个样儿，只装出来哄他们，好在外头布散与老爷听，其实是假的。你不可认真。"在这里，他只顾安慰黛玉，忘却了自身的痛楚。在同黛玉的对话中，宝玉也提到了死："你放心，别说这样话。就便为这些人死了，也是情愿的！"这份心意，在面对宝钗的时候，他是未说出的。"这些人"指的是宝玉的知己，当然也包含了黛玉。与获得不同，这里是纯粹的、心甘情愿的付出。

宝钗是人情练达之人，她来看望宝玉，是托着药丸而来的，是有准备的。黛玉是执着于情之人，她来看望宝玉，只是因为她心中的关切。正因如此，宝玉对宝钗、黛玉的话也就完全不同了，他对宝钗说话是需要思考的，而对黛玉的话则是脱口而出的，这就形成了鲜明的对比，这个对比足以体现二者在宝玉心中的位置，也体现了宝玉的认知与坚持。在骨子里，他更倾向于黛玉的率真，虽然他也并不反感宝钗的练达，毕竟宝钗也是善意的、关切的。"也是情愿的"一语，足以说明他并没有想过改变什么，虽然受笞了，虽然受到宝钗的劝诫。

曹雪芹正是通过宝钗、黛玉的对比，通过宝玉对二者不同的反应，勾画出了不同的情、不同的爱意。

第三节　论香菱的两次改名

笔者是不愿意论及香菱的，究其原因，既在于她的美好，又在于她的无辜。

香菱是甄士隐的女儿、薛蟠的侍妾，也是《红楼梦》中第一个出现的薄命司中人物。曹雪芹是将她当作薄命司中人物的典型塑造的。故而，曹雪芹在香菱这一形象的塑造上是非常细致的，从香菱的两次改名就可以看出这一点。

一、香菱的三个名字

香菱改名是曹雪芹在创造这一人物时的故意，他特意以名字的变化来昭示她的一生遭际。

"英莲"是她的第一个名字，小说第一回中写道：

> 因这甄士隐禀性恬淡，不以功名为念，每日只以观花修竹、酌酒吟诗为乐，倒是神仙一流人品。只是一件不足：如今年已半百，膝下无儿，只有一女，乳名唤作英莲，年方三岁。

茫茫大士给了香菱八个字"有命无运、累及爹娘"，脂批作者也点出了"英莲"二字是谐音"应怜",于是香菱的一生就被定下了基调。

香菱在叫英莲的时候经历了什么呢?我们且来缕述一下。

元宵佳节之时,英莲由仆人霍启领着去观灯,被拐子拐走。门子曾就英莲被拐后的经历作了一个推测:

> 门子道:"……他是被拐子打怕了的,万不敢说,只说拐子系他亲爹,因无钱偿债,故卖他。我又哄之再四,他又哭了,只说:'我原不记得小时之事!'这可无疑了。那日冯公子相看了,兑了银子,拐子醉了,他自叹道:'我今日罪孽可满了!'……"

通过这段话,我们可以想见香菱悲苦的幼年。

香菱的命运是多劫的,如若她嫁给了冯渊,按照小说中的描述,她的命运会有一个大的转折。冯渊是中意于香菱的,虽不能给予她十分富贵的生活,然而对于香菱来说,能有平静的生活便是莫大的幸福。

薛蟠的出现,打破了这种可能。书中对于薛蟠有这样一段定评:

> 这薛公子学名薛蟠,表字文起,今年方十有五岁,性情

奢侈，言语傲慢。虽也上过学，不过略识几字，终日惟有斗鸡走马，游山玩水而已。

短短数语，将阿呆兄活画出来。一个弱质女子，遇到如此纨绔，后果自不难想象。

英莲再次出现，是在第七回中，此时的她已经改名香菱，在第七十九回中，通过香菱自己的介绍，我们才知道这个名字是薛宝钗所起。

至第十六回，书中明写了香菱已经成为薛蟠的侍妾：

贾琏笑道："正是呢，方才我见姨妈去，不防和一个年轻的小媳妇子撞了个对面，生的好齐整模样。我疑惑咱家并无此人，说话时因问姨妈，谁知就是上京来买的那小丫头，名叫香菱的，竟与薛大傻子作了房里人，开了脸，越发出挑的标致了。那薛大傻子真玷辱了他。"

曹雪芹通过贾琏之口，一来表明香菱已经成为薛蟠的"房里人"，二来又突出了二人形象气质的反差。毕竟，香菱是一个花儿般的女儿，薛蟠却是一个痴横的纨绔。婚后的香菱是没有什么幸福可言的，薛蟠本就不是什么有定性的人，套用王熙凤的话来说，半个月的光景也就将香菱看得如同"马棚风"了。但香菱毕竟是一个纯粹的、纯净的人，对于薛蟠，她没有选择爱与不爱的权利,但她却真实地付出了情感,在薛蟠因为招惹了柳湘莲被毒打之后,书中写到香菱哭得眼睛都肿了,这就足以体现香菱的感情。

薛蟠因被打而含羞,于是生出了外出游历的心思。这也使香菱有了一段幸福的生活,她随着薛宝钗住进了大观园。在大观园的日子,可以说是她生命中仅有的亮色,在这里,她可以依照自己的喜好学诗,也可以无忧无虑地与小丫头们斗草,生命恢复了应有的活力。

然而大观园毕竟只是一个建立在凡俗之中的园林,依然无法给她提供真正的庇护。薛蟠的妻子——夏金桂出现了,"香菱"这个名字也就改成了"秋菱"。一切都在急转直下,往日尚算有点情义的薛蟠在悍妻的挟制之下也举起了大棒,香菱至此已是命运堪忧了。

英莲、香菱、秋菱是她一生的三个名字。英莲,既体现了"应怜"的意思,又点出了她"莲"一样的本质。周敦颐的《爱莲说》是写莲名篇,文中他写道:

水陆草木之花,可爱者甚蕃。晋陶渊明独爱菊;自李唐来,世人甚爱牡丹。予独爱莲之出淤泥而不染,濯清涟而不妖,中通外直,不蔓不枝,香远益清,亭亭净植,可远观而不可亵玩焉。

予谓:菊,花之隐逸者也;牡丹,花之富贵者也;莲,花之君子者也。噫！菊之爱，陶后鲜有闻。莲之爱，同予者何人？牡丹之爱，宜乎众矣！[1]

文中褒扬了"莲"这一文学意象的洁净之态与君子之风。而香菱实也担得起这样的褒扬。从香菱的根基来说，她也是生于君子之家，有着良好的家庭传承。

至于"香菱"一名，在小说中有着这样一段解释：

> 香菱道："不独菱花，就连荷叶莲蓬，都是有一股清香的。但他那原不是花香可比，若静日静夜或清早半夜细领略了去，那一股清香比是花儿都好闻呢。就连菱角、鸡头、苇叶、芦根得了风露，那一股清香，就令人心神爽快的。"

离开了父母的怀抱，寄身于豪富之家，英莲只能变成菱花。菱花小而微，香味亦不浓郁，在细品之下才会有所领略。这正如香菱的生活，在荣宁二府之中，她只是一个妾侍，虽比婢女略强，终不是主子。然而她毕竟有着自己洁净的本性，有着美好的心灵，虽然微小，仍然能散发出淡雅的香气。

至于改名"秋菱"，按照夏金桂的说法是因为"菱角菱花皆盛于秋"，其实只是因为"香菱"的"香"字犯了夏金

---

[1] [宋]周敦颐撰，梁绍辉、徐荪铭等点校《周敦颐集》，岳麓书社2007年版，第120页。

桂的忌讳而已。秋风之下的菱花，必然是不长久的，只能凋落了。

可以说这三个名字是香菱一生的预示。

二、香菱的品格

曹雪芹善于给予人物一字评，如探春之"敏"、晴雯之"勇"、袭人之"贤"，这些评语都是非常恰当的。对于香菱，曹雪芹给予的是一个"呆"字。

为什么说香菱"呆"呢？显然这里的"呆"是没有贬义的。我们且来看有关"呆香菱"的一段文字：

> 外面小螺和香菱、芳官、蕊官、藕官、豆官等四五个人，都满园中顽了一回，大家采了些花草来兜着，坐在花草堆中斗草。……香菱便说："我有夫妻蕙。"豆官说："从没听见有个夫妻蕙。"香菱道："一箭一花为兰，一箭数花为蕙。凡蕙有两枝，上下结花者为兄弟蕙，有并头结花者为夫妻蕙。我这枝并头的，怎么不是夫妻蕙。"……
>
> 香菱拉他的手，笑道："这又叫做什么？怪道人人说你惯会鬼鬼祟祟使人肉麻的事。你瞧瞧，你这手弄的泥乌苔滑的，还不快洗去。"宝玉笑着，方起身走了去洗手，香菱也自走开。二人已走远了数步，香菱复转身回来叫住宝玉。宝

玉不知有何话，扎着两只泥手，笑嘻嘻的转来问："什么？"香菱只顾笑。因那边他的小丫头臻儿走来说："二姑娘等你说话呢。"香菱方向宝玉道："裙子的事可别向你哥哥说才好。"

这段文字将香菱之"呆"描绘得形神皆俱。作为一个妾侍，与几个小丫鬟们玩在一起，并且是斗草，这首先体现的是香菱的单纯。她又向这些小丫鬟们去解释什么是"夫妻蕙"，更是无机心的表现，一派懵懂与混沌。或许正是这份懵懂，才愈发显出她的纯真。她拉着宝玉的手，无丝毫忌讳，更显出内心的清澈。

在香菱的故事之中，最引人注目的还有她的学诗。香菱作有三首咏月诗：

月挂中天夜色寒，清光皎皎影团团。诗人助兴常思玩，野客添愁不忍观。翡翠楼边悬玉镜，珍珠帘外挂冰盘。良宵何用烧银烛，晴彩辉煌映画栏。

非银非水映窗寒，试看晴空护玉盘。淡淡梅花香欲染，丝丝柳带露初干。只疑残粉涂金砌，恍若轻霜抹玉栏。梦醒西楼人迹绝，余容犹可隔帘看。

精华欲掩料应难，影自娟娟魄自寒。一片砧敲千里白，半轮鸡唱五更残。绿蓑江上秋闻笛,红袖楼头夜倚栏。博得嫦娥应借问,缘何不使永团圆!

诗的好处,是可以使人诗意地活着,在诗里可以追求唯美,更可以恣情肆意。诗的好处来源于真实,"诗言志",故而诗反映的必是真实的感受与思考。对诗的向往,无疑是对诗意生活的向往,是对真实的向往。香菱羡诗,一方面是对诗人,如宝钗、黛玉等人的向往,另一方面体现了对真实的向往。宝钗、黛玉等人的诗社生活,给香菱打开了一扇诗的门,进而香菱又体会到了诗中的乐趣,她的学诗就是自然而然的了。很多学者都关注过香菱所作的三首诗,但关注点多集中在黛玉教诗。而这三首诗实际上更是从三个层次述说了香菱对诗的理解:第一首咏月诗中,有物而少人,虽有"诗人""野客"等词,然而人、物分离,正如黛玉所说"被他缚住了",局限于词句的雕琢而缺乏了诗人的自我;第二首诗则突出了月色,也因受拘于月色,使得表里分离,缺乏了对月的情感;第三首诗则实现了一个大的飞跃,人、物、情,三者融合为一,正可谓"精华欲掩料应难"。月如此,香菱也如此,诗本由性情而来,无性情则无诗,而香菱本就是一个诗人。这三首诗成就了一个真实的香菱。香菱的学诗,一方面体现了香菱诗一般的灵魂,另一方面也体现了她对美好的追求与对幸福的向往。

三、美好的毁灭

香菱出现在小说的第一回中。曹雪芹在创作中,延续了"楔子"以及"入话"等传统小说经验,并且拓展了这种技法,从而将"小荣枯"中的人物引入了"大荣枯"之中。香菱正是这样一个人物。作为"金陵十二钗"副册的冠首人物,香菱虽未入正册,但仍然具有非凡意义。

第五回中,曹雪芹写下了这样的谶语:

> 根并荷花一茎香,平生遭际实堪伤。
> 自从两地生孤木,致使香魂返故乡。

这一个"实堪伤"的"平生遭际",却未曾磨灭香菱的性情。香菱是美好的化身,最为引人注目的就是她的纯粹——宛若一池清泉,没有杂质;又如一朵小花,独自芬芳。她命运多舛,然而她仍然相信世间的美好,她总是笑嘻嘻地面对所有的人。这来自于她本性的善良,她认为人性是善的。她被薛家买去之后,生活有了很大的改善,也得以躲在大观园中过了一段优游的日子。在这段日子里,她绽放了自己全部的美好。虽然比起黛玉、宝钗、探春等人来,她仍然是不起眼的,但对于她自己来说,已经宛如身在天堂。

然而幼年的遭际,毕竟给她留下了不可磨灭的伤痕,她是不善言辞的，也是懦弱的。她面对着伶牙俐齿的小丫鬟们，不知如何解释；面对薛蟠的棍棒，也唯有逃避；面对着夏金桂的阴谋诡计，更是只能逆来顺受了。

鲁迅先生在《再论雷峰塔的倒掉》中，曾这样阐释悲剧的内涵："悲剧将人生的有价值的东西毁灭给人看。"[1]在香菱的身上，这种价值就是天真与纯粹。香菱是简单的，面对于世俗的复杂，她自然是手足无措的。

在曹雪芹的创作中，有悔，也有痛，更有着思考，然而"怜"之一字却给予了香菱。香菱是纯洁的象征，她是美丽的，又是无力的，她宛若漂萍，受人摆布。她是有欲望的，但她的欲望是如此单纯，她只想诗意的活着，可生活本就不是诗。香菱更是无害的，她不需要成为中心，更不需要受人瞩目，她就像一个羞怯的邻家小女孩，瞪着懵懂的双眼，好奇地打量着这个世界。然而对于她来说，这一切都是奢望。她是无法选择的，她虽有意寻找自己喜欢的生活，却无力改变自己的生活环境。正如一僧一道所说，香菱终是"有命无运"的人，悲剧对她来说，是一种必然。

写到这里，笔者忽然记起了小说中香菱说的一句话："我也巴不得早些过来，又添一个作诗的人了。"

---

[1] 鲁迅《鲁迅全集》第一卷，人民文学出版社 2003 年版，第 203 页。

第四节 《姽婳词》考论

作品脱离不了时代，哪怕是神魔小说也会有时代的印记，这是创作的必然，不会因作者的刻意隐藏而改变。《红楼梦》自然也是如此，曹雪芹虽欲以"朝代年纪，地舆邦国却反失落无考"以蔽之，又以"小才微善"的几个"异样女子"为书写对象，以家庭琐事为烟幕，然而作者对时代的反思，因时代而生成的惆怅、无奈以及无出路的困惑，始终萦回于文本之中。正因如此，来源于对现实的思考，又以写实之法去"假语村言"的《红楼梦》，基于社会常理与人性的共通，在不同时代均有着价值体现。

《红楼梦》所用之素材，很大一部分来自作者的家族经历，这也是作者思考的起点，而社会中流传之事也是其不可忽视的素材来源，如林四娘故事。林四娘的故事在《红楼梦》创作之前已有流传，经过曹雪芹的加工之后，《红楼梦》中的林四娘已经与前代传说中的大不相同，曹雪芹称之为姽婳将军，于是就形成了两个故事体系：林四娘故事与姽婳将军故事。

本文拟从林四娘故事重心的转移以及曹雪芹对此故事的承继，姽婳将军故事的文本生成分析两部分进行阐释。

一、林四娘故事的演变趋势

林四娘的故事在《聊斋志异》《红楼梦》两大名著中均有记载，因此广受学者关注，对其进行的研究也就成为一个热点。周绍良、徐扶明、白亚仁、袁世硕、王学太、张庆民等诸位先生皆有专论[1]。这些文章或考辨林四娘故事的源流，或考证相关历史人物的史实，或兼及林四娘在《红楼梦》中的文本功能。从林四娘故事的源流演变等角度来看，研究已经足够充分，然而我们还是有必要对此过程进行有侧重的分析，去考察林四娘故事在演变过程中重心的转移，以呈现该故事的不同样貌，从而辨析曹雪芹对林四娘故事的承继与发展。

张庆民、任鹏程先生曾对《红楼梦》之前记载林四娘故事的典籍加以整理：

> 李澄中（1629—1700）《艮斋笔记》中的《林四娘》、安致远（1628—1701）《青社遗闻》中的《林四娘》、陈玉璂（1636—1698之后）《学文堂集》中的《青州行有引》、王士禛（1634—1711）《池北偶谈》中的《林四娘》、陈维崧（1625—1682）《妇

---

[1] 周绍良先生曾作《林四娘故事之缀合与比勘》，白亚仁先生曾作《林四娘故事源流补考》《林四娘故事源流再考》，袁世硕先生曾作《林四娘故事的生成、流变（上、下）》，王学太先生曾作《林四娘故事的演变及其历史真相》，张庆民、任鹏程曾作《林四娘传闻故事与姽婳将军探析》等等。

人集》载"王十一为余说林四娘事"、冒襄注引王太史《林四娘歌序》、蒲松龄(1640—1715)《聊斋志异》中的《林四娘》、林云铭(1628—1697)《吴山鷇音》中的《林四娘记》、张潮(1650—1707？)编辑《虞初新志》、陈奕禧(1648—1709)《虞州集》中的《林四娘小传》等。[1]

这些典籍中均有关于林四娘故事的记载，但其内容差距较大，呈现出不同的样貌。袁世硕先生结合参与文人的经历，对文本内容加以考察，以明晰其脉络：李澄中《林四娘》是故事的初生型，王士禛对林四娘故事的传播与故事的定型有重要的影响[2]，林云铭《林四娘记》为变调，蒲松龄《林四娘》是就林四娘诗作成的传奇小说[3]。

在李澄中《艮斋笔记》中，林四娘的故事是不成体系、无统一主旨的笔记体文字。李澄中为诸生时，曾以诗赋先后受知于陈宝钥与周亮工，故而《艮斋笔记》中的林四娘故事与其说是李澄中创作的，不如说是他对陈宝钥言说的记录。在这段文字中，故事发生地为故衡王宫，林四娘的鬼形为"现

---

[1] 张庆民、任鹏程《林四娘传闻故事与姽婳将军探析》，《曹雪芹研究》2021年第3期。其中，《吴山鷇音》中的《林四娘记》被涨潮选入《虞初新志》。
[2] 袁世硕《林四娘故事的生成、流变（上）》，《古典文学知识》2010年第5期。
[3] 袁世硕《林四娘故事的生成、流变（下）》，《古典文学知识》2010年第6期。

形横屋上，其长竟屋"，人形为"朱帔翠翘"，有婢女名东姑，疑为"木魅所化"。

《艮斋笔记》中的林四娘故事可分为四部分：其一为题壁的三首诗，其二为林四娘以鬼形与陈宝钥的交流，其三为林四娘以丽人形态与陈宝钥之弟的交往，其四为林四娘对公人的警告。

如果将这些故事与陈宝钥自身经历结合起来思考，则会发现后三条仅是增添林四娘的异处，第一条才是林四娘故事之重心。我们且来看这三首诗：

其一云："静锁深宫十八年，谁将故国问青天？闲看殿宇封乔木，泣望君王化杜鹃。"二云："海国波涛斜夕照，汉家箫鼓靖烽烟。红颜力弱难为厉，蕙质心悲只学禅。"三云："日诵准提千百句，闲看贝叶两三篇。高唱梨园歌代哭，请君独听亦潸然。"[1]

三首诗充满故国之念，又有萧瑟之意。其中"高唱梨园"一句，也点出林四娘擅歌。神仙鬼怪之谈本为虚妄，而此三诗必有作者。白亚仁先生结合陈宝钥的经历与诗风，推断此

---

[1] 韩寓群主编《山东文献集成》第35册，山东大学出版社2007年版，第466—467页。

三诗作者当为陈宝钥[1]，此结论是可信的。陈宝钥为南明永历小朝廷的举人，曾参加郑成功的抗清斗争，后归顺清朝，到青州做海防道台；陈宝钥又擅诗，曾著《陈绿崖诗集》，乾隆朝时因其中有缅怀前朝之意被禁；明清易代之时题壁诗颇多。三点结合，陈宝钥借林四娘故事抒发自我情感是很可能的事情。为增添奇幻色彩，并将这三首诗与林四娘建立关系，陈宝钥以"墨淋漓未干"一语暗示，又以三件奇异之事相附，在使整部《艮斋笔记》中的林四娘故事成为一组无主题笔记体文字的同时，也寄托了陈宝钥自身的故国之念。

李澄中友人安致远也曾受知于陈宝钥。他所著的《青社遗文》中记载的林四娘故事以述异为主，与李澄中的记述相比已有不同，对林四娘的介绍更加详细：林四娘的形象为四十余岁，身着故明宫装，有婢女随行；明确为"故衡王宫人"[2]；林四娘与陈宝钥同乡。

林云铭《吴山鷇音》中《林四娘记》中有"康熙六年，陈补任江南驿传道，为余述其事，属余记之"[3]句，可证此文中内容也来自陈宝钥。其中有《艮斋笔记》的痕迹，如对林四娘的鬼形及其与陈宝钥交往经过的描写等，但描述得更

---

1 （美）白亚仁《林四娘古诗源流补考》，《福州大学学报（哲学社会科学版）》2008年第5期。
2 ［清］安致远《青社遗闻》卷三，民国十六年十笏园印本，第39—40页。
3 四库全书存目丛书补编编纂委员会编纂《四库全书存目丛书补编》第三册，齐鲁书社2001年版，第559页。

加详细，故事性也有所增强。其与《艮斋笔记》《青社遗文》不同之处甚多，如林四娘的身份等均有变化，与衡王府并无关系，也无林四娘的诗作，在一婢东姑外又增一仆实道等。

李澄中、安致远以及林云铭所记林四娘故事均来自陈宝钥，这是第一个林四娘故事的传播中心。

王士禛《池北偶谈》所载《林四娘》也以述异为主，林四娘的形象为腰配双剑的丽人，身份为"衡王宫嫔"，且"宠绝伦辈"，"引节而歌，声甚哀怨，举座沾衣罢酒"句也写出林四娘擅歌，有一丫鬟而无名字，故事集中于宴饮，文末有诗：

> 静锁深宫忆往年，楼台箫鼓遍烽烟。红颜力弱难为厉，黑海心悲只学禅。细读莲花千百偈，闲看贝叶两三篇。梨园高唱升平曲，君试听之亦悯然。[1]

此诗显系改于陈宝钥之作，其中的故国之思已弱化，更多的是对自我遭际的感慨。

陈维崧《妇人集》中所记较为简略：

> 王十一为余述林四娘事，幽窈屑瑟，盖《搜神》《酉阳》

---

[1] ［清］王士禛《池北偶谈》，中华书局1982年版，第512—513页。

之亚也。四娘自言故衡邸宫人。[1]

该句后有冒襄注引王太史《林四娘歌序》。与《池北偶谈》相比，《林四娘歌序》内容比较多，如增加"因率卫卒呵禁之，不止；携弓矢操而射之，不止；持轰天雷诸大炮击之，复不止"[2]这一过程，此显系对《青社遗文》中"呼家人持兵自卫，而以鸟铳之属击之，不能伤，且无惧色"及《艮斋笔记》中"威之以火炮，了无所惧"等语的细化，由此也可知林四娘故事流传的脉络。《林四娘歌序》中有"环悬利剑，泠然如聂隐娘红线一流"句，与《池北偶谈》中"腰佩双剑"句近似，亦提及有婢名为青儿、东儿。《林四娘歌序》尾有诗一首：

玉阶小立羞蛾麀，黄昏月映苍烟绿。金床玉几不归来，空唱人间可哀曲。[3]

此诗意趣已与李澄中、王士禛等所记大相径庭。

陈玉璂著《学文堂集》中的《青州行有引》与王太史《林四娘歌序》有同源之处，如其中也有"绿崖令麀之，不去；挟弓矢射之，不及；撞钟伐鼓，如罔闻"的表述，林四娘二

1　[清] 虫天子编《香艳丛书》，人民文学出版社1994年版，第132页。
2　[清] 安致远《青社遗闻》卷三，民国十六年十笏园印本，第39页。
3　[清] 虫天子编《香艳丛书》，人民文学出版社1994年版，第133—134页。

婢女也名青儿、东儿；又与《池北偶谈》有近似处，如所述多及宴饮，描写林四娘形象有"腰悬金错刀"句。究其原因，在"昔年，王祠部向予曾道其事，今王庶常复于酒酣时详述之"[1]句。据袁世硕先生推测，王祠部即王十一，亦即王士禛，王庶常即王太史，亦即山东茌平人王曰高。而王曰高与王士禛以同宗关系过从甚密。[2]

另一与王士禛有关的是陈亦禧所著《林四娘小传》。张祐睿先生以《虞州集》中许多称王士禛为"夫子"的诗题推定二人为师徒关系。[3] 从内容来看，《林四娘小传》更像是一个融合体，与林云铭所记有相同处，如林四娘对陈宝钥的帮助、对起淫念者的惩罚，以及与衡王府并无关联等；与王士禛《池北偶谈》所记也有类似处，如有宴饮等。尤应注意，在《林四娘小传》中，林四娘是一个"年可四十许，兜鍪金甲，佩剑"的形象，"年可四十许"与《青社遗文》的记载近似，而"佩剑"一说与《池北偶谈》《林四娘歌序》《青州行有引》类似。《虞州集》收录陈亦禧康熙十七年（1678）以后的作品，可知该文形成较晚，所以对其他林四娘故事均有所吸收。

《聊斋志异》中的《林四娘》所记内容与《池北偶谈》《青

---

[1] 四库全书存目丛书补编编纂委员会编纂《四库全书存目丛书补编》第四十七册，齐鲁书社2001年版，第616—617页。
[2] 袁世硕《林四娘故事的生成、流变（上）》，《古典文学知识》2010年第5期。
[3] 张祐睿《林四娘故事流变探考》，《蒲松龄研究》2021年第4期。

州行有引》《林四娘歌序》等有近似之处，如均言林四娘为衡府宫人，擅音乐等。此或与蒲松龄是结合当地传言与王士禛《池北偶谈》的记载进行创作的有关。蒲松龄"雅爱搜神"，其家乡淄川与青州相邻，得闻林四娘故事并不奇怪。王士禛有《题聊斋志异》诗，《淄川县志》载："新城王尚书士正数称其才。"[1]可证蒲松龄与王士禛之间的交游。

《聊斋志异》中并未写林四娘的婢女，也没有宴饮等情节，其内容与《聊斋志异》中的其他狐女鬼女故事近似：林四娘飘然而来，与陈宝钥演绎一段人鬼之恋。但在其中应注意的是恋情之外林四娘自言的"遭难而死，十七年矣"与"冥王以妾生前无罪"所形成的反差，所歌的"亡国之音"，以及临别之际所留诗作。该诗作与《艮斋笔记》所载三首诗作仅有个别字的差异，如将"十八年"写作"十七年"[2]，从而指向现实中的衡王朱由楷遭难事，为整个故事增添了丰厚的历史内涵。

这是一个围绕王士禛形成的林四娘故事传播中心。

从整体趋势而言，林四娘的故事是不断累积的。在经历了由笔记至文学创作的转变后，林四娘由传闻变成小说中的人物，形象更加丰满，传奇性也在增强。

---

[1] 《淄川县志》卷六，乾隆四十一年刊本。
[2] ［清］蒲松龄著、张友鹤辑校《聊斋志异会校会注会评本》，中华书局1962年版，第286—289页。

我们发现，这两个中心所形成的不同文本是有交叉的。这一现象在说明林四娘故事的传播之外，更可说明参与文人的旨趣变化。在以李澄中《艮斋笔记》为林四娘故事的最初形态，林云铭《林四娘记》为变调的这一角度下，旨趣变化尤其显著。袁世硕先生提出：

> 林四娘诗事在社会传说中，已与他（陈宝钥）结下了不解之缘，并且传出青州。他出于身为贰臣的微妙心理和防嫌意识，便想改造出另一种文本，抵消不利己的影响。林云铭应该心领神会，所以文后特别申明："陈公绿崖，正士也，非能造言语者。"天真的读者可能会信以为实，却改变不了他们二人联手"造言语"的事实。[1]

诚如袁世硕先生所言，当林四娘的身份脱离了衡王府，成为因被父所疑而投缳自尽的女子的时候，故国之思就被消解了。而这也正是林云铭创作目的之所在。林四娘的仆人名"实道"，即此种创作心态的体现。

非独林云铭，《聊斋志异》中也仍有此种情结，但在林四娘故事在传播过程中故国之思的消解是一个明显的趋势。此种变化与文字狱脱不开关系。"明史案""南山案""文

---

[1] 袁世硕《林四娘故事的生成、流变（下）》，《古典文学知识》2010年第6期。括号内文字为笔者所加。

选案"等均震惊世人，学术风气与清朝初始时已不同，学者多为考据而考据，以埋首经史来躲避文祸。在林四娘故事的早期样貌中，故国之思虽已是曲折表达，但毕竟还存在隐患。陈宝钥之后的诸多传播者，大多都将与故国之思有关的内容删除，加以各种改写，增强述异的内容，使林四娘故事成为有趣的谈资，从而不再承载厚重的历史内涵。

如果说《聊斋志异》中的林四娘故事还依托于传闻、笔记，《红楼梦》中的林四娘故事则是独立创作的：其他典籍中写到林四娘均写其逝后为鬼为神之作为，而《红楼梦》中的姽婳将军故事却是追忆其生前。曹雪芹是惯作此类文章的，如他将整部《红楼梦》置于"补天神话"之后，从而将小说变成"补天神话"的后传。在姽婳将军故事的改写中，曹雪芹创作了林四娘生前之事，将之变成其他典籍中所载的林四娘故事的前传。

二、姽婳将军故事的文本生成及功能

然而，并不能因上述原因就说《红楼梦》中的姽婳将军故事与前人所载林四娘的故事毫无瓜葛。是林四娘故事的传播，影响到了曹雪芹的素材选择。《红楼梦》中的姽婳将军故事并非向壁虚构，而是承接自这些典籍的。从内容上看，这种承接主要体现在以下四个方面：

其一，林四娘的身份问题。在其故事的流传过程中，林四娘大多被记载为衡王府中人，或为妃，或为宫女。《红楼梦》中亦将林四娘设定为恒王府中人，恒王府也仍处青州。

其二，林四娘的形象问题。在诸多记载中，林四娘通常被描写为丽人形象，擅歌，且多有佩剑或佩刀的记载，《林四娘歌序》中更以聂隐娘、红线女与其同列。《红楼梦》中林四娘的形象也是"姿色既冠"，且"武艺更精"，她为恒王复仇时更是带着侠气。

其三，林四娘与衡王的关系。《池北偶谈》言其"宠绝伦辈"，《红楼梦》中称"超拔林四娘统辖诸姬"。

其四，林四娘对情义的态度。在故国之思被消解之后，前人所讲所记的林四娘故事虽以述异为主，但故事中的林四娘却仍是重情重义之人，更是可怜可叹之人。如李澄中所记诗中的"谁将故国问青天""泣望君王化杜鹃"句，《池北偶谈》中的"妾魂魄犹恋故墟"句，《青州行有引》中的"语半，泪簌簌下，命取蛮笺，濡毫赋诗句，皆冷艳"句等，细思之皆为情的表达。《红楼梦》中的林四娘继承了这一重情重义的人物性格，并以此为基础演绎出更多的故事。

以上四点，为《红楼梦》对前人的承继。曹雪芹围绕林四娘这一形象的内核创作出崭新的故事。

姽婳将军故事需要承载一定的文本功用，以服务于整部小说的情节、主旨、人物塑造等。于是曹雪芹在这个故事里构建了显隐两套表达体系来分别满足于不同的功用。从创作来讲，这些功用的如何实现决定了文本的生成方式。

与前人一样，曹雪芹也需要面对文字狱的问题。在这里曹雪芹承继了前人的表达策略，其方式与前人的改写相比更为高明，但策略是相通的。《红楼梦》第一回中就有"毫不干涉时世"的表述，又以"伦常所关之处，皆是称功颂德，眷眷无穷"来加强这一层意思。此二者在曹雪芹创作的姽婳将军故事中表现得尤为突出。

姽婳将军故事出现在贾政与众清客的闲谈之中，此点与林四娘故事的传播有相似之处，很多记录者如陈玉璂获知林四娘故事的方式都是如此。在贾政的叙述中，首先以"当日"作为一个时间概念，取代"前朝"这样的敏感字眼，继而以"恒王"替代"衡王"，姽婳将军故事因之化为传说，消解了故事本身所承载的历史真实。正如《红楼梦》第二回中冷子兴所说的"说着别人家的闲话，正好下酒"，林四娘故事成为茶余饭后的谈资，有了娱乐消遣的功用。

历史上的明衡王府于顺治二年（1645）被抄，衡王及其眷属被解送北京，次年以谋反被杀，衡王府因而也成为明遗民的凭吊对象，所以陈宝钥至衡王府时才会有此感慨，也因此衍生出林四娘的故事。在贾政的叙述中，恒王死于流贼之手。以曹雪芹所处时代的评价标准，如果"衡王"死于"谋反"，则为"逆"；而"恒王"死于与流贼战阵之中，则为"忠"。

曹雪芹以"忠"来写恒王，是有着深入思考的。对于此种反差，张庆民、任鹏程两位先生认为：

> 忠义林四娘故事，全由贾政道出。这一叙事策略，乃示意着，姽婳将军林四娘，是由统治集团炮制出来的。而我们从中又可洞见某些言外之旨：将衡王朱由楥被清廷杀害，改为农民起义军"所戮"，这是篡改历史……历史，如橡皮泥一般，被统治者随心所欲地玩弄！因而，"闲征"《姽婳词》看似闲笔，个中似乎不乏作者对于历史与现实的深切体悟。[1]

此种解读亦能自圆其说，然而最为可能的是，曹雪芹以"忠"来写恒王的目的是躲避文网。曹雪芹对整个林四娘故事的描述似乎都是以忠义为着眼点：他首以"风流隽逸，忠义慷慨"八字为将要讲述的姽婳将军故事定下基调，继而以奉旨察核前代应加褒奖而未褒奖的人事为由，最终以"圣朝无阙事"回归于对朝廷的赞颂。在表面上，他通过这种方式形成了完整的叙事逻辑，称颂圣恩"眷眷无穷"了，以此应对文字狱，较之于前人的删减改写，自然更为有效。

此是姽婳将军故事显性表达的第一重作用。

在贾政的讲述之中，林四娘是忠义的化身。她闻得恒王

---

[1] 张庆民、任鹏程《林四娘传闻故事与姽婳将军探析》，《曹雪芹研究》2021年第3期。其中，《吴山豰音》中的《林四娘记》被涨潮选入《虞初新志》。

战死，遂集聚众女将为王复仇，以求殉王，而终归是求仁得仁了。此等壮烈行径自然是以"忠义"为旨归的。这种讲述源于贾政的个人倾向。众清客也以贾政的态度为标准，或迎和，或奉承，总之是将林四娘故事的解读转向对朝廷的颂扬。至于林四娘本身，不过是一个"妙题"，原该被"挽一挽"而已。贾政为显自己对忠义的态度，又为显自家子孙的文学，也就引出了三首《姽婳词》。

贾兰与贾环所作之《姽婳词》是有差异的。贾兰一诗简单描叙林四娘事迹，以"姽婳将军林四娘"为起，以"此日青州土亦香"为合，无起伏亦无情感。贾环之作有对林四娘心态之摹拟，如"自谓酬王德，讵能复寇仇"，但终归未能走入林四娘之内心，多泛泛之词，虽较贾兰之作略强，也仍如贾政所评，是"拘板庸涩"的，属于应制体的颂圣诗。

在小说中，对三人如何作诗有一段描述：

且说贾政又命他三人各吊一首，谁先成者赏，佳者额外加赏。贾环、贾兰二人近日当着多人皆作过几首了，胆量愈壮，今看了题，遂自去思索。一时，贾兰先有了。贾环生恐落后也就有了。二人皆已录出，宝玉尚自出神。

此段描写颇为传神，也足以说明三人的创作心态。对贾兰、贾环而言，目的大略有二：其一是在贾政及众清客面前展示才学，其二是得到贾政所许诺的赏赐。贾环"生恐落后"的表现足以说明这两点。在这样的心态下，贾兰、贾环二人的创作意旨自然是取决于贾政的态度，褒扬忠义就成为题中应有之义。林四娘作为一个独立的"人"，就被"以死报恒王"之"事"所取代，也就仅剩"忠义"这一层意义了。

对贾政、贾兰、贾环等人的塑造，是姽婳将军故事显性表达的第二重作用。

与显性表达相比，姽婳将军故事的隐性表达才是曹雪芹表达的重点。从创作角度来讲，在同一事件中展现不同小说人物的反应，是通过对比来深化人物形象的方法之一，对塑造人物起着画龙点睛的作用，同时也可以将小说人物价值观的冲突集中展示，以揭示小说戏剧冲突的深层原因。

与贾环、贾兰的表现不同，贾宝玉在"出神"。他并没有将获赏当作目标。按后文所说，他此时是在针对题目量体裁衣，认为"或拟白乐天《长恨歌》，或拟温八叉《击瓯歌》，或拟李长吉《会稽歌》，或拟咏古词，半叙半咏，流利飘逸，始能尽妙"。以叙与咏相结合，贾宝玉创作出了《姽婳词》。

在贾宝玉所作《姽婳词》的前半段中，并未直接出现林四娘，反而是对恒王"公余好武"，选众多美女以习武事的内容大加描写，活画出女子临阵时的英姿与旖旎，而此正是"姽婳将军"的生动写照；至"明年流寇走山东"句气势一转，肃杀之气盈纸，"雨淋白骨血染草，月冷黄沙鬼守尸"句更直言战争的惨烈；到林四娘出场时，贾宝玉以"就死将军"[1]名之，慷慨悲凉之意已涌出，然而"贼势猖獗不可敌"，美好终归被毁灭；《姽婳词》的最后部分，以"我为四娘长太息，歌成余意尚彷徨"句作结，抒发贾宝玉对林四娘的情感。从整首诗来看，贾宝玉在对林四娘之忠义进行颂扬之外，更想表达的是对林四娘的向慕与叹息，以及对生命逝去的惋惜与沉痛。换言之，贾宝玉的诗是以林四娘这个人为中心的，他通过贾政所讲的故事，以情去体贴人物，从而写出女主人公的心态，如"绣鞍有泪春愁重""誓盟生死报前王"，继而以伤悲、太息来表达自己的情感。贾宝玉《姽婳词》中虽也有"忠义"二字，可他的着眼点并不在此。此与贾环、贾兰之诗形成鲜明对比：一为有情，一为无情。此为隐性表达的第一重作用。

在这两种颂扬之下隐藏着价值观的冲突。

贾宝玉曾有"除《四书》外，竟将别的书焚了"之言，此亦可见贾宝玉对《四书》的态度。孔子曰："笃信好学，守死善道，危邦不入，乱邦不居。"[2] 所谓"危邦不入，乱邦不居"，是对儒者生命的关照，与后文的"有道则见，无道则隐"一致。而"守死善道"，是对儒者死亡观的阐释。

---

[1] 程本此处为"姽婳将军林四娘"，诸本多作"就是将军林四娘"。庚辰本此处原作"就死将军林四娘"，"死"点改为"是"。"就死"有"慷慨就死"之意。
[2] 杨伯峻《论语译注》，中华书局2006年版，第94页。

在《论语正义》中,此句的释义如下:

> 皇疏云:"守死善道者,宁为善而死,不为恶而生。"案:孟子《尽心》云:"夭寿不贰,修身以俟之,所以立命也。"又云:"尽其道而死者,正命也。"修身即是尽道,亦即所谓"善道"。君子日有孳孳,毙而后已,凡以求道之无歉于身、无愧于心而已。[1]

儒家君子是重生的,故以有道无道的不同而或现或隐,然而在面对"善道"的时候,当以"孳孳"之心求之,"毙而后已"。张禹先生在《守死善道:论语的死亡伦理》一文中指出:"孔子是在守护儒者生命的前提之下实现'善道',是在充分尊重个体的自主选择权之后才推崇以死守道。但儒者死亡并不一定能证成'善道',超越孔子对死亡的限度,亦受到批判。"[2] 这一结论是颇有见地的。"以死守道",自然也是"正命"之一种。

此种思想,在《红楼梦》中也有着体现。在小说第三十六回中有一段文字最能体现贾宝玉的死亡观:

> 人谁不死,只要死的好。那些个须眉浊物,只知道文死

---

[1] [清]刘宝楠撰、高流水点校《论语正义》,中华书局1990年版,第303页。
[2] 张禹《守死善道:论语的死亡伦理》,《孔子研究》2022年第5期。

谏，武死战，这二死是大丈夫死名死节。竟何如不死的好！必定有昏君他方谏，他只顾邀名，猛拚一死，将来弃君于何地！必定有刀兵他方战，猛拚一死，他只顾图汗马之名，将来弃国于何地！所以这皆非正死。

贾宝玉的"正死"一说，与孟子的"正命"有着传袭，也是"守死善道"的具体表现。而贾宝玉的"何如不死的好"一语，体现的正是对生命的关照。在贾宝玉的眼中，"文死谏，武死战"的目的是"邀名"，故而是"非正死"，不属于"死的好"的方式。可这种"非正死"的方式正被贾政与一众清客所讴歌——在他们眼中，"倒作成了这林四娘的一片忠义之志"，是"可羡"的，又恰逢可请"恩奖"，于是就"更可羡"了。当一个生命的消逝被理解为"邀名"之举，更成为文人墨客的"邀名"题材，这种表达是讽刺的，更是深刻的。唯恐读者不识，《红楼梦》第七十八回的回目为"老学士闲征姽婳词"，一"闲"字足以凸显此种讽刺。"亲戚或余悲，他人亦已歌"，炽热与薄凉之间、有情与无情之间，形成鲜明对比。

贾宝玉另有一段谈论死的言语，在《红楼梦》第三十四回中：

宝玉听说，便长叹一声，道："你放心，别说这样话。

就便为这些人死了,也是情愿的!"

宝玉所说的"这些人",指向的是黛玉等自己所在意的人。为这些人去死是正死,因情而死,死得其所。

正因如此,林四娘的故事,在贾政等人观之是"忠义",在贾宝玉观之则是殉情,是美好的逝去。二者的出发点不同,虽同为颂扬,颂扬对象却有着本质区别。曹雪芹通过对姽婳将军故事的书写,两类人的价值碰撞被完整地展现出来。此是隐性表达的第二重作用。

在揭示贾宝玉与其他人的价值观差异之外,林四娘作为小说中的人物,也具有独立的审美价值,服务于《红楼梦》的主旨。通过贾政的讲述以及贾宝玉的《姽婳词》,林四娘这一形象逐渐丰满起来。尤其当曹雪芹将"姽婳"二字赠予林四娘之时,林四娘也就成为《红楼梦》中着力刻画的众女儿之一了,而林四娘的故事也就转变为姽婳将军的故事。

"姽婳"一词出自宋玉《神女赋》:"既姽婳于幽静兮,又婆娑乎人间。"[1]其意为娴静美好。林四娘"姿色既冠",又"武艺最精",曹雪芹名之为"姽婳将军",更见其"妩媚风流",有着别具一格的风致,从而使林四娘在整部《红楼梦》中也卓立于众女儿之群。《红楼梦》既自诩"为闺阁

---

1 [梁]萧统编、[唐]李善注《文选》,上海古籍出版社1986年版,第886页。

第三章 《红楼梦》中的情节释读

昭传",其中有林四娘这样的奇女子,亦不会给人突兀之感。

《红楼梦》以贾宝玉为主角,主要围绕贾宝玉与一干"或情或痴""小才微善"女子的故事展开。当我们将这些女子进行符号化阐释时,她们代表的纯真、美好、薄命等属性就显现了出来。又因"女儿是水做的骨肉,男人是泥做的骨肉",《红楼梦》中的男性常常是作为女性的对立面出现的,是为了反衬而凸显女性的美好特质。在贾宝玉的《姽婳词》中也有关于男性的书写,如"纷纷将士只保身",又如"此时文武皆垂首",最后给出的评价也是"何事文武立朝纲,不及闺中林四娘",这与《红楼梦》全书的基调是吻合的。

林四娘是以武事著称的,正因如此,其悲剧意蕴更加独特。林四娘只是恒王的舞姬,因出众被超拔,但本质上只是一个因权贵喜好而存在的附属品,其出身可谓低贱。然而,林四娘却将这种生活视为恩赐,对恒王之恩"戴天履地",并决意殉身于王,其间透漏出的正是林四娘的纯真与情义深重。在这里,我们应该注意到林四娘只是一众舞姬的代表,书中明表众人"一齐说愿意",这也与男性的怯懦形成鲜明比对。但是这一众舞姬何尝不是薄命之人?她们的悲剧也因此有着典型的意义。

于整部《红楼梦》而言,姽婳将军故事只是一个小插曲,不可能独立于小说之外,而要让它融进《红楼梦》里,就需要使它具有情节推进功用。

林四娘可谓勇矣，在《红楼梦》中，以"勇"字形容的尚有晴雯。小说第五十二回回目下句为"勇晴雯病补雀金裘"。此二人是有共同之处的，如二人均为单纯、决绝、重情义之人，此点当无疑义。如此就形成了林四娘故事的另一重文本功能：贾宝玉借咏林四娘事，寄托对晴雯之死的慨叹。

在小说第七十七回中，晴雯遭王夫人驱逐，于病中被赶出大观园，直着脖子叫了一夜后终是死了。大观园的围墙敌不过世俗的侵扰，此时的贾宝玉已经意识到园中众女儿终究是要散去的，他的心中是悲伤的，也是凄凉的。这个时候，有了一个好题目让他来咏，而这个题目又是一个女儿的悲剧，且此女子与晴雯从性情到结局又有着相似之处，那么贾宝玉付于《姽婳词》中的情感，已经不再独属于林四娘。诗前段的欢快，中段血淋淋的场景，后段的叹息，又何尝不是对晴雯、对以往大观园的欢乐生活的怀念与感慨。晴雯的逝去，使贾宝玉的心境发生了变化，所以他才会对林四娘的故事产生共鸣。而这种共鸣，更使得贾宝玉不吐不快，从而他不再借助于林四娘的题材，直接赋出了《芙蓉女儿诔》。《姽婳词》中有"柳折花残"，《芙蓉女儿诔》中有"直烈遭危"；《姽婳词》中有"贼势猖獗不可敌"，《芙蓉女儿诔》中有"孰料鸠鸩恶其高，鹰鸷翻遭罦罬；薋葹妒其臭，茝兰竟被芟鉏"；《姽婳词》中有"太息"与"彷徨"，《芙蓉女儿诔》翻作"钳诐奴之口""剖悍妇之心"。其中的情感是递进的，有迹可循的，后者更为炽热，也更为愤怒。

《红楼梦》非累积型小说，但其中也有累积的因素，此在《红楼梦》对林四娘故事的承继方面尤其明显。较之于其他素材来源的不确定，林四娘故事有着明确的源流，因而也是我们考察曹雪芹对素材运用的一个最好样本。曹雪芹借流传中的林四娘故事，塑造出姽婳将军这一典型形象，在表现"千红一哭""万艳同悲"的女性悲剧的同时，对贾政、贾兰、贾环、贾宝玉等均有着深入描写，且前承晴雯之死，后接《芙蓉女儿诔》，同时也实现了对文字狱的规避，这充分显示出作者一笔多写的能力，正可谓"注彼而写此，目送而手挥，似谲而正，似则而淫"[1]。

小　结

素材之于小说，用《红楼梦》中的话说是"真事隐去"与"假语村言"的辩证关系。以假言真是小说的特性，创作的根本目的是以小说情节来承载作者的创作意图。以文学技法而言，一笔多写尤为重要，写的层面越多，情节的融入度就越高，相关素材在文本中所起的作用就越充分，小说的审美也就更为多元，其作为经典常读常新的特性也就显现出来了。姽婳

---

[1] ［清］戚蓼生《石头记序》，一粟编《红楼梦资料汇编》，中华书局2005年版，第27页。

将军故事融入《红楼梦》的过程正是如此。

　　然而无论何种意图，都是以作者对素材的认知为基础的。如果将素材当作阅读的对象，不同的读者会产生不同的感受，这种不同感受就会进入到小说中。以姽婳将军为例，假的是故事情节，真的则是曹雪芹的内心感受。基于他对女性的悲叹、对有情的向往，曹雪芹眼中的林四娘故事才会呈现出情的特质，从而与前代传说产生本质的不同。当曹雪芹将林四娘改写为姽婳将军之时，述异消遣也变成了对情的颂扬。而其中对社会、人性的反映与反思，对虚伪的批判，也就留存于文本之中。

　　同时我们还应注意到，曹雪芹之前的林四娘故事经历了由隐晦表达故国之思到主要供消遣的述异文本的过程。无论是故国之思，还是述异消遣，从作者层面来说都有着独立的创作旨趣。当旨趣变化被演变源流所体现时，文学创作受社会制约的一面就展现了出来。此种变化是由社会作用于作者，由作者显示于文本的。这同样可视作对社会真实的反映。

第四章

《红楼梦》中的矛盾与冲突

第四章 《红楼梦》中的矛盾与冲突

我们在阅读中经常会有这样的感觉：这部小说写得太感人了。这是正常的阅读体验。感人，来源于作者与读者的共鸣，更来源于人的本性。无论何人，都有渴望美好的一面，而文学又具有唤醒美好、构建美好的作用。此即梁启超所谓"熏、刺、浸、提"的功用体现。

为了实现这些功用，小说中的各种矛盾冲突就不可避免。只有在矛盾冲突中展现出来的调和与坚持、沦丧与堕落、消亡与沉迷，才会收到理想的艺术效果，使读者生出种种情绪，沉湎于小说构建的世界之中，形成自我与世界之间的思考。

《红楼梦》无疑是构建矛盾与冲突的杰作。曹雪芹以写实的笔法，描写了世间的喜怒哀乐。然而与一些戏剧性强的小说相比，《红楼梦》又有着特殊性。恰如王蒙先生所言："所谓散文化的无故事的小说，多半是用一系列小故事来替代通篇的大故事，用没啥戏剧性的故事代替戏剧性强的故事罢了。"[1] 也正是戏剧性弱的特点，使《红楼梦》中的矛盾与冲突有了充分的酝酿与铺陈，才会更加深沉与震撼。借助于这些矛盾与冲突，曹雪芹将社会的真实展现于读者面前，对人物形象的塑造、故事情节的推进、思想内涵的阐发都有着推进作用。同时，这些矛盾也是促使《红楼梦》走向悲剧必然的重要因素，其中也包含着作者的沉痛与反思。

1　王蒙《谈短篇小说的技巧》，《人民文学》1980年第7期。

本节拟以四场矛盾冲突为例，分析曹雪芹构建冲突的写作技法，以及这些矛盾冲突的深层内涵，对《红楼梦》中的冲突加以研究，以期略有所得。

第一节 "魇魔法"事件中的矛盾与冲突

"魇魔法"事件发生在第二十五回,主要内容为赵姨娘通过马道婆,对王熙凤与贾宝玉施以厌胜之术。曹雪芹对该事件中矛盾的生成与冲突的发生交代得十分完备,因此也就具有了样本的意义。

从独特性来说,这次冲突是由小人引起的,参与者多为贾府中的主子与半主子,能够折射出贾府中早已存在的不可调和的矛盾,因此而发生的冲突也是非常残酷的。

一、"魇魔法"事件的过程

该事件的经过:贾环因贾宝玉与自己的相好彩霞厮闹,生出歹心,假装失手将蜡油泼到宝玉脸上,烫伤了贾宝玉。在王熙凤话里话外的提醒之下,王夫人将赵姨娘寻来责骂,使赵姨娘心内生愤。在马道婆的怂恿、引诱之下,赵姨娘许马道婆以重利,马道婆遂以厌胜之术将王熙凤与贾宝玉迫害近死。贾府众人不知所措。后二人被茫茫大士、渺渺真人幻化的癞头和尚、跛足道人所救。在这一过程中,曹雪芹又夹写林黛玉探望贾宝玉、马道婆蛊惑贾母供奉灯油、王熙凤调侃林黛玉等事。从事件本身来说是非常简单的，脉络清晰，缘由也明确，但其中蕴含的内容是非常多的。

曹雪芹善作千里伏线，该事件是有前因的。小说第二十回有"王熙凤正言弹妒意"一事为"魇魔法"埋下伏笔。在该回中，有贾宝玉训斥贾环事，有王熙凤训斥赵姨娘事。虽贾宝玉的口吻并不凶恶，但贾环心中却未必如此想。此在"魇魔法"中也有着反映，贾环内心"素日原恨宝玉"，此句正是对应上文的。贾环存心于此，只是不得下手，虽然不见得必须是蜡油，但这种害人之事早晚都会发生。赵姨娘对王熙凤是惧怕的，在第二十回中，面对王熙凤的斥责，她"不敢则声"，这部分是因为王熙凤的"正言"，部分也是因为她本有畏惧之心。小说并不会完整展现生活的全部，此等琐事也只是因为叙事需要才会提及，故而我们应当将这些小矛盾当作常态化存在来理解。矛盾的积累，使得冲突成为必然，所缺的仅是一个导火索而已。

作为事件的推动者、实施者，马道婆是一关键人物。在《红楼梦》前八十回中，马道婆也仅出现在第二十五回中。从身份上来说，她是贾宝玉的寄名干娘，与净虚等相似，是一个披着宗教外衣，厮混于豪门之中，以谋取利益的人。马道婆因为到荣国府请安，得知贾宝玉受伤，马上就编造出一段故事：

祖宗老菩萨那里知道，那经典佛法上说的利害，大凡那王公卿相人家的子弟，只一生长下来，暗里便有许多促狭鬼跟着他，得空便拧他一下，或掐他一下，或吃饭时打下他的饭碗来，或走着推他一跤，所以往往的那大家子孙多有长不大的。

此段说辞，马道婆张口即来，显系熟语。在她说动贾母供奉灯油的过程中，也将她察言观色的能力展现得淋漓尽致。

马道婆从贾母处出来后，去各方各院问安，转到了赵姨娘处。她是深知荣国府根底的，先以贾环前途说事，勾起赵姨娘的满腹恨意，继而嘲讽赵姨娘没能力，并透露自己有这个本事暗地里算计人。以赵姨娘的恨意，自然入她彀中。马道婆不仅将赵姨娘的家私算计到手，为免除后患，还留下了欠契。后文中，曹雪芹用了"又向裤腰里掏了半晌，掏出十几个纸铰的青脸红发的鬼来，并两个纸人，递与赵姨娘"一语，庚辰本此处有一条侧批：

如此现成，想贼婆所害之人岂止宝玉、阿凤二人哉？大家太君夫人诚之慎之。

曹雪芹明显欲写出马道婆为此道惯犯，脂批可作旁证。
曹雪芹在第一回中曾批判过传统的传奇写法，如"又必旁出一小人其间拨乱",但这并非是说曹雪芹绝对不会运用此种写作手法。传统写法的被打破,首先是建立在继承的基础之上的。马道婆就是这样一个"拨乱"其间的小人。关键在于情节是否合于情理。马道婆的目的始终在求利,在利益的推动之下,她的所有行为都可理解。前所引脂批,亦可证此等事为世上常有。也正因此,"魇魔法"一事的发生就有了现实基础。

曹雪芹在创作之时,借鉴了许多金圣叹的理论,如运用"大落墨法",描绘贾宝玉被烫时的场景:

> 只听宝玉"嗳哟"了一声,满屋里众人都唬了一跳。连忙将地下的戳灯挪过来,又将里外间屋的灯拿了三四盏看时,只见宝玉满脸是油。王夫人又急又气,一面命人来替宝玉擦洗,一面又骂贾环。凤姐三步两步上炕去替宝玉收拾着,一面笑道:"老三还是这么慌脚鸡似的,我说你上不得高台盘。赵姨娘时常也该教导教导他。"一句话提醒了王夫人,那王夫人不骂贾环,便叫过赵姨娘来骂道:"养出这样黑心不知道理下流种子来,也不管管!几番几次我都不理论,你们得了意了,越发上来了!"

该段描写生动异常,从众人慌乱的情景,再到凤姐的"三步两步",活画出她的利落与冷静。这里的笑,与下文中"凤姐笑道：'便说是自己烫的，也要骂人为什么不小心看着，叫你烫了！横竖有一场气生的，到明儿凭你怎么说去罢'"形成草蛇灰线，都将矛盾转移至赵姨娘的身上，这也使她越发招来赵姨娘的妒恨。

同样是"大落墨法"，在写到马道婆厌胜之术起效时，众人都去看宝玉，那种乱腾腾的热闹场景，尤其是写到薛蟠复杂心情之时，更是细微至极。

与此类似，林黛玉本为爱洁之人，偏又不嫌宝玉的满脸药物，这便画出二玉之间的深情。借矛盾冲突，写出人物的独特反应，本就是创作中的一种重要手法。

正是这些情节的加入，使得整个事件非常生动，更是起到"横云断岭"的作用，使进程张弛有度。

在描写"魇魔法"之时，曹雪芹也埋下了许多伏笔，为后文的展开提供基础。

如贾环与彩霞的故事，就为后文的"平儿行权"等事埋下伏笔。彩霞的"没良心的！才是狗咬吕洞宾，不识好人心"一语正对应着后文中彩霞将送给贾环的东西丢入河中的举动。

又如贾环对贾宝玉的恨意，在小说第三十三回中再一次显现，贾环向贾政告发贾宝玉"淫辱母婢"，使贾宝玉"大承笞挞"。

再如王熙凤打趣林黛玉的"你既吃了我们家的茶，怎么还不给我们家作媳妇"，以及该回末尾薛宝钗打趣林黛玉的"又要管林姑娘的姻缘了"等语，均在将"魇魔法"置于《红楼梦》的主体故事之中。也正因此，"魇魔法"事件作为前承后引的一段文字，成为《红楼梦》中的有机组成。

二、"魇魔法"事件的矛盾缘由

我们常说，没有无缘无故的爱，也没有无缘无故的恨。从小说创作角度来说，对于缘故的把握，需要合乎情理；对于描写，需要生动。二者实质上都来源于作者对生活的提炼与艺术加工。

《红楼梦》是写实的，曹雪芹家族经历了鲜花着锦、烈火烹油的盛况，也有着因骚扰驿站而被抄家的经历。君子之泽五世而斩，曹雪芹的创作，是建立在对自己家族覆灭的思考，以及对自我人生的反思之上的。脂批有言："一段无伦无理信口开河的浑话，却句句都是耳闻目睹者，并非杜撰而有。作者与余实实经过。"这说明在作者的经历中，也发生过这种由三姑六婆引起的冲突，故而写来十分逼真。而曹雪芹对于矛盾的深层认知，又使得"魇魔法"具有了典型性。

冲突来源于矛盾，在"魇魔法"这一事件中，这一逻辑有着充分的表现。

清代继承制度承袭唐宋，分为身份继承与财产继承。冷

第四章 《红楼梦》中的矛盾与冲突

子兴的演说，对于贾府的身份继承交代得非常清楚：

> 子兴叹道："正说的是这两门呢。待我告诉你：当日宁国公与荣国公是一母同胞弟兄两个。宁公居长，生了四个儿子。宁公死后，贾代化袭了官，也养了两个儿子：长名贾敷，至八九岁上便死了，只剩了次子贾敬袭了官……幸而早年留下一子，名唤贾珍，因他父亲一心想作神仙，把官倒让他袭了。……再说荣府你听，方才所说异事，就出在这里。自荣公死后，长子贾代善袭了官，娶的也是金陵世勋史侯家的小姐为妻，生了两个儿子：长子贾赦，次子贾政。……长子贾赦袭着官……"

从这段叙述，可见荣宁二府的世系以及身份继承方法，这是嫡长子继承制，只有在嫡长子死亡或者出现其他意外的情况下，才会由其他人来继承。

在《红楼梦》中，关于财产继承，虽然不像身份继承这样交代得十分明确，但也有提及，如荣国府中分为两处：贾赦与贾政。他们在财产上近似于平分荣国府。依清代习俗，从身份上来讲，亲生子的身份有四种：嫡子、妾生子、婢生子、奸生子。后三者为庶子。而庶子在财产分配上与嫡子是有着相同权利的。

在贾府之中，贾宝玉属于贾政一支，而贾政并没有承袭爵位，故而在贾宝玉与贾环之间，不存在身份继承的问题。在第七十五回《开夜宴异兆发悲音　赏中秋新词得佳谶》中，贾赦对贾环说："将来这世袭的前程定跑不了你袭呢。"从此语看，好似贾环也有袭爵的可能，但更可能的是贾赦仅在表达对贾琏的不满。又因财产的平均继承，故而贾环与贾宝玉之间也不存在财产争夺问题，那么缘何会出现这些矛盾呢？

实质上，嫡庶之间还是有着明确的界限的，这在《红楼梦》中也有着明确的表达。

譬如第二十回中，贾环道："我拿什么比宝玉呢。你们怕他，都和他好，都欺负我不是太太养的。"第五十五回中，王熙凤评价探春："好，好，好，好个三姑娘！我说他不错。只可惜他命薄，没托生在太太肚里。"这两处都说明，嫡子女与庶子女在家族中的待遇有着很大的区别。从丫鬟仆人等的配置上看，贾环就比贾宝玉少，且众人对于贾环的态度，相比于贾宝玉又相差很多。

另有一个因素是长辈的偏爱。贾宝玉是贾母的心头肉，自小便被"爱如珍宝"。在王夫人处，又因贾珠早卒，元春入宫，贾宝玉是王夫人唯一的希望。这又是贾环所不能比拟的。书中虽未明写王夫人对于贾环的态度，但从贾环被王夫人叫来抄经，贾环便莫名地兴奋这一段描写来看，王夫人显然是很少搭理他的。贾环的生身母亲赵姨娘只是半主半仆的身份，这种身份是没法改变的，正如芳官所说，她与赵姨娘都是"梅香拜把子——都是奴几"。从马道婆到赵姨娘处时，赵姨娘所说的"成样的东西，也到不了我手里来"一语，也可见她所处环境的逼仄。那么，贾环在贾府之中所能获得的资源自然就不可能与贾宝玉相比了。

如此，在贾环的成长道路上，过不去的槛自然就是贾宝玉了。赵姨娘是深知此点的，马道婆更是深知这些矛盾。她在引诱赵姨娘之时，也是以贾环的前程为出发点。而赵姨娘的回答则是："罢，罢，再别说起。如今就是个样儿，我们娘儿们跟的上这屋里那一个儿！也不是有了宝玉，竟是得了活龙。他还是小孩子家，长的得人意儿，大人偏疼他些也还罢了……"在此处又一条脂批："赵妪数语，可知玉兄之身份，况在背后之言。"点出了贾宝玉在贾府中的地位是贾环难以撼动的，赵姨娘深知此点。

作为"魇魔法"事件中的另一个受害者，王熙凤所招来的仇视则是另一种类型。正如前文所言，赵姨娘对于王熙凤是有宿怨的。对赵姨娘，王熙凤的态度非常冷淡，如第二十五回中写到赵姨娘去探视贾宝玉时，书中有这样一段描写：

只见赵姨娘和周姨娘两个人进来瞧宝玉。李宫裁、宝钗、宝玉等都让他两个坐。独凤姐只和黛玉说笑，正眼也不看他们。

第二十回中，王熙凤对赵姨娘的训斥，使得赵姨娘对她怀恨在心，而她对赵姨娘也确实是有着成见的。对待下人，王熙凤有着阴狠的一面，《红楼梦》中的诸多情节均可作为佐证。但是对于长辈下人，王熙凤通常保持礼数，如对李嬷嬷等。这是受贾府家风影响的，正如贾政所言，"宽柔以待下人"。但对于赵姨娘，尤其是在赵姨娘来教唆贾环的时候，王熙凤便以自己的主子身份，去维护家族的等级。这就与赵姨娘的梦想形成尖锐冲突：赵姨娘不像周姨娘那样甘于平淡，从她去找芳官吵闹，为其弟弟的发丧钱找探春等均可以看出。她是想在众人面前，拿出自己作为主子的架子的。然而现实并不能让她如愿，赵姨娘始终难以完成身份上的转换。王熙凤将赵姨娘的主子之梦打落尘埃。这种失落感，也就造成了赵姨娘对王熙凤的恨意，并由此转化为如下怨言：

> 了不得，了不得！提起这个主儿来，真真把人气杀，叫人一言难尽。我白和你打个赌，明儿这一分家私要不都叫他搬送到娘家去，我也不是个人。

由恨其人，到恨其行，这是赵姨娘对王熙凤的心态。这其中，也有对王熙凤所聚之财的妒忌之心。于是，在马道婆的教唆之下，赵姨娘终将目标设定为贾宝玉与王熙凤。

这些矛盾，有建立在身份差异上的嫡庶之争，也有建立在生存空间上的利益之争。也因此，这些矛盾是不可避免的，冲突也自然会发生。

第二节 "探春理家"中的矛盾与冲突

《红楼梦》中所写多为闺阁中事,虽为写实,但写实的目的却在写意,于琐碎中见精神,于细微处显意志。但"探春理家"这一情节,却又与《红楼梦》中的大部分情节不一样,其目的虽是为探春张目,但它以一个截面的形式,将贾府的运作模式、主子与下人的博弈、利益的分配等诸多细务展现出来,从一个大家族的弊病与改革这一角度来说,本部分内容是极具样本性质的。

一、"探春理家"的背景与措施

小说初始之时,就已点出贾府处于末世了。小说第二回中,冷子兴眼中的贾府已落到"百足之虫,死而不僵"的境地,在逐步走向衰落:"如今生齿日繁,事务日盛,主仆上下,安富尊荣者尽多,运筹谋画者无一;其日用排场费用,又不能将就省俭,如今外面的架子虽未甚倒,内囊却也尽上来了。"这一语道出了贾府强撑门面的实质。此在小说中也有数处展现,如在林黛玉眼中,贾府也是"出的多进的少",王熙凤久管家务,自然更是深知其理:"二则家里出去的多,进来的少。凡百大小事仍是照着老祖宗手里的规矩,却一年进的产业又不及先时。"这步步的皴染,刻画出贾府的窘境。

从延续来讲,贾府是需要改变的。如秦可卿托梦王熙凤之时,就提出了几项措施:

1. 祖宗祭祀需要有一定的钱粮。
2. 家塾需要有一定的则例。

秦可卿所提措施,着眼点在败落之后的复起。与之相对应的就是"探春理家"所提出的改革思想。

"探春理家"故事是探春的本传。在第五回中,探春的判词为"才自精明志自高,生于末世运偏消",她的才能是被曹雪芹所认可的。而"探春理家"正是其才能的集中展示。

因王熙凤小月,王夫人一人难以料理家务,因让李纨、探春与薛宝钗替代王熙凤协理家务。因此也就生出了"探春理家"的故事。

赵姨娘之兄弟赵国基去世,吴新登媳妇来回此事,并请示该如何处理,探春以旧例赏赐二十两银子,因而也引出赵姨娘来寻不是。探春极为伤心。平儿一来,众人一起劝慰探春。此时有人来回贾环与贾兰二人的学里公费,被探春以重复支出为由给蠲免了。探春以拿王熙凤"作筏子"的方式,震慑了诸多媳妇下人,从而使他们按照规定来做事。因受赖大家园子的治理之法启发,探春对大观园的日常管理进行了改革。将院中的各有收益处分散给诸人管理,在节省开支的同时,也使园中诸人多得一份收益。

从"探春理家"的具体举措，可提炼出她的改革思路：

1. 事有定规，当依规而行。如关于赵国基的抚恤问题，探春并未因其是自己生母的兄弟而多予以赏赐，而是按照常例来进行安排。

2. 人有定事，当依则例而行。如安排宝钗的饭食之事。此事属于小姐身边丫鬟的职责，故而探春让平儿去做。

3. 减免重复开支。此以贾环、贾兰学中的费用为例。

4. 开辟生利的源头。此以她对大观园内各种事务、利益的分配为例。

第五十六回回目中的"兴利"与"除宿弊"二词，是曹雪芹对于探春改革的总结，也可称为贾探春的改革理念。这些理念，来源于探春平时的观察，也来源于贾探春的沉重责任感。作为一个代理管家，她自然可以如李纨一般，宽厚待人，但她的危机意识，使得她不得不以小姐的身份，做出改革之举。贾探春并不畏难。贾府之中的利益是盘根错节、根深蒂固的，"除宿弊"，自然就会触及许多人的利益。但贾探春是一个实干派，她看到赖大家园子的治理效果，马上就想到大观园，并主动在大观园推行她的改革。她是敏锐的，非常清楚人与人之间的利益勾连，更知道如何实现自己的改革目的。如她会从自身做起，严于律己，也会从有身份地位的人身上抓起，以确立权威。更会从利益激励入手，去调动下人们的热情，使改革落到实处。

二、"探春理家"中反映出来的宿弊

既然是宿弊，那就是长久存在，并且很难根除的。宿弊的产生，缘由是多种多样的，内部关系也是盘根错节。甚或说，宿弊是家族败落的重要原因之一。

在王熙凤协助王夫人打理事务之时，这些宿弊就已经存在。当王熙凤因小月休息之时，换了三位代理管家，也就相当于换了三副眼睛。一直生活在这一环境里的三人，对于宿弊自然是知之甚深。在这样一个转换时期，贾府中的人与事务，正好形成一个横截面，将这些宿弊展现了出来。

在第十六回中，王熙凤对贾琏说：

……殊不知我是捻着一把汗儿呢。一句也不敢多说，一步也不敢多走。你是知道的，咱们家所有的这些管家奶奶们，那一位是好缠的？错一点儿他们就笑话打趣，偏一点儿他们就指桑说槐的抱怨。"坐山观虎斗""借剑杀人""引风吹火""站干岸儿""推倒油瓶不扶"，都是全挂子的武艺。况且我年纪轻，头等不压众，怨不得不放我在眼里。

这段话是王熙凤协理宁国府之后说的，其中未免有向贾琏表功炫耀的成分，然而作为一个管理家族事务的人，她对家中仆从们的作为是有着清醒认知的。而此也正是宿弊之一。

在第五十五回中，吴兴登媳妇来回赵国基一事，实就包藏祸心。小说中也明言：

> 彼时来回话者不少，都打听他二人办事如何：若办得妥当，大家则安个畏惧之心；若少有嫌隙不当之处，不但不畏伏，出二门还要编出许多笑话来取笑。

对于主子，下人们也是看人下菜碟的。王熙凤熟稔家族事务，他们自然不敢这样试探，但是换了掌事人之后，他们就要进行试探，并根据试探的结果来确定下一步的做法。显然王熙凤也是经历过这一遭的。其他婆子等着吴兴登媳妇去试探，不正是所谓"坐山观虎斗""站干岸儿"么？又如"引风吹火"：在探春确定给赵国基二十两银子的丧葬费用之后，赵姨娘很快就闻讯赶来，上演了一出"辱亲女"的闹剧。赵姨娘的信息如此灵通，自然是有心人特意告知。之所以这样做，不过是因为探春太过精明，影响了他们的利益，故而欲借赵姨娘之手，使探春寒心。

宿弊之二，仍不出冷子兴演说中的"其日用排场费用，又不能将就省俭"一语。如贾环、贾兰、贾宝玉等人入学的八两例钱，与他们每月的月钱重复；诸小姐的脂粉费用，也与月钱重复等。这些都是贾府中早已形成的老规矩，没落状态下的贾府，仍然按照老规矩去做事情，自然会出多入少，最终是"内囊"都上来了，用王熙凤的话说，就是"再几年就都赔尽了"。

宿弊之三，采办们的行为也反映出贾府中存在的诸多问题。贾府如一棵大树，被诸多藤蔓缠绕，而这些藤蔓也会汲取大树的养分。在第五十六回中，曹雪芹借李纨、探春与平儿的对话将这些弊端写了出来：

探春、李纨都笑道："你也留心看出来了。脱空是没有的，也不敢，只是迟些日子；催急了，不知那里弄些来，不过是个名儿，其实使不得，依然得现买。就用这二两银子，另叫别人的奶妈子的或是弟兄哥哥的儿子买了来才使得。若使了官中的人，依然是那一样的。不知他们是什么法子，是铺子里坏了不要的，他们都弄了来，单预备给我们？"平儿笑道："买办买的是那样的，他买了好的来，买办岂肯和他善开交，又说他使坏心要夺这买办了。所以他们也只得如此，宁可得罪了里头，不肯得罪了外头办事的人。姑娘们只能可使奶妈妈们，他们也就不敢闲话了。"

这些采办们勾结在一起，借采购之机中饱私囊，形成了利益共同体。这只是显露出来的一角，然已可以反映出贾府下人们的做事风格。

宿弊之四，贾府中人才的匮乏。贾府中是不缺人的，但是缺少有能力与有担当的人物。第五十四回中，王熙凤细数贾府后辈诸人，除探春外竟无一人可用。这与冷子兴演说的内容相符，也反映出家族败落的不可挽回。

曹雪芹仅以一个截面，将贾府中的各种宿弊写了出来。其事虽然不大，但读者自可窥一斑而知全豹，在这些小事中，领会贾府那积重难返的颓败之势。

三、"探春理家"中的兴利举措

探春的兴利部分，曹雪芹是用了大段笔墨的。在回目中，曹雪芹就以一字评的方式，将"敏"字赋予探春。王昆仑先生将此"敏"字解读为"明敏"[1]，并许其为"政治风度"。此评价可谓极高。就贾探春来说，她并不为物所役，她的本心是持顺贾府中的利益链条，并引导贾府走上正轨。这也是她与王熙凤的本质区别。而这也与探春的处境有关，她庶出的身份是一种先天不足，她对此有着明确的认识。在受到赵姨娘的数落之后，探春落泪了：

---

[1] 王昆仑《红楼梦人物论》，北京出版社 2004 年版，第 68 页。

……谁不知道我是姨娘养的,必要过两三个月寻出由头来,彻底来翻腾一阵,生怕人不知道,故意的表白表白。也不知谁给谁没脸?幸亏我还明白,但凡糊涂不知理的,早急了。

庶出身份使得探春有着敏感的性格,身为女儿又使她无法走出大观园。探春是有才识的:她虽诗才不如宝钗、黛玉,但诗社是由她首倡的;抄检大观园时,秋爽斋中没有发现任何不规矩的事情。这些都是她才识的体现。才识与身份之间的落差,也是探春苦闷的根源。在得到理家的机会之后,她有了发挥的平台,她急需去施展心中的抱负。

探春在见到赖大家园子的管理方式之后,马上就想到了自家的大观园,并将这种方式挪移到大观园的管理之中。她说道:

咱们这园子只算比他们的多一半,加一倍算,一年就有四百银子的利息。若此时也出脱生发银子,自然小器,不是咱们这样人家的事。若派出两个一定的人来,既有许多值钱之物,一味任人作践,也似乎暴殄天物。不如在园子里所有的老妈妈中,拣出几个本分老诚能知园圃的事的,派准他们收拾料理,也不必要他们交租纳税,只问他们一年可以孝敬些什么。一则园子有专定之人修理,花木自又一年好似一年的，也不用临时忙乱；二则也不至作践，白辜负了东西；三则老妈妈们也可借此小补，不枉年日在园中辛苦；四则亦可以省了这些花儿匠山子匠打扫人等的工费。将此有余，以补不足，未为不可。

这段话是极有条理的，因为照顾到贾府的脸面问题，形成了不以这些改革取利的原则。但这些改革，对于贾府来说也是有着很大好处的，在人尽其才、物尽其用的同时，又可使下人获利、贾府节省开支。在李纨与宝钗等的补充之下，这一改革方案更趋于完善。

这次改革，从表面看似乎非常简单，但实质上又关系到人与物与利之间的诸多关系，可视作解决贾府痼疾的一次尝试。

探春首先是明了贾府的内部隐患的：出多进少，而又不能俭省。这是贾府的窘境，也是探春思考的源头。在获知赖大家园子能获利的时候，她就开始思考改革的方法。在《红楼梦》中，数度写到大观园中聘人来修整园林，这些都意味着支出。然而这些支出并非不可省减。大观园也是占地颇大的园林，其中更有许多出产，而这些出产并未被利用，贾府反而尚需从外面购买这些东西。人与物之间，缺少利益的关联，使得人浮于事，物不得其用，贾府也因此多了很多支出。探春的改革，就是在人与物之间构建利益的纽带，从而盘活整个链条，使家族、下人等均能获得利益。

从"探春理家"所涉及的内容来看，对于贾府并无多大影响，能起到的作用也不会有多么显著，毕竟每年四百两左右的财富体量，对贾府这样的庞然大物而言微不足道，但这种思考方式，无疑能解决贾府诸多问题。

"探春理家"故事中体现的矛盾与冲突也是非常明显的。冲突来源于利益，而利益又是产生矛盾的根基。贾府中的主子、下人们，都处在这一利益链条之中，冲突自是不可避免。

探春试图改变利益的产生途径，其根本是想使贾府这样一个百年大族，消除矛盾，焕发出新的生机。然而，正如她自己的谶言："可知这样大族人家，若从外头杀来，一时是杀不死的，这是古人曾说的'百足之虫，死而不僵'，必须先从家里自杀自灭起来，才能一败涂地！"贾府终归因内耗而亡。

探春的改革，是曹雪芹对于书中贾府的挽救，又何尝不是对曹家败亡的反思？

第三节　第六十回、六十一回中的矛盾与冲突

第六十回《茉莉粉替去蔷薇硝　玫瑰露引来茯苓霜》与第六十一回《投鼠忌器宝玉瞒赃　判冤决狱平儿行权》前承探春理家，后接抄检大观园，比较集中地展现了贾府之中丫鬟仆人们的矛盾与冲突。

这其中有着利益纠葛，也有着友情与人情的冲突，更多地是通过两个事件，展现出贾府之中的弊病，以及人性之中的恶与贪婪。

一、第六十回、六十一回的冲突概述

《红楼梦》中诸多故事的发生总是合情合理的。因王熙凤病，王夫人等又不在家，贾府中人少了强力人物的管束，乱事也就频发起来，这在以往是不可想象的。第五十九回结尾处，平儿说道：

这算什么。正和珍大奶奶算呢，这三四日的工夫，一共大小出来了八九件了。你这里是极小的，算不起数儿来，还有大的可气可笑之事。

第四章 《红楼梦》中的矛盾与冲突

在这段时间里，贾府下人之间的矛盾得到了一个展示的舞台，而大观园作为《红楼梦》故事的主要承载地，发生的冲突自然也不会少。大观园与世俗之间的种种勾连由此呈现，这两回的故事也因此极具代表性。

先是宝玉吩咐春燕带着她妈到宝钗处与莺儿道歉，引出蕊官托春燕给芳官带去蔷薇硝。春燕交给芳官之时，贾环正好在场，因向宝玉讨要。芳官不舍将蕊官所赠之物给予贾环，欲以自己用的替换，偏又用完，只得用茉莉粉替代。贾环将此物交与彩云之时，被彩云认出，赵姨娘大怒，认为这是对她的轻视，因而到宝玉处寻衅，路遇夏婆子，又受到夏婆子的怂恿。赵姨娘跑到怡红院后，马上与芳官发生口角，进而演变为打斗。藕官、蕊官、葵官、豆官等为帮芳官，一起与赵姨娘打作一团。尤氏、探春、李纨、平儿等人赶至，拉走了赵姨娘。探春问询缘故后，将赵姨娘劝回，又欲查清事情起因，艾官将夏婆子与赵姨娘之间的事情说出。

夏婆子的外孙蝉姐儿得知此事，借买糕之由至大观园中小厨房寻到夏婆子，将此事告知。芳官故意要尝糕，蝉儿不让。柳家的因有事求芳官，所以马上拿出一碟糕给了芳官，芳官却拿去打鸟。

柳家的求芳官将五儿调至怡红院，因探春正在拿各院"扎筏子"，故一直未办理。芳官拿玫瑰露与柳五儿，柳家的将玫瑰露分给了侄子，又拿回茯苓霜。至小厨房后，正遇到司

233

棋遣莲花儿来要蒸鸡蛋，柳家的托言没有，被莲花儿搜出，引发口角。莲花儿赌气将此事告知司棋，司棋大怒，带人将小厨房打砸一通。

柳五儿欲送芳官茯苓霜，托小燕转交后，不期在大观园内被林之孝家的迎头碰见，盘查之时词钝色虚。此时正值王夫人房中丢失玫瑰露，林之孝家的怀疑五儿就是偷东西的人。恰巧此时小蝉、莲花路过，说在小厨房中见到过一个露瓶子。林之孝家的搜查小厨房，取出露瓶，并查出茯苓霜。林之孝家的将人与物带到凤姐处。平儿闻得五儿诉说，因盼咐在上夜处看管一晚。

平儿询问袭人，知道了柳五儿处玫瑰露的由来。大家都知道丢失的那瓶玫瑰露是彩云拿给贾环了，但因情分，大家都混着不提。平儿找到彩云后，将事情说明。彩云愿意承担责任。但诸人为免生事端，便由贾宝玉把事情承担了下来。

小厨房是生利之处，林之孝家的将秦显家的暂时安排在那里掌厨。因盗窃嫌疑已消除，柳家的仍然回到了小厨房，反而使得秦显家的白搭了许多的东西。

曹雪芹在这两回中，以蔷薇硝与茉莉粉，构建了一次冲突；以玫瑰露与茯苓霜，引出了一段故事；又以芳官这一人物串联两个故事，以柳五儿欲进怡红院之事作为其中的内嵌，从而将矛盾与冲突贯穿起来，形成一个完整的脉络。

二、第六十回、六十一回中的冲突分析

《红楼梦》是一个悲剧，这种悲剧性体现在美好的逝去，而《红楼梦》中的美好，大多是在大观园中的。大观园为美好提供了舞台，也提供了庇佑，但大观园毕竟还是凡尘中的所在，它并不能使大观园中的一众儿女脱离现实的影响。第六十三回怡红夜宴，可谓大观园中最后的狂欢，而第六十回、六十一回中，曹雪芹就已经在为大观园的覆灭进行布局了。《红楼梦》中有四季气象，在这个时候，秋之气息已至。

这两回中的冲突，集中展现了世俗对大观园的侵入，欲望、利益对大观园中人的影响。

曹雪芹是用一个厨房来展现这些影响的。第五十一回中，王熙凤因欲给园中姐妹减少麻烦，提议设置一个小厨房专供大观园使用。

> 王夫人笑道："……不如后园门里头的五间大房子，横竖有女人们上夜的，挑两个厨子女人在那里，单给他姊妹们弄饭。新鲜菜蔬是有分例的，在总管房里支去，或要钱，或要东西；那些野鸡、獐、狍各样野味，分些给他们就是了。"贾母道："我也正想着呢，就怕又添一个厨房多事些。"凤姐道："并不多事。一样的分例，这里添了，那里减了。……"

设置小厨房的初衷自然是好的，对于贾府的主子们来说，并不会造成额外开支，月例、份额等总体不变。所变化的仅是安排两个厨娘来专门负责此事，并可支取各种财物。也因此，就产生了利益的问题。曹雪芹在这里埋下了伏笔。

在第六十一回中，负责小厨房的柳嫂子，有一大段关于小厨房中难处的话语：

> 柳家的忙道："阿弥陀佛！这些人眼见的。别说前儿一次，就从旧年一立厨房以来，凡各房里偶然间不论姑娘姐儿们要添一样半样，谁不是先拿了钱来，另买另添。有的没的，名声好听，说我单管姑娘厨房省事，又有剩头儿，算起账来，惹人恶心……"

作为小厨房的管理者，柳嫂子是极力反对没有脸面的人来点菜的，因而诉说出大段的苦楚。但从这段话里，我们也可看出，有"剩头"是大家对这个职位的普遍认知。各种点菜的行为，无疑有损于这些"剩头"，这也是柳嫂子极力推托的原因。

在柳嫂子因有盗窃嫌疑而被赶出大观园之时，秦显家的得以暂时主掌小厨房。小说中写道：

> 那秦显家的好容易等了这个空子钻了来，只兴头上半天。

在厨房内正乱着接收家伙米粮煤炭等物,又查出许多亏空来,说:"粳米短了两石,常用米又多支了一个月的,炭也欠着额数。"一面又打点送林之孝家的礼,悄悄的备了一篓炭、五百斤木柴、一担粳米,在外边就遣了子侄送入林家去了;又打点送账房的礼;又预备几样菜蔬请几位同事的人……

由此也可知主掌小厨房的利益对于下人来说还是很有诱惑力的。这种利益之争,也将大观园中的清净女儿牵扯其中。

大观园的女儿们,在本质上是清净的,她们重视情谊,利益于她们而言是次要的。如在得知芳官与赵姨娘发生冲突的时候,葵官、喜官等马上就因情分而生出义愤,一起跑来与赵姨娘厮打。又如第六十回中,贾环讨要蔷薇硝,芳官因此物是蕊官所赠,所以不想给贾环。这说明物品在芳官的心中并不是最重要的,这物品中所附着的情谊才是值得珍惜的。再如芳官觉得玫瑰露对五儿有用,就会马上找宝玉讨要;五儿得知有茯苓霜,马上就想着分赠芳官。这种情是纯真的、美好的。

然而当少女们受到园外世俗浸染之后,也会逐渐发生变化。如蝉姐、莲花儿遇到林之孝家的盘问柳五儿之时,便马上将她们在小厨房的发现告诉林之孝家的;蝉姐在听到艾官举报夏婆子后,马上就去告知夏婆子;司棋在听到莲花儿的回复之后,马上带众小丫头打砸小厨房。如此等等,都是在有了利益之心后，作出的种种行为。

在第六十回中，赵姨娘与芳官等人的冲突很有代表性。这是一次"宝珠"与"鱼眼睛"的对撞。正如前文所分析的，赵姨娘有着充当主子的心思，却没有主子的实际地位，这就使得她的内心处于一种失衡的状态，充满了仇恨。正如赵姨娘自己所说："趁着这回子撞尸的撞尸去了，挺床的便挺床，吵一出子，大家别心净，也算是报仇。"在这种心态之下，她便"每每生事"，来彰显自己的地位，但其冲突的对象，只能是比她身分更为低下的人。芳官无疑就是赵姨娘最理想的发泄对象。其一因芳官为宝玉的丫鬟，而宝玉一直是赵姨娘的眼中钉；其二因芳官为优伶出身，在下人中也是异类，身份地位最为低下。在夏婆子的撺掇之下，这一出闹剧就上演了。

三、第六十回、六十一回中的矛盾

这两回中体现出来的矛盾类型是极为有趣的。因存在矛盾才会有冲突，在冲突中看矛盾，无疑会更加清晰。

首先是因利益而产生的矛盾。

因小厨房而生出的矛盾，是集中在下人身上的。其中，作为利益获得者的柳嫂子，自然成为被打击的对象。就如同柳嫂子与小幺儿贫嘴时所说："发了昏的，今年不比往年，把这些东西都分给了众奶奶了。一个个的不像抓破了脸的，人打树底下一过，两眼就像那鸒鸡似的，还动他的果子！"大观园中的花木蔬果分配给众人管理之后，大家都紧守着自己的利益。而柳嫂子对于大观园中的小厨房也是如此。柳嫂子不在的时候，其他的人是不敢自专的。也因此，柳嫂子既有了分配菜馔的权力，又有了"剩头"。这也是矛盾产生的根本原因。

既有了矛盾，冲突就不可避免。在柳五儿被当贼送入下房看管之时，书中写道："于是又有素日一干与柳家不睦的人，见了这般，十分趁愿，都来奚落嘲戏他。"如此落井下石，自然是因为结怨颇深。

不仅如此，"谁知和他母女不和的那些人，巴不得一时撵出他们去，惟恐次日有变，大家先起了个清早，都悄悄的来买转平儿，一面送些东西，一面又奉承他办事简断，一面又讲述他母亲素日许多不好"，如此种种，都是矛盾的具体展示，其中充斥着欲望与人性之恶。

其次是因为主子的差异化对待而产生的矛盾。

在第七十七回中，司棋因抄检大观园时被发现有私情而被逐，周瑞家的对司棋说："你如今不是副小姐了，若不听话，我就打得你。"这句话透露出贾府中有一个特殊的存在，即公子小姐身边的大丫鬟。因与主子们朝夕相处，也就有了情分，以至于被看作"副小姐"，在获得优越地位的同时，也与那些婆子们形成了尖锐的矛盾。

这在第六十回、六十一回中也有着充分的展示，如晴雯找柳嫂子要芦蒿，司棋要蒸鸡蛋等，这些都可视作这些"副小姐"们彰显优越感的行为。

夏婆子在怂恿赵姨娘之时就说道：

> 我的奶奶，你今日才知道，这算什么事。连昨日这个地方他们私自烧纸钱，宝玉还拦到头里。人家还没拿进个什么儿来，就说使不得，不干不净的忌讳。这烧纸倒不忌讳？……如今我想，乘着这几个小粉头儿恰不是正头货，得罪了他们也有限的，快把这两件事抓着理扎个筏子，我在旁作证据，你老把威风抖一抖，以后也好争别的礼。便是奶奶姑娘们，也不好为那起小粉头子说你老的。

夏婆子极力怂恿赵姨娘的行为，本身就是与这些"副小姐"之间存在矛盾的表现。这段话中显露出来的内容，也体现着对"副小姐"们的恨意。

而这些，实质上都是大观园内与大观园外的对撞。大观园中的人们秉持着纯净的本质。当代表了世俗的利益之争进入大观园之后，大观园顿时就鸡飞狗跳起来。这也显露出大观园的乌托邦性质，它不可能脱离世俗而存在。当贾母、王夫人、王熙凤等人不在的时候，大观园中的人们也就失去了庇佑，大观园的脆弱也就显露了出来。这也为抄检大观园埋下了伏笔。

第四节 "抄检大观园"中的矛盾与冲突

"抄检大观园"是《红楼梦》中的一出大戏。王蒙先生以"闹剧"与"悲剧"来阐释这一情节[1],这是非常精到的。从"闹剧"方面来说,"抄检大观园"是由"青萍之末"的小事生发,逐渐演变为一场决定大观园存亡的冲突。从"悲剧"方面来说,这也象征着大观园这个乌托邦式的小社会的毁灭。将美好的事物,以闹剧的形式来进行毁灭,这其中蕴含着曹雪芹极大的讽刺。

如果从矛盾与冲突的角度来观察这个情节,我们就会发现,"抄检大观园"中体现出许多矛盾的积累,又因为累积得过多,爆发起来格外激烈。

一、"抄检大观园"始末

"抄检大观园"必有因由,这些因由可远溯许多回前。如前文所讲,当探春将利益引入大观园后,利益的分配方案虽经几人完善,但总会有不周到的地方,这就很容易引起矛

---

[1] 王蒙《红楼梦启示录》,生活·读书·新知三联书店2005年版,第188页。

盾，也就为冲突的爆发埋下伏笔。甚或说，远在大观园建立之初，大观园抄检的祸根就已经种下。毕竟时间的流逝，伴随的是人的成长，而成长带来的改变，也在渐渐地侵蚀着大观园的基础。这种方式的追溯易使人抛开事件来谈根源，也就转而成为哲学的思辨。

当我们回归于事件本身，从情节发展的逻辑线条来看，"抄检大观园"的发生，以凤姐强行说合来旺之子与彩霞的婚事为引子。因彩霞与贾环有情，赵姨娘遂与贾政说起此事，希望能把彩霞留在贾环身边，并将贾宝玉身边已有人之事告知了贾政。此事被一小丫鬟听见，又偷偷地透漏给贾宝玉，让他提防赵姨娘的口舌。贾宝玉因而恐惧，深夜温书，但因整日游玩，亏欠太多，又不能心无旁骛，难有效果。恰金星玻璃（芳官）看到有人跳墙，晴雯借此事闹起，宣称宝玉被吓坏了，以图借此逃过查问功课。也因此，大观园的宁静被搅乱了。

跳墙事件又引出聚赌事件，在贾母的威权之下，大观园中的赌博团体遭到了彻底的清查，大观园中的乱象也逐渐浮出水面。又因傻大姐捡到了绣春囊，"淫"的问题也引起了关注，大观园就到了必须清查的境地。

然而清查的方式至此还未确定。以王熙凤的策略，应暗暗访查，借革除参赌人员的机会，将心腹安插到大观园中，去拿住部分人的错处，再将其开革出园。王夫人也听从了这一建议。假如按此行事，矛盾就会在暗处化解，冲突也不会公开化。然而终有"嫌隙人"参与，王善保家的在此时来到，告了晴雯的刁状，这也触及了王夫人的逆鳞。在王善保家的撺掇之下，王夫人终是决定抄检大观园了。

于是，在王熙凤的带领之下，以王善保家的为主力，以丢失物品为借口，对大观园中的六处居所进行了抄检。他们先至婆子们上夜的居所，抄检出多余攒下的蜡烛灯油。又至怡红院，搜查丫鬟们的箱子，并无所获。至黛玉处，查出许多宝玉曾用的物件，王善保家的见是男性物品，以为是什么要紧事，自鸣得意，却被凤姐阻拦。至探春处抄检时，文风一变，充满肃杀之气。探春先以"贼头"自承，只允许搜捡自己的物品，不允许搜查丫鬟们的，并将所有箱柜打开，请凤姐抄检。凤姐忙命丫鬟都关上，探春发怒，说道："可知这样大族人家，若从外头杀来，一时是杀不死的，这是古人曾说的'百足之虫，死而不僵'，必须先从家里自杀自灭起来，才能一败涂地！"王善保家的为"抖机灵"，上去掀了掀探春的衣襟，被探春掌掴，引发侍书与王善保家的骂战。至李纨处时，并无任何收获。至惜春处时，搜检出入画替哥哥存放的一包金银锞子。转至迎春处，却搜检出王善保家的外孙女司棋所藏的一双男子的锦带袜并一双缎鞋来，又有个小包袱，里面有一个同心如意并一个字帖儿。司棋与潘又安的情事因此暴露，也使得王善保家的搬起石头砸自己的脚。因入画之事,惜春与尤氏之间也发生口角,终使惜春与宁国府之人产生芥蒂。此也是"抄检大观园"的余波。

"抄检大观园"是由小事引发的,随着卷入的人越来越多,各种矛盾相继显露,并在推进过程中不断加剧,终从一个小事件演化成大剧情。

二、"抄检大观园"中的冲突分析

在王善保家的撺掇之下,王夫人终是想起了晴雯。王善保家的道:

> 别的都还罢了。太太不知道,一个宝玉屋里的晴雯,那丫头仗着他生的模样儿比别人标致些,又生了一张巧嘴,天天打扮的像个西施的样子,在人跟前能说惯道,掐尖要强。一句话不投机,他就立起两个骚眼睛来骂人,妖妖趫趫,大不成个体统。

王善保家的可谓把握住了王夫人的要害。在王夫人的心目中,只有表面"笨笨的"袭人与麝月,才是贾宝玉身边最好的丫鬟。像晴雯这样长得漂亮,行为举止又有些"轻薄"的,自然不入王夫人的法眼。王夫人唯恐宝玉被身边的人带坏,从母亲的角度出发,这是没有问题的,问题在于王夫人并没有深入了解晴雯等人的品性，仅凭片面印象及旁人的评价就认定晴雯会对宝玉产生不良影响。在听到王善保家的言语之后，王夫人将晴雯叫到面前，印证了晴雯就是当日所见骂小丫鬟之人，顿时发怒，又因晴雯是贾母放置于贾宝玉身边之人，所以需要回禀过贾母之后才能发落。

正是在王夫人怒火中烧的情况下，本拟定的暗访变成了抄检，目标也发生偏移，由访绣春囊之事，转为对大观园中的乱象进行彻底的整顿。王善保家的在得到王夫人的支持后，在大观园中挥舞起了大棒。

抄检过程中，晴雯将自己的箱子掀开，两手捉着，底子朝天将物品尽数倒了出来。她以这种粗暴的行为，来发泄自己的情绪，宣誓自己的不屈。凤姐对王善保家的也很有意见，她本想将抄检的理由定为丢了东西，还是"胳膊折在袖内"的意思，然而王善保家的这些行为无疑将矛盾扩大化了。小说中写道：

> 凤姐儿道："你们可细细的查，若这一番查不出来，难回话的。"众人都道："都细翻看了，没什么差错东西。虽有几样男人物件，都是小孩子的东西，想是宝玉的旧物件，没甚关系的。"凤姐听了，笑道："既如此咱们就走，再瞧别处去。"

抄检的行为凤姐并不认可，对出主意的人也很是不满，故才会说出"难回话"一句。这是对王善保家的敲打，王熙凤的笑也就显得别有意味了。

探春处的一幕，是"抄检大观园"中的重头戏，冲突也最为剧烈。探春认为抄检行为本身是一种丑态，这也是她与王善保家的爆发冲突的原因。探春摆开架势来对抗抄检，继而与王善保家的发生了激烈的冲突。在探春眼中，王善保家的无礼在先，又是"狗仗人势，天天作耗，专管生事"之人，而家族的毁灭之基，正是由于自杀自灭。其中既有着探春愤怒情绪的宣泄，又饱含着失望之情。

司棋的私情败露是颇有戏剧性的。她是王善保家的外孙，而抄检一事是王善保家的一力撺掇而成。在抄检到司棋之时，王善保家的虽有意遮拦，但因其行为已招致王熙凤等人的极大不满，并未得到通融。王熙凤等反而对王善保家的大加奚落，使她无力招架。

惜春的"杜绝宁国府"是抄检大观园的余波。入画之错，并不严重，只是替兄长收存部分财物，避免被其家人挥霍，其情自可原谅，如王熙凤所说："素日我看他还好。谁没一个错，只这一次。二次犯下，二罪俱罚。但不知传递是谁。"偏惜春是一个孤介且又百折不回的个性，认为入画此行为已带累自己的名声，因而要求尤氏带走入画。在惜春的认知中，"善恶生死，父子不能有所勖助"，故而她不肯替入画提供庇护，并由此出发，"杜绝宁国府"，以求自了。此种行为，既是惜春对宁国府名声的反映，有着侧面描写的意味，也是她在浊世中寻求独清的情结的表白。

三、"抄检大观园"中的矛盾分析

"抄检大观园"是《红楼梦》中的大篇章，其中的冲突是非常集中的。从创作来讲，这是贾府被抄家的预演，也是理想毁灭的前奏。

余英时先生认为《红楼梦》中存在着两个对立的世界：乌托邦的世界和现实世界。也就是存在着大观园内与大观园外的对立。如以理想而言，大观园内的世界可代表曹雪芹认知中的美好。但曹雪芹也并非纯粹的理想主义者，他深知大观园毕竟是建立于世俗间的，必然会被世俗所侵袭。我们前文也曾提及大观园外对大观园内的影响，这种影响在"抄检大观园"部分显现得尤为明白。

在"抄检大观园"的诱因当中，大观园内外勾连所形成的矛盾起着主要的作用。赌钱事件之所以处理得那么严重，也是因为贾母预测到了这一点。第七十三回，贾母道：

> 你姑娘家，如何知道这里头的利害。你自为耍钱常事，不过怕起争端。殊不知夜间既耍钱，就保不住不吃酒，既吃

酒，就免不得门户任意开锁。或买东西，寻张觅李，其中夜静人稀，趁便藏贼引奸引盗，何等事作不出来。况且园内的姊妹们起居所伴者皆系丫头媳妇们，贤愚混杂，贼盗事小，再有别事，倘略沾带些，关系不小。这事岂可轻恕。

或言贾母小题大做，但她所担心的，均在大观园中发生了。这种内外交通之事，从抄检的结果来看是非常频繁的。如金星玻璃（芳官）所看到的跳墙之人，傻大姐捡到的绣春囊，入画所拿到的兄长传递之物，司棋所藏的潘又安书信与礼物，均能说明这点。小说中也明确写到后门的张妈经常私自传递物品。潘又安与司棋的书信中，也提及了这位张妈，且有"若得在园内一见"一语，揭示第七十一回"鸳鸯女无意遇鸳鸯"中的隐情。

虽司棋之情至真至烈，并不有损于大观园这一情的乐园，然而这种内外交通终将把世俗中的习气引入大观园。

我们前文曾提及探春的改革。在曹雪芹的构想之中，探春的改革是失败的，探春虽然"才自精明志自高"，但居于末世的她，并不能挽大厦于将倾。自王熙凤得病之后，大观园中乱象频生。这并非说明探春才不及凤姐，而是大势如此，已非人力所能为。在改革中她们所遇到的阻力，以及王熙凤对家中各种情况的评说足以证明此点。探春在处理赵姨娘、王善保家的等事之时，均是以"礼"来强调秩序，但在礼崩乐坏之时，这终是无能为的。宝玉的"鱼眼睛"论，述及女子的三种类型。大观园中也并非只有"宝珠"存在，"鱼眼睛"亦复不少。这些沾染了男性气息的婆子们，在尝到探春改革的好处之后，便将利益之争引入了大观园，进而加速了这种矛盾的积累。

尘世力量的体现，还表现在房分之争上。这种矛盾也是日积月累的。在小说中写到王夫人对此的态度：

> 王夫人向来看视邢夫人之得力心腹人等原无二意，今见他来打听此事，十分关切，便向他说："你去回了太太，也进园内照管照管，不比别人又强些。"

在邢夫人的眼中则并非如此。这在小说中也有明写：

> 邢夫人道："胡说！你不好了他原该说，如今他犯了法，你就该拿出小姐的身分来。他敢不从，你就回我去才是。如今直等外人共知，是什么意思。……"

两相比较可知，王夫人眼中，荣国府为一体；但在邢夫人的眼中长房与二房却有着明确的分界。在小说第七十五回中，贾赦所讲针灸的笑话，也暗含着讽刺贾母偏心之意。从荣国府居所来看，此也并非无迹可寻。贾赦为袭爵之人，且长于贾政，但居于偏房，这也说明贾赦一支在荣国府中的实际地位。这些都是造成房分之间矛盾的根源。矛盾也与贾赦及邢夫人的性格有关。邢夫人本是愚拙贪婪之人，邢大舅就曾向贾珍抱怨：

老贤甥，你不知我邢家底里。我母亲去世时我尚小，世事不知。他姊妹三个人，只有你令伯母年长出阁，一分家私都是他把持带来。如今二家姐虽也出阁，他家也甚艰窘，三家姐尚在家里，一应用度都是这里陪房王善保家的掌管。我便来要钱，也非要的是你贾府的，我邢家家私也就够我花了。无奈竟不得到手，所以有冤无处诉。

邢夫人在得知贾琏与王熙凤通过鸳鸯将贾母之物典当之后，马上就知会贾琏，让他筹措银两。凡此种种，都将邢夫人的品性展露无疑。贾赦更是荒淫无度之人，且也贪婪可憎。他通过贾雨村，将石呆子的古扇占为己有，又想纳鸳鸯为妾，均可佐证。如此，贾赦与贾政之间的房分矛盾自可理解。虽王熙凤、贾琏本是贾赦一房之人，但因长期在贾政处管家，且王熙凤为王夫人侄女，这种矛盾也影响到此二人。邢夫人就曾说：

总是你那好哥哥好嫂子，一对儿赫赫扬扬，琏二爷凤奶奶，两口子遮天盖日，百事周到，竟通共这一个妹子，全不在意。……

其中怨怼之意昭然若揭。

上层如此，下必效之。诸如大观园中小厨房之争，就有着房分矛盾的痕迹。在"抄检大观园"中则更为明显。

邢夫人在拿到绣春囊之后，让王善保家的送与王夫人，其中就隐含有指责之意，此也是王夫人怒火中烧的缘由之一。再遣王善保家的去问询，也是想看王夫人如何处理。在抄检的过程中，这种矛盾也在扩大，如在搜捡司棋之物时，王熙凤等人对王善保家的揶揄就体现了这一点。

如果说，以上的矛盾还都是曹雪芹对现实的反映，属于不敢穿凿的描写，那么在"抄检大观园"之中，最引人注目的却是贾宝玉与王夫人之间的矛盾，而此种矛盾更涉及曹雪芹的理想。

因"抄检大观园"，晴雯被逐出大观园，并很快死去。在贾宝玉的心中，晴雯是美好的代表，是"宝珠"式的人物，是可以付出以情的。而二人之间，也并无苟且之事。但在王夫人的眼中，晴雯是十恶不赦的，是必须要清除出大观园的。

贾宝玉与袭人谈及晴雯被逐时，这样说道：

虽然他生得比人强，也没甚妨碍去处。就只是他的性情爽利，口角锋芒些，究竟也不曾得罪你们。想是他过于生得好了，反被这好所误。

这也反映出在贾宝玉的认知中，晴雯是因美而死的。与晴雯一同被逐的还有四儿、芳官等，皆是贾宝玉喜与交往之人。"抄检大观园"在此种意义上来说，也是一种灭美的行为，这就与贾宝玉的爱美，形成了尖锐的矛盾。这种矛盾，是以爱的名义产生的，借王夫人的话来说，是"难道我通共一个宝玉，就白放心凭你们勾引坏了不成"！这也显示出，贾宝玉的思想在凡世中的孤独。

在第七十七回中，有一段意味深长的对话：

> 宝玉又恐他们去告舌，恨的只瞪着他们，看已去远，方指着恨道："奇怪，奇怪，怎么这些人只一嫁了汉子，染了男人的气味，就这样混帐起来，比男人更可杀了！"守园门的婆子听了，也不禁好笑起来，因问道："这样说，凡女儿个个是好的了，女人个个是坏的了？"宝玉点头道："不错，不错！"婆子们笑道："还有一句话我们糊涂不解，倒要请问请问。"
>
> 方欲说时……

婆子们的所问，曹雪芹并未写出，然而其中意味却已经是非常明确了的。王夫人等,也皆是已嫁之人,也已沾染男人气味,是否混账?曹雪芹特以省笔出之。而此也再次为宝玉的必定出家作了一份说明。

第五章

《红楼梦》中的人物群落

第五章 《红楼梦》中的人物群落

文学首先是"人学","人学"虽不等同于"人物学",但写人是文学的终极旨归。在现实社会中,人是构成社会的最小单元,有人的各种活动,才会形成社会中的种种现象。在小说构建的小社会里同样如此,又因表达方向的不同,产生了主要人物、次要人物之分。对人的刻画,是形成小说的基础。

《红楼梦》中的情节、冲突均来源于人物的行为,而这些行为又根植于人物本身所处的位置、学识等。正如金圣叹评价《水浒传》时所说的"《水浒传》写一百八个人性格,真是一百八样"[1],与《水浒传》相比,《红楼梦》在人物刻画方面更加地精细与多样化。正因如此,才会形成各种独特的人物形象。

在红学历史中,关于《红楼梦》中的人物研究,经历了评点、索隐、社会学批判等阶段,也形成了品评、原型考索、典型论等诸多方法。其中有着以作者为中心的解读,也有着以读者为中心的阐释,二者交相辉映,共同构成了《红楼梦》的诸多学说。

《红楼梦》中人物的命名是极有规律的,如有甄宝玉,就有贾宝玉;有甄士隐,就有贾雨村。另有群落的划分,如宝玉、黛玉、妙玉组成"三玉",元、迎、探、惜组成"四

---

[1] [清]金圣叹《金圣叹文集》,巴蜀书社1997年版,第236页。

春","薄命司"中的女儿们组成"金陵十二钗"正册、副册、又副册,清代又有"晴为黛影、袭为钗副"的"影身"一说。凡此种种,有创作层面的故意,也有解读时候的分类,都对人物加以群落化,使人物不仅在小说内,同时也在所处群落内有了比较的价值。

　　本章内容拟以此为出发点,通过对部分人物群落的解读,去思考曹雪芹在创作这些群落之时的构想。

第一节　红楼二老：史老太君与刘姥姥的生活智慧

《红楼梦》崇尚青春，因青春而生成美好。在一定意义上来讲，《红楼梦》也是抗拒时间的，因为时间的流逝伴随着人性的异化，从而使人世俗化，因此也就有了水、泥之别。

贾宝玉"鱼眼睛"论中描绘了从纯真纯净到世俗市侩的转变，这是大部分人都要经历的。从"宝珠"到"鱼眼睛"，也似乎成了人生的宿命。毕竟，人的第一要务是生存，而要生存就必需面对各种压力，在压力之下，人的变化是自然而然的。正如曾在月光下刺猹的闰土，终于成为麻木寡言的中年人一般，

然而在《红楼梦》中有着两个不一样的老人，那就是史老太君与刘姥姥。她们在老年时期，仍然有着有趣的灵魂。这无疑是曹雪芹为人生所预留的道路。去探究二者的人生之路，去思考她们的性格养成，也有益于探索曹雪芹对社会的认知。

一、两位积世老人的生活态度

之所以以"积世"来称呼刘姥姥与史老太君,是因为"积世"并不是只需要年老这一个条件。积世者,既需年老,还需要老于世故。若贾代儒,虽老,但腐,称之为积世自是不可。

刘姥姥初出场时,书中写道:

这刘姥姥乃是个积年的老寡妇,膝下又无儿女,只靠两亩薄田度日。如今女婿接来养活,岂不愿意,遂一心一计,帮趁着女儿女婿过活起来。

所谓"积年",自是经历了诸多坎坷。她教训狗儿的时候说道:

咱们村庄人,那一个不是老老诚诚的,守多大碗吃多大的饭。你皆因年小的时候,托着你那老家之福,吃喝惯了,如今所以把持不住。有了钱就顾头不顾尾,没了钱就瞎生气,成个什么男子汉大丈夫呢!

这自是正人正言。作为人,当量力而行,"多大碗吃多大的饭",也即正确平衡能力与欲望之间的关系,这也是"积世"老人的生活经验。

然而生活应当继续，在确实衣食无着之时，刘姥姥也并非一个因循守旧之人，而是非常懂得变通。她马上就想到了可以去荣国府中打秋风。这说明刘姥姥的"现实"，她不会因为面子而不去解决问题，而是以解决问题为主要目的，这是一种非常积极的生活态度。

　　刘姥姥是有勇有谋的。所谓"侯门深似海"，所要找的王夫人又是许久未曾联络过的，想要顺利进入荣国府，也并不是一件容易的事情。在刘姥姥的心中也做好了见不到正主的打算。正如刘姥姥所言："果然有些好处，大家都有益；便是没银子来，我也到那公府侯门见一见世面，也不枉我一生。"毕竟，只有争取才会有机会。刘姥姥先是带着五六岁的板儿到了荣国府的大门，这一老一少的组合，是极容易让人产生同情心的。于是在一个门子的指引之下，刘姥姥顺利地见到了周瑞家的。此时，刘姥姥的外交能力得以充分施展。她并没有直接说出见王夫人的目的，反说是特意来见周瑞家的，给王夫人请安成了次要目的，"若不能，便借重嫂子转致意罢了"。如此一说，就算是见不到王夫人，也为下次再来埋下伏笔。这也刺激了周瑞家的好胜之心，在介绍了荣国府现状之后，便带着刘姥姥来到凤姐处。

　　以王熙凤之聪明，自然明白刘姥姥的来意。刘姥姥也并没有隐晦自己的目的，反而是直言求告。此也透漏出刘姥姥的朴实。如她直接说："但俗语说：'瘦死的骆驼比马大。'

凭他怎样，你老拔根寒毛比我们的腰还粗呢！"这既是她的无奈，也体现着她的直率与真实。

刘姥姥是极富智慧之人，这种智慧不是得自书本，而是得自丰富的生活阅历。如她初见到史老太君之时，她马上就意识到自己"女篾客"的身份，所能起的作用就是逗贾母一乐。在她与贾宝玉等聊天之时，她也立刻意识到这些公子小姐们的缺乏生活，也就编造出一个抽柴少女的故事，引起了贾宝玉的注意。凡此种种，均来自于她敏锐的观察能力，以及极强的应变能力。也正因如此，刘姥姥两次进入荣国府，均获得了丰厚的礼物。

然而刘姥姥并非一个丑角，甚或说她的身上有着侠气，这是《红楼梦》中的诸多人物所少有的。第五回巧姐的判词中写到"偶因济刘氏，巧得遇恩人"，《留余庆》中写到"幸娘亲，幸娘亲，积得阴功"，这些都预示了刘姥姥的报恩之举。知情知义，也是刘姥姥的一大特征。

反观史老太君，其人生是与刘姥姥截然相反的。她生于公侯世家，一辈子荣华富贵，然而其言行举止却并不刻板，也不盛气凌人，反而充满了人间烟火气。第三回黛玉初进贾府之时，书中写道：

黛玉方进入房时，只见两个人搀着一位鬓发如银的老母迎上来，黛玉便知是他外祖母。方欲拜见时，早被他外祖母

一把搂入怀中,心肝儿肉叫着大哭起来。

黛玉尚未行礼,显是于礼不合。然而在史老太君面前,这些是无关紧要的,紧要的是她见到了失去了母亲的外孙女。在这一刻,她失去女儿的痛惜与对外孙女的疼爱融为一体,从而真情流露。

在整部《红楼梦》中,我们可以看到史老太君是很少有烦恼的。她似乎只是喜欢逗弄孙儿孙女,让他们围绕在自己身边,带着他们饮宴玩耍,猜谜观戏;而家族中的诸多事务,她很少插手。顺其自然、及时行乐是她的人生宗旨。

对于天伦之乐,史老太君是极为重视的。她将一众晚辈放置在大观园中,自己则化身为大观园的守护者。她似乎并不喜欢让各种俗世事务进入大观园中,反而是放任着这些孙儿孙女们自由发展天性。

这种态度或出自于她对贾宝玉的极致疼爱。在得知贾宝玉被贾政笞打之后,她对贾政的态度足以说明这种疼爱是无条件的,她也并不以贾宝玉的科举仕途为意。书中也明确写到此点,在第二十五回中有这样一段文字:

素日都不是你们调唆着逼他写字念书,把胆子唬破了,见了他老子不像个避猫鼠儿?

此等言语，尽显溺爱。

对于行乐，贾母是极有心得的。比如在音乐方面，贾母认为："音乐多了，反失雅致，只用吹笛的远远的吹起来就够了。"正因如此，众人才欣赏到了笛声之真趣。书中写道：

> 正说着闲话，猛不防只听那壁厢桂花树下，呜呜咽咽，悠悠扬扬，吹出笛声来。趁着这明月清风，天空地净，真令人烦心顿解，万虑齐除，都肃然危坐，默默相赏。听约两盏茶时，方才止住，大家称赞不已。

这笛声与环境完美结合，使人心境都发生了变化，正可说明贾母的音乐素养。

对于视觉审美，贾母也是极有研究的，如她在见到薛宝钗的房间如同雪洞一般后，认为年轻姑娘的房间这样素净是犯忌讳的，因而亲自为薛宝钗布置：

> 你把那石头盆景儿和那架纱桌屏，还有个墨烟冻石鼎，这三样摆在这案上就够了。再把那水墨字画白绫帐子拿来，把这帐子也换了。

清人刘銮《五石瓠》中记载："今人以盆盎间树石为玩，长者屈而短之，大者削而约之，或肤寸而结实，或咫尺而蓄虫鱼，概称盆景。"[1]又如纱桌屏，是一种摆放在桌案上的小型座屏。再如墨烟冻石鼎，黑白相间，纹理略似云烟。此三者均为雅致之物，如此搭配，既不显奢华，又富有意趣，凸显出贾母的审美情趣。

贾母又是博闻强识之人。凤姐、薛姨妈应都是见多识广之辈，但她们都不认识"软烟罗"，而将其误认为"蝉翼纱"。只有贾母识得此物件，且对其来历、颜色等如数家珍。这自然是与生活经历有关的。在第七十四回中，王夫人曾谈起家族的变化：

> 你说的何尝不是，但从公细想，你这几个姊妹也甚可怜了。也不用远比，只说如今你林妹妹的母亲，未出阁时，是何等的娇生惯养，是何等的金尊玉贵，那才像个千金小姐的体统。如今这几个姊妹，不过比人家的丫头略强些罢了。通共每人只有两三个丫头像个人样，余者纵有四五个小丫头子，竟是庙里的小鬼。……

以王夫人论，尚且如此，而史老太君成长于四大家族上升之时，其所见所闻，自非居于末世的人们所能比拟。

然而史老太君并非只知享乐，她有着极为圆滑的处理事

---

1 [清]刘銮《五石瓠》，转引自周光培编《清代笔记小说》第36册，河北教育出版社1996年版，第429—430页。

务的能力。如在贾琏找鸳鸯偷一箱物件去当之时，依照王熙凤的推测，史老太君是必然知情的，但她却故作不知。究其原因，是她不想生出事端，而以佯装不知的方式遮掩了此事。

史老太君并不会一直佯装不知，她毕竟是一个久历风雨的积世老人。当事情严重到一定程度的时候，史老太君的另一面就展现了出来。在第七十三回中，史老太君闻得宝玉被跳墙之人所吓，马上意识到大观园中的乱象。敏锐如探春，也只以为赌钱系小事，戒饬之后有所改观，即可不用在意；贾母却深知其中利害——由赌而酒，再至门户不禁，相互关联，次第发生，事态发展便会越来越严重。史老太君讲完这些弊病之后，探春虽默然归座，但心中未必认同。在贾母的安排之下，大观园的查赌进行得非常彻底。在后来的抄检大观园中，诸多乱象均浮出水面，如内外交通之事，在大观园中已成常态。贾母这种洞见之能，也来源于她的生活经验。

当两位积世老人聚在一起之时，这种岁月造就的智慧，碰撞起来尤为精彩。刘姥姥的"外交能力"，史老太君的享乐与善念，均得以充分发挥。曹雪芹也以近三回的篇幅，对此次相会施以浓墨重彩。

二人初见，就有了积世老人之间的默契。刘姥姥称呼史老太君为"老寿星"，而史老太君称呼刘姥姥为"老亲家"。这种称呼，在刘姥姥而言，是恭维与祝福；在史老太君则是仅论年龄，抛开了身份差别，拉近了两人的距离。贾府中的富贵，使刘姥姥如坠云雾，自是钦羡不止；刘姥姥充满乡土气息的插科打诨，也使得贾府中的主子们耳目一新，倍感新鲜。

在随后的游园中，鸳鸯与凤姐拿刘姥姥取乐，但实际上三人之间是有默契的，正如刘姥姥所言：

> 姑娘说那里话，咱们哄着老太太开个心儿，可有什么恼的！你先嘱咐我，我就明白了，不过大家取个笑儿。我要心里恼，也就不说了。

刘姥姥内心是非常清楚的，正如戚序本回末总评中所言："刘姥姥之憨从利。"既为利来，这种"女篾客"的角色她自当扮演。史老太君也明白其中缘由，但她作为主人，也作为一个刘姥姥的同龄人，却给予刘姥姥相当的关心与爱护，并曾以笑骂王熙凤的形式，有意维护刘姥姥的尊严。这其中的善意刘姥姥也是能感受到的，因而在随后的表现中，刘姥姥更加地放松，使史老太君越发开心。在第四十二回中：

> 凤姐儿笑道："你别喜欢。都是为你，老太太也被风吹病了，睡着说不好过；我们大姐儿也着了凉，在那里发热呢。"刘姥姥听了，忙叹道："老太太有年纪的人，不惯十分劳乏的。"凤姐儿道："从来没像昨儿高兴。往常也进园子逛去，

不过到一二处坐坐就回来了。昨儿因为你在这里，要叫你逛逛，一个园子倒走了多半个。大姐儿因为找我去，太太递了一块糕给他，谁知风地里吃了，就发起热来。"

这充分说明了史老太君开心的程度。这毕竟与家中子孙的寻常宴饮不同，是乡土与富贵的碰撞，也是两位积世老人之间极为愉快的互动。从小说的进程而言，曹雪芹是以此种方式来结束这两位积世老人的会面。毕竟以两回又两个半回的篇幅来描写刘姥姥的二进荣国府已经是颇为奢侈的了。

因为史老太君的青目，贾府中人纷纷给予刘姥姥以极为丰厚的馈赠。刘姥姥得到利，史老太君得到乐，从此角度而言，是各取所需。但如此功利的解读，未免掩蔽了其间的善意。毕竟，刘姥姥的二进荣国府本为回礼而来，而史老太君对刘姥姥也尽量待以平等的态度。这其中体现了她们各自的生活态度，在刘姥姥，有知恩图报的意味；在史老太君，则有着怜老惜贫的念想。本于善念，才促成了和谐有爱的欢聚。

二、两位积世老人的生活智慧与曹雪芹的实践

刘姥姥与史老太君，一贫一富，一贱一贵，身份地位可谓截然不同，通常而言，她们之间的交流必然是有着鸿沟的。在前文中，我们梳理了她们的人生态度：如刘姥姥，有勇有谋，

善于外交，极富生活智慧，又知恩图报；如史老太君，以享乐为主要的生活目的，同样极具生活智慧，且又惜老怜贫。

于刘姥姥而言，贫穷的生活是其智慧的来源。她有着积极的一面，这种积极来源于生活的无奈，但在她身上更多地是质朴的本色。

她是依靠两亩薄田生活的寡妇，因外孙无人照料，才被接到女婿家里一起生活。在刘姥姥的心里，这是一种归宿，既是生活上的，也是心理上的，故而才会一心一意帮衬着女儿女婿生活，去替他们考虑生计问题。

刘姥姥曾言："我们生来是受苦的人，老太太生来是享福的。若我们也这样，那些庄家活也没人作了。"刘姥姥对自己有着明确的定位，那就是一个庄家人，她不会脱离自己的身份。她在见到平儿之时，误以为是凤姐，马上就要称呼"姑奶奶"，在见到凤姐后马上在地下拜了数拜，在行路时会主动让出好走的路，在酒宴上以村语逗乐，凡此种种，都是她有明确自我认知的表现。她并不会因为受到史老太君的青目而忘乎所以，而是不改本色，将庄稼人质朴的一面充分地展现出来。

刘姥姥是重情义之人。她在荣国府中以献丑来赚取荣国府中贵人们的笑声，并以此来获得馈赠。然而，这种貌似交易的行为，并不会使刘姥姥失去感恩之心。这也处处体现在她的行事之中。

刘姥姥初入荣国府，是因为生活的逼迫，所获得的馈赠，来源于荣国府中贵人们维护家族声誉的考虑。正如周瑞家的所言：

> 太太说，他们家原不是一家子，不过因出一姓，当年又与太老爷在一处作官，偶然连了宗的。这几年来也不大走动。当时他们来一遭，却也没空了他们。今儿既来了瞧瞧我们，是他的好意思，也不可简慢了他。便是有什么说的，叫奶奶裁度着就是了。

这段话中王夫人的意思已经非常明确了：虽明言是以往情分，但先诉两者之间"原不是一家子"，是"偶然连了宗"，"不可简慢"也并不是因为情，而是不可丢了荣国府的行事体统。于是刘姥姥获得了二十两的馈赠。

刘姥姥二入荣国府，与初入有了极大的不同。她并没有再次获得馈赠的心理预期，而是想着送到即刻回家，但因为缘分使然，两位积世老人得以相遇。那二十两银子已经使她渡过难关。于贾府二言，二十两银子是大观园中小姐公子们的一场聚会，在刘姥姥却是一年的生活：

> 这样螃蟹，今年就值五分一斤。十斤五钱，五五二两五，三五一十五，再搭上酒菜，一共倒有二十多两银子。阿弥陀

佛！这一顿的钱够我们庄家人过一年了。

两者皆是二十两，是否为曹雪芹的故意安排固无法肯定，然这其中所反映出的生活真实，却是可以确认的。一年生活所需，对刘姥姥而言是非常重的恩惠，她当然拿不出同样数量的金钱回馈，但她却拿出了庄家人的真情实意。当她渡过难关，多打了两石粮食之后，她就扛着刚摘下的瓜果菜蔬来到了荣国府，让荣国府中人尝尝野意。东西不值钱，也不过是灰条菜干子和豇豆、扁豆、茄子、葫芦条儿各样干菜而已，其报恩之心却诚。鸳鸯拿出两个笔锭如意，只将荷包给了刘姥姥的时候，刘姥姥的反应是："姑娘只管留下罢。"这段描写也是意味深长的，曹雪芹的目的在于刻画刘姥姥的知足与感恩。

朴质、知足、感恩，这些正是刘姥姥生活智慧的体现。有难则寻人帮助，渡过难关立即回报恩情，不逾矩，谨守本分，这是刘姥姥得以再次获得馈赠的根由。

史老太君的生活智慧与刘姥姥是截然不同的。王昆仑先生以"宗法社会的宝塔顶"[1]来形容史老太君，这足以体现她在贾府中的地位。于贾府之中，她是老祖宗、老寿星，是家族的核心，也是最高权力者。

1　王昆仑《红楼梦人物论》，北京出版社2004年版，第121页。

史老太君是精明强干的，想来年轻时候的她也如王熙凤一般，是一个掌家的女主人。在第七十一回中，李纨曾言："凤丫头仗着鬼聪明儿，还离脚踪儿不远。咱们是不能的了。"其中虽有恭维的成分，但是对照史老太君的种种作为，却也合适。如第四十四回中，她处理"凤姐泼醋"一事，就有举重若轻之感。这是一个突发事件，凤姐为求安全，跑到了史老太君的面前，使得史老太君不得不直面这个问题。她是深知贾琏与王熙凤为人的，此二人也一直深受她的疼爱。在贾琏拿剑追杀王熙凤之时，她先以威势喝走贾琏，又以笑语抚慰王熙凤，在得知误会平儿之后，马上又安排凤姐道歉。如此一套组合拳之下，将这场闹剧盖过，且不伤及任何人的利益。又如前文所举大观园中的赌博事件，在她的强压之下，事情短时间内就平息了，并形成长久的震慑力。再如"鸳鸯女誓绝鸳鸯偶"一段，贾母虽气得浑身乱颤，但仍是在无人的时候，才和邢夫人说："我听见你替你老爷说媒来了。你倒也三从四德，只是这贤慧也太过了！你们如今也是孙子儿子满眼了，你还怕他，劝两句都使不得，还由着你老爷性儿闹。"如此短短几句话，也就绝了贾赦的念想。

如此观之，史老太君并非纯粹地无为而治，只是在非必要的情况下，不愿亲自去处理问题。在第七十一回中，贾母说道：

到园里各处女人们跟前嘱咐嘱咐，留下的喜姐儿和四姐儿，虽然穷，也和家里的姑娘们是一样，大家照看经心些。我知道咱们家的男男女女都是'一个富贵心，两只体面眼'，未必把他两个放在眼里。有人小看了他们，我听见可不依。

窥一斑可知全豹，她对贾府众人有着清醒的认知。但她不会过多地参与府内管理，如王熙凤那般眷恋权势。她是懂得控制欲望的，究其原因在于她对自我位置的认知。在整部《红楼梦》中，"偏心"一词出现过数次，且大多与她有关。像她偏心于宝玉、王熙凤、探春等，均有着不同的体现。宝玉因而得到优渥于其他嫡亲子弟的待遇，王熙凤得以呼风唤雨，就连探春也有了管家的权力。贾政与贾赦两房之间，也因贾母的喜好而产生差异：贾政居于正房，贾赦却只能偏居于小院之中。贾赦也借讲笑话的机会，讽刺史老太君的偏心。这种种效应，既是她威权的体现，也局限了贾母的发挥，更使得她明了制欲的必须。故而在绝大部分的事情上，贾母采取不闻不问的态度，享乐成为她的人生宗旨。然而这正是她平衡贾府中诸多利益集团的方式，无为而无不为，也正因如此，才会在大面上维持了贾府中的一团和气。

史老太君虽精明强干，并且知道只有无为，才能维持住贾府的平衡，但从本质来讲，她是善良的。在清虚观打醮之时，有一小道童冲撞了贾府诸人。王熙凤扬手照脸一下，就

将小道童打了一个跟头,众婆娘媳妇也是喊着"打"与"拿"。唯有史老太君,马上吩咐快将孩子带过来,并说道:

> 快带了那孩子来,别唬着他。小门小户的孩子,都是娇生惯养的,那里见的这个势派。倘或唬着他,倒怪可怜见的,他老子娘岂不疼的慌?

这种反应,并非是刻意为之,而是发自于她的内心。她换位于小道童的父母,感受他人之感受,自然也就对小道童产生怜悯之心。对刘姥姥、喜姐儿、四姐儿同样如此。

这份善良,既来源于史老太君的本性,也来源于她对善恶报应观的接受。在闲聊之时马棚"走水",她马上念佛,并命人去火神面前烧香;当听刘姥姥讲了一个福报的故事时,马上就"合了心意";在第二十五回,又吩咐凡宝玉出门的日子,要带着钱,遇到僧道穷苦之人好施舍;在回目中也有"享福人福深还祷福"。这些都说明因果报应这一思想对贾母的影响。两方面共同促成了史老太君行善的习惯。

对于史老太君而言,奢侈并不是罪过,行乐无需要节制,这本是她生活中的一部分,也是她个人本真之体现。她经历了贾府兴起之时的奋斗,自可安享贾府兴盛时候的繁华。尤其当享乐可作一种处世之法的时候,更是如此。精明强干与善良,共同决定了史老太君对于人生的态度。

第五章 《红楼梦》中的人物群落

《红楼梦》中的人物，多以悲剧结尾，但并非没有非悲剧的人。刘姥姥就是有好结局的人之一。从巧姐判词中的"偶因济刘氏，巧得遇恩人"来看，刘姥姥并没有因贾府之事而陷入漩涡，反而还有能力去帮助巧姐。再如小红，有"狱神庙"一节，显然也是置身风暴之外的。史老太君在续书中虽逝于抄家之后，但她富贵一生，不可单纯以悲剧人物视之。且贾府之被抄，主要是因溃势的不可逆转，也因后人的胡作非为，史老太君虽有放纵之嫌，却并不是应负主要责任者。可以说，这些人在《红楼梦》中是异类。

我们曾论证人性的异化，以及曹雪芹对异化的态度。这种异化是社会的压力所造成的，使人失去本真，从而沦落为欲望的傀儡。然而，偏偏刘姥姥与史老太君这两位积世老人的身上却没有朽气，反而是活泼泼的，有着盎然的生机。

刘姥姥的生活压力自然不用多言，史老太君也需面对方方面面的事务，压力也是不小，然而她们均能保持自我、保留本真。于贫者而言，控制欲望十分重要，在富者而言，同样也是如此。刘姥姥一入荣国府是为求财，二入则是报恩，也正是这份报恩的心理准备，使得她在求告时虽卑微，但直接。史老太君虽富贵，但平和。她的平和来源于她对自己身份地位的充分认知，也来源于她的本性善良。无论是刘姥姥，还是史老太君，都一心一意于自己的生活，有着浓厚的生活气息。执着于自己的生活态度，控制欲望，保持自我本真，使得她们摆脱了成为"鱼眼睛"的必然。

如此,我们知道刘姥姥与史老太君的生机来源于她们自己的生活态度。她们的生活虽因命运而形成巨大的差异,但是她们的人生态度都是真实的、无伪的,也是符合于她们所处的环境的。

小　结

刘姥姥与史老太君,作为《红楼梦》中历世最深之人,成为两类人物的典型。在久历风霜之后,她们都看透了世间的真伪,所追求的也只有真了——真实的生活与真实的自我。

她们合于世,也合于时,行为不离于本心,却又不逾矩,在欲望与本心之间,很好地把握住了平衡,从而没有落入"鱼眼睛"的异化之中。

曹雪芹以贾宝玉的经历,表现自我理想在现实社会中的实践。而刘姥姥与史老太君的人生轨迹,也可视作一类人的人生反映,同时也承载了曹雪芹对"富者何为"与"贫者何为"的思考。

第二节　贾宝玉、林黛玉、妙玉三玉之"洁"

在《红楼梦》中，有四位以"玉"命名的人物，分别是贾宝玉、林黛玉、妙玉、红玉。红玉后改名为小红，因而就有了其他阐释途径，故不在本节讨论范围之内。

《红楼梦》开篇，就讲述了茫茫大士施展幻术，将补天余石变为通灵宝玉的故事。作为记录者，通灵宝玉在《红楼梦》中具有不可替代的作用，又与《红楼梦》唯一的主角贾宝玉形成二而一的共同体，使得"玉"这一意象在《红楼梦》中成为一个象征。

玉，《说文解字注》中如此解释：

> 石之美有五德者。润泽以温，仁之方也。䚡理自外，可以知中，义之方也。其声舒扬，专以远闻，智之方也。不挠而折，勇之方也。锐廉而不忮，絜之方也。[1]

因此也就形成了玉的五德：仁、义、智、勇、洁。在儒家文化中，玉又常与君子并提，有"君子比德于玉""君子

---

[1] [汉]许慎撰、[清]段玉裁注《说文解字注》，上海古籍出版社1981年版，第10页。

无故，玉不去身"等说。笔者曾在《红楼梦中石与玉的思考》[1]一文中，对贾宝玉与玉、石的关系详加辨析。贾宝玉属于魏晋思想中"越名教而任自然"的君子，这正符合玉的特性，那么名之为"玉"自是适合。黛玉、妙玉二人，也以"玉"字为名，其中当有曹雪芹创作中的故意。"仁""义""智""勇"等价值的指涉范围较宽，且在三人身上并无太多体现，前文关于"畸人"的文字中，对此三人多有讨论，为避免重复，本节仅就"洁"字一项展开讨论。

一、妙玉的"欲洁"

妙玉是追求洁的，小说第五回中，妙玉的判词为：

欲洁何曾洁，云空未必空。可怜金玉质，终陷淖泥中。

"欲洁"二字，正揭示出妙玉的追求，也体现着妙玉强烈的心理暗示。"欲洁"也就成为欲望的一种，虽其指向的是"洁"。

在描写妙玉的场景中，她的"洁"是非常突出的一面。在小说第十八回中，贾府建设大观园，想请妙玉入住园中的

---

[1] 卜喜逢《红楼梦中石与玉的思考》，《红楼梦学刊》2017年第6辑。

栊翠庵，她便以"侯门公府，必以贵势压人，我再不去的"为由推托，这种自珍自洁的态度已初次显露。在众人品茶栊翠庵之时，妙玉独邀宝钗和黛玉喝体己茶，又拒绝收回刘姥姥用过的茶具；在黛玉尝不出雪水的时候，妙玉也直斥黛玉为大俗人；妙玉自称为"畸人""槛外人"。种种行为均是她"洁"的表现。

从妙玉的身世来说，她对"洁"的追求是可以理解的。小说中所言的"天生成孤僻人皆罕"，是在强调作为"正邪两赋中人"的妙玉"聪俊灵秀"与"乖僻邪谬"之天然性情。她本是官宦世家小姐，虽其身份未必有多高贵，但至少其家族如甄士隐家一般，在当地算一个望族。偏偏她自幼多病，亲自入了空门方才好了。这种身份的变化、环境的更替，使一个本就怪异的孩童生出异于常人的心理，这是自然而然的。

"怪异"当有所指，对于妙玉而言，就是"过洁"。妙玉随师父到京城来看菩萨遗迹以及贝叶遗文，寄居于牟尼院中。曹雪芹借这种因由，将妙玉由姑苏转移到京城。然而在整部《红楼梦》中，大多数的寺院以及道观是污浊的，其中的僧尼也多以掮客为业。如馒头庵的净虚、地藏庵的圆信，均是游走于官宦世家之中，充当掮客以谋划，甚或坑蒙拐骗。如净虚在馒头庵中对王熙凤的说词，又如第七十七回中，净虚与圆信对王夫人的哄骗，均能说明这一点。在小说之中，曹雪芹也直接以"拐子"称呼这两位佛门中人。由此可知居于牟尼院中的妙玉，对于佛门清净之地的这些浊流，也会有着清醒的认知。在这样的环境下，妙玉对"浊"怀着本能的反感，并形成对"洁"的渴望，这一心路历程是清晰的。她对"浊"的绝对排斥，使得她的"洁"总有些矫枉过正，其他人对妙玉也就有了"过洁"的感受，此正是《世难容》中"过洁世同嫌"一语的由来。如李纨这等"槁木死灰"之人，也说出"可厌妙玉为人，我不理他"的话来。然而，"洁"对于妙玉不仅仅是怪癖，更是一种自我保护。在"世同嫌"的同时，"过洁"也在世人与自我之间竖起了隔离。

在妙玉而言，与"洁"相伴生的是"雅"。妙玉之"雅"，与黛玉、宝钗等均不相同，它有着一份高致，也有着一份清冷，更是一种凛然高蹈于红尘的姿态。如她的茶器，给贾母所用为成窑五彩小盖钟，众人所用为官窑脱胎填白盖碗，黛玉所用为杏犀䪉，宝钗所用为王恺珍玩、苏轼所见的瓟斝，宝玉所用为妙玉自己日常使用的绿玉斗，所用之水更是收存五年的梅上之雪。这些器物无金银之属，均为雅器。正如宝玉所言："俗说'随乡入乡'，到了你这里，自然把那金玉珠宝一概贬为俗器了。"此言正合妙玉心意。曹雪芹向不作无用之笔墨，而在此处大费周章，自是为了体现妙玉之"雅"。"雅"与"洁"，实质上是妙玉对自我与世人的区隔。正如那成窑盖钟，小说中写道：

宝玉和妙玉陪笑道:"那茶杯虽然脏了,白撂了岂不可惜?依我说,不如就给那贫婆子罢,他卖了也可以度日。你道可使得。"妙玉听了,想了一想,点头说道:"这也罢了。幸而那杯子是我没吃过的,若是我吃过的,我就砸碎了也不能给他。你要给他,我也不管你,只交给你,快拿了去罢。"宝玉道:"自然如此,你那里和他说话授受去,越发连你也脏了。只交与我就是了。"

这种强烈的人我分界,是妙玉在强调自我的"洁",而这"雅"也正是自我对洁净的一种仪式性强化,是"欲洁"心理的外在表现。正是妙玉的过于强调,使得脂批中出现了"妙玉尼之怪图名"的判断。"图名",也不过是对妙玉"过洁"的误读。

然而,妙玉毕竟是一个妙龄少女。其"妙"字,不仅指向她与众不同、另有奇趣的个性,也指向了她的年龄。她并不能真正地隔绝世俗的侵扰,她构建"洁"的壁垒,也挡不住自我内心的悸动。正如栊翠庵的红梅,于琉璃世界之中有着一份独特的热烈,又如她所用的"粉笺子"所散发出的青春气息。

正是贾宝玉对妙玉之洁的尊重,使得妙玉对贾宝玉另眼相看。她以一种怪异的方式,来恭贺贾宝玉的生辰。但是哪怕在这种恭贺中,也有着试探——她以"槛外人"的自称来探求贾宝玉到底是否为自己的知己。这就是妙玉，在有情的同时，也时刻不忘强调自我与他人的不同。这是矛盾的：既希望被知己认可，又想表达自己超然物外的态度。而带发修行的身份、强烈的"欲洁"暗示，又要求妙玉"去情"，以维持"洁"的境界。这种"有情"与"去情"之间的矛盾，总是盘结在妙玉的内心。

这种矛盾在小说中还有反映。中秋之夜，妙玉终归是耐不住栊翠庵中的清冷，又为荣国府赏月宴饮中清幽的笛声所吸引，在听到黛玉、湘云二人的联句之后，续写了大段诗歌。诗中有"有兴悲何继，无愁意岂烦。芳情只自遣，雅趣向谁言"句，最可体现妙玉心迹。她渴望"有兴"与"无愁"的生活，然而独守栊翠庵，只能是芳情自遣、雅趣自识。在这一刻，她忘记了自己带发修行的身份，也忘记了自持的高洁，有了一缕人间烟火气。这更显出，所谓的"洁"不过是一层自我构建的、特意强调的表象，她是渴望融入到大观园青春绚丽的生活之中的。

这是难解的矛盾：选择尘世中的美好，还是清冷中的洁净；是谨守修行的身份，还是放任青春的萌动。妙玉陷入了两难的境界。

后四十回中，续书者以"走火入魔"完成了妙玉"终陷淖泥中"的悲剧。"走火入魔"或就起源于这种纠结。而以"不洁"来终结"欲洁"的妙玉，是曹雪芹的冷酷，更是曹雪芹的写实。妙玉只是一个无法自容于浊世，唯求高标于俗尘的少女，她的人生遭际是可怜、可叹，更是可悲的。

二、黛玉的孤高与洁

在小说第五回中，有一段关于林黛玉与薛宝钗的对比：

> 不想如今忽然来了一个薛宝钗，年岁虽大不多，然品格端方，容貌丰美，人多谓黛玉所不及。而且宝钗行为豁达，随分从时，不比黛玉孤高自许，目无下尘，故比黛玉大得下人之心。便是那些小丫头子们，亦多喜与宝钗去顽。

相比于宝钗的豁达，黛玉是孤高的，在世俗人的眼中，宝钗要比黛玉更得人心。张锦池先生在《论林黛玉性格及其爱情悲剧》一文中，曾这样分析林黛玉的性格：

> 生活中还有这么一种人，你感到他性格孤僻，令人生畏；而经过多次接触，你又感到他心胸坦荡，令人可亲。[1]

张锦池先生的总结是非常准确的。从林黛玉与众人的交

---

1 张锦池《论林黛玉性格及其爱情悲剧》，《红楼梦学刊》1980年第2辑。

往来看，我们不难发现这一点。如林黛玉与紫鹃的关系，名虽主仆，实则姐妹。当紫鹃认为黛玉做错之时，是会直接提出的，第三十回中紫鹃就说黛玉"太浮躁了些"，且认为"宝玉只有三分不是，姑娘倒有七分不是"，是黛玉太"小性儿"。作为丫鬟，竟敢如此批评主人，在《红楼梦》中是不多见的，或许只在黛玉、宝玉身上出现过。又如在面对求教的香菱之时，黛玉是非常耐心地讲解诗的作法。这些地方都反映出，林黛玉对于自己认可的人是极为坦荡可亲的。

然而黛玉的孤高也极为明显，甚或因孤高而表现出尖刻的一面。如在"送宫花"事件中，周瑞家的送花次序本由路程远近决定，但在黛玉的理解之中，却成为"别人不挑剩下的也不给我"。

孤高与自尊、敏感是相连的。因自尊而敏感，这很容易理解。在林黛玉初入贾府之时，就牢记贾敏所说的"外祖母家与别家不同"之语，故而步步谨慎，生恐被人耻笑。这正是敏感而又自尊的表现。但过度自尊，就会与人形成距离，从而呈现出孤高之态。如第十六回中，贾宝玉在得知林黛玉回到贾府之时，忙将北静王所赠的鹡鸰香串转赠黛玉，黛玉说道："什么臭男人拿过的！我不要他。"此等行为就是自尊、敏感又孤高之表现。

黛玉的这种性情，与她的经历有关。她自幼被寄养于外祖母之家，丧父丧母后成为孤女，这种漂泊无依之感始终伴随着她。对自我前途的不确定感,对生活的无从把握,都在侵蚀着她的内心,使她不安,也使得她更为焦虑。如初入贾府的黛玉,内心是充满忐忑的,她不敢多行一步也不敢多说一句,唯恐被人耻笑。在同邢夫人一起拜望贾赦时,在王夫人让座之时,她小心翼翼的行事方式均是忐忑心态的外化。在林黛玉的诗作中,这种心态表现得尤为突出,如《葬花吟》中的"尔今死去侬收葬……他年葬侬知是谁",《咏菊》中的"满纸自怜题素怨,片言谁解诉秋心",《问菊》中的"孤标傲世偕谁隐,一样花开为底迟"等等,皆透露着对未来的焦虑。

林黛玉也是洁净的代表。仙界之中的绛珠仙子,以密青果为食,以灌愁海水为汤,又为草胎木质,在本质上就是极为洁净的。而她下凡入世的唯一目的即为"还泪",从此角度来说,林黛玉就是为情而生的,也是洁净纯粹的。

转世之后的林黛玉,也秉承了这份特性。在《葬花吟》中,她写道:"未若锦囊收艳骨,一抔净土掩风流。质本洁来还洁去,强于污淖陷渠沟。"林黛玉自认是"洁"的,渴望着"洁去"。

既为情而来,那么林黛玉的"洁",更多地表现在她对情的态度之上。在第十九回中己卯本有夹批:

后观《情榜》评曰"宝玉情不情""黛玉情情",此二评自在评痴之上,亦属囫囵不解,妙甚!

"情情"二字,颇为神奇。后一"情"字为名词,而前一"情"字为付出以情之意。只对有情者付出以情,正是林黛玉的精神特质。

如前文所列,黛玉对紫鹃、香菱就是以情待之,不受身份、地位等因素影响;而对北静王赠与宝玉的鹡鸰香串就是另一种态度——因北静王对于黛玉而言,是一个陌生的男子,二者之间并无心灵的契合。

黛玉的"洁",并非妙玉式的洁癖,这在文本中有着许多的例证,如她可以和史湘云共睡一张床等。尤为明显的是,在"金兰契互剖金兰语"之后,黛玉对宝钗的认识也发生了大的变化。黛玉说:

> 往日竟是我错了,实在误到如今。细细算来,我母亲去世的早,又无姊妹兄弟,我长了今年十五岁,竟没一个人像你前日的话教导我。怨不得云丫头说你好,我往日见他赞你,我还不受用,昨儿我亲自经过,才知道了。

自此之后,黛玉从心理上接受了薛宝钗,并且对薛姨妈以"妈"相称。这种解开心扉之后的坦荡,是十分难能可贵的。而在此之后,黛玉对宝钗已是另一种态度。第六十二回中,宝钗将自己喝了一口的茶递与黛玉，黛玉也并无排斥，反而是一口喝完。此等行为足证当黛玉从内心接纳一个人的时候，她是并不会因"洁"的理由而产生排斥。此亦可证明林黛玉的"洁"并不是物质层面上的，而是从内心出发，是至为纯正的。

在第四十四回中，林黛玉因贾宝玉祭奠金钏一事，故意以《荆钗记》中的《男祭》打趣：

> 这王十朋也不通的很，不管在那里祭一祭罢了，必定跑到江边子上来作什么！俗语说，"睹物思人"，天下的水总归一源，不拘那里的水舀一碗看着哭去，也就尽情了。

此点尤显林黛玉的认知。在林黛玉的心里，以情为首要，表达方式反而是无关紧要的，重点在于"尽情"。

在与宝玉的交往过程中，这种"洁"也体现得非常明显且确定。绛珠仙草下凡本为报恩，所以林黛玉情的付出对象最主要就是贾宝玉。如果说对于其他人，林黛玉付出的是友情与亲情，那么对于贾宝玉，林黛玉付出的则是爱情。在"你证我证，心证意证"的过程中，二人之间有着诸多的冲突，但二人心中之情意并无二致。林黛玉固然将贾宝玉视作一生之知己，但当她意识到贾宝玉有一丝冒昧之时，她也是不能容忍的。如读《西厢》时：

宝玉笑道："我就是个'多愁多病身'，你就是那'倾国倾城貌'。"林黛玉听了，不觉带腮连耳通红，登时直竖起两道似蹙非蹙的眉，瞪了两只似睁非睁的眼，微腮带怒，薄面含嗔，指宝玉道："你这该死的胡说！好好的把这淫词艳曲弄了来，还学了这些混话来欺负我。我告诉舅舅舅母去。"说到"欺负"两个字上，早又把眼睛圈儿红了，转身就走。

"多愁多病身""倾国倾城貌"等言语，在宝玉而言，正是情之所至，信口而来，脂批所言"忘情"是也；但在林黛玉而言，哪怕是宝玉这样的至亲之人，她也不能容忍这种调笑式的言语，因为这已经刺激到她的自尊，使她感受到了不被尊重。而这也正是她"洁"的体现。

在黛玉的生活中，有友情、亲情、爱情。对于宝玉，黛玉之情也是至洁至纯的。在《红楼梦》中，我们发现黛玉的眼泪只为宝玉而流，这是"还泪"的预设，也是黛玉之"洁"的表达。黛玉虽尖酸，但她并不在意"情"以外的获得；虽小性，但小性也只为"情"而发。鹡鸰香串可谓贵重，可因其为无情之物，黛玉弃之如敝屣；宝玉的旧帕，只因有情之物，黛玉题诗其上，使手帕成为二人感情的见证。对于"情"，黛玉是心无旁骛的。正如第九十八回中，地府中人说黛玉"生不同人，死不同鬼，无魂无魄"。从黛玉一生而言，她因情而生，因情而死，可谓至洁于情。

回归到"孤高"一词，我们就会发现林黛玉的孤高是有着对象的，同时也会因事而加以区分。从对象而言，孤高是针对于无情之人的；从事而言，是因于自己未被尊重。曹雪芹特意用"孤高自许""目无下尘"这样的词汇来形容林黛玉，也如以《西江月》形容贾宝玉一般，是有着视角限制的。以世俗中人的眼睛来看林黛玉，才会得到这样的印象，故而是以贬写褒的。因林黛玉的情，只为情而发，孤高自是难免，下尘当然也不会理解。以有情对无情，林黛玉之"洁"就显现了。

三、贾宝玉的"浊"与"洁"

贾宝玉自承为"浊物"，如第十九回中，宝玉说道："你说的话，怎么叫我答言呢。我不过是赞他好，正配生在这深堂大院里，没的我们这种浊物倒生在这里。"贾宝玉也被称为"浊物"，如在小说第五回中，贾宝玉梦游太虚幻境，一众仙子抱怨警幻仙姑，说道："何故反引这浊物来污染这清净女儿之境？"贾宝玉也曾以浊物一词称呼其他人，如第二十回中写到贾宝玉把"一切男子都看成混沌浊物。"第三十六回中，贾宝玉说："这总是前人无故生事，立言竖辞，原为导后世的须眉浊物。"同回中贾宝玉还说："人谁不死，只要死的好。那些个须眉浊物，只知道文死谏，武死战，这二死是大丈夫死名死节。竟何如不死的好！""浊物"一词，可谓《红楼梦》中的常见词汇。而有"浊"必有"洁"，这种"浊"与"洁"的对立，是曹雪芹深化贾宝玉这一人物形象的关键。

《红楼梦》以"补天神话"开篇，在第一回中写到女娲炼石，用三万六千五百块石头来补天，独剩一块弃于青埂峰下。而这块补天余石听到了一僧一道所言红尘中的荣华富贵，"不觉打动凡心"，且"凡心已炽"。在"木石前盟"神话中，神瑛侍者也是"凡心偶炽"。因有凡心，这一石一人，才从清冷的仙界之中下凡入世，也就演绎出一部《红楼梦》来。

相比于清冷的仙界、无欲的神仙，红尘中自然是浊的。"到头一梦，万境归空"是红尘中事的自然规律。但补天余石是落在青埂峰之下的，正如脂批所云"落坠情根"，"故无补天之用"；神瑛侍者也因"情不情"于绛珠仙草，"瑕"的一面也就展现了。而此也正是小说明言的"凡心"，也即"浊"的一面：于仙界而言，红尘是浊的，情是浊的。

"女儿是水作的骨肉，男人是泥作的骨肉"，这是贾宝玉的名言。水与泥之间，正是"洁"与"浊"的区别，女儿是站在男人的对立面的，其关键在于贾宝玉认为女儿是洁净的，这种欣赏的本身，就反映出贾宝玉对于洁净的喜好。第三十六回中，贾宝玉因为别人劝导他要留心世务，他怒道："好好的一个清净洁白女儿，也学的钓名沽誉，入了国贼禄鬼之流。"此段言论可为佐证。在《红楼梦》中,女儿是"洁"的代表,男人是"浊"的代表,其区别在于男人多受世俗污染,"沽名钓誉",从而成为"国贼禄鬼",而这正是欲望使然。此又是"浊"的另一面:对贾宝玉而言,世俗是"浊"的。

也正因此,贾宝玉才会亲近女儿,厮混于闺阁之中,鄙弃国贼禄鬼,呈现出趋洁的倾向。

这种倾向是由贾宝玉的天生性情"情不情"所决定的,既然以情为首要,指向的就不会是"浊",但这并不能说明贾宝玉身上就没有"浊"的成分。曹雪芹在神话的设置中,将补天余石与贾宝玉特意以"凡心"相勾连,就使得二者形成了二而一的审美意趣。既然石头是贪恋红尘中荣华富贵的,那么在宝玉的身上也会有着同样的体现。

在《红楼梦》成书研究领域中,有"清浊宝玉"的说法,以解释宝玉行为中的矛盾之处。这两种解读,均是从《红楼梦》文本出发,以发现其中的矛盾之处,进而以曹雪芹修改过程中的未统一来加以解释。此种做法属文本考证范畴,有着极为谨严的规范。但这也反映出贾宝玉的生活中,有着"浊"的一面,如"闹学堂"中的男风倾向,以及他与薛蟠等人在冯紫英家唱《红豆曲》的一段文字。沈治钧先生认为这是旧稿《风月宝鉴》中的文字,是原属贾琏的故事内容。[1] 沈先

---

[1] 沈治钧《红楼梦成书研究》,中国书店出版社2003年版,第318—319页。

生的考证是令人叹服的，其结论也大体可靠。然《红豆曲》一段文字似与贾琏无涉，当属进入《红楼梦》创作时期的新稿。由此可知，曹雪芹是有意识地将"浊"的一面赋予贾宝玉的。

鲁迅先生评价贾宝玉"爱博而心劳"，这与"情不情"是吻合的。贾宝玉的眼中，不情之物也会有美好的一面，如此也就形成了有关"色"的解读。对于具有"色"的不情之物，即可付出以情，也因此贾宝玉有博收"情"的想法。如第三十六回中，贾宝玉说道：

> 比如我此时若果有造化，该死于此时的，趁你们在，我就死了，再能够你们哭我的眼泪流成大河，把我的尸首漂起来，送到那鸦雀不到的幽僻之处，随风化了，自此再不要托生为人，就是我死的得时了。

此段文字可与绛珠仙子决定下凡时，与警幻仙姑的对话相对照看：

> 他是甘露之惠，我并无此水可还。他既下世为人，我也去下世为人，但把我一生所有的眼泪还他，也偿还得过他了。

在贾宝玉的内心中，是想获得众人的眼泪，也即获得众人的情。此种想法是建立在贾宝玉对情的重视之上的，但也体现出一种欲望，此时的他并不认为情是人之为人所不可缺少之物，而只认为这是他个人理当获得的。这就与林黛玉的情形成截然不同的区别。林黛玉的情，是定向付出的，是单一的；贾宝玉的情，则是驳杂的，是双向的。与林黛玉相比，贾宝玉是"浊"的，他的情远不如黛玉纯粹。

贾宝玉是在不断成长的，也是在不断"悟"中的，这一过程可以视作去"浊"的过程。从"情"这一角度来看，贾宝玉通过"悟"，经历了由"情不情"向"情情"的转化。我们在前文中曾经讲到贾宝玉悟情的过程，是从"爱博而心劳"转向于悟得"情"的专一属性，"意淫"得到升华，从渴望获得转为懂得付出。实质上这也是一个去浊的过程。贾宝玉的情在不断地纯粹化，也在逐渐向林黛玉靠拢。尤其应当注意的是，在贾宝玉悟情的过程中，他世俗中的"浊"也在逐渐洁化。世俗中的"浊"多与欲望相伴随，而随着大观园中生活的展开，贾宝玉已经沉湎于这一单纯的世界，从而离世俗越来越远了。

至于红尘中的"浊"，贾宝玉更多地是因情而生出的。如男风倾向，源于对秦钟等有美好属性的男子的倾慕，指向的也是美好。贾宝玉本就"最喜在内帷厮混"，对于世俗经济持批判的态度。在小说第三十二回中，史湘云劝贾宝玉多与为官做宰的人交流，多谈一些仕途经济，贾宝玉回应道："姑娘请别的姊妹屋里坐坐，我这里仔细污了你知经济学问的。"

此处足可证明贾宝玉的态度。

随着《红楼梦》中小社会毁灭美好的本质不断显现，贾宝玉的"悟情"与"悟世"也在合流。从《姽婳词》到《芙蓉女儿诔》，美好被毁灭了，"情"并不被世人所看重，这正是贾宝玉将"世"与"情"结合的证明。小说进行到这里，所欠的也仅是贾府的覆灭、林黛玉的逝去了。当这二者都出现的时候，贾宝玉也就变成了"情僧"。既言为僧，尚留"情"字，意在言明"情"之纯粹，也在言明"情"的不可放弃。至此，贾宝玉的"情"自然是至为洁净的，但也因此并不符合清冷仙界之要求，故而贾宝玉也只能以出世为结局，而不能返回仙界了。

小　结

"正邪两赋"论中，曾提及"易地则同"一语。妙玉、黛玉、宝玉均属"正邪两赋"中人，其性情也有相似之处。他们都不是"仁人君子"，更不是"大凶大恶"，他们又都是"聪明灵秀"且"乖僻邪谬"之人。这是他们的统一性情。由于出身、经历的不同，其性情又会有不同的演化，正如"正邪两赋"论中所列的"情痴情种""逸士高人"与"奇优名娼"。

三"玉"之洁是有共同点的。他们均不以世俗中的功利为人生目标，关注的是自我内心世界，这就与"大仁""大恶"

者形成了分界。然而我们更应该关注的是他们的不同之处，同中之异更能反映曹雪芹的创作思考。

从"洁"而论，三"玉"各不相同。妙玉是"欲洁"，表现出一种对"洁"的自我强制，从而呈现出"过洁"的一面。在她的认知中，世俗是浊，情也是浊，是必须抛弃或克制的。黛玉的"洁"是"情洁"，她的情只对有情之人而发，因而有孤高之表现，但其"洁"是心灵之洁，至纯至净。至于宝玉，从其入世就有"浊"的成分，但他又是执着于情的，对女子的欣赏呈现出对"洁"的向往。在他的红尘之旅中，他也在逐渐洁化，从而达到了"情洁"。

曹雪芹在黛玉与妙玉身世及性格的设置上有着明显的故意。二者皆来自苏州，二人名字均带有"玉"字，均出自官宦世家，又均是孤女的身份。这种种的相似，使得二人性情有了相近之处。从表面上看，黛玉是敏感孤傲的，妙玉也是同样地孤傲敏感。设若妙玉进入贾府之时尚在幼年，并且是以投亲的方式而来，再遇到贾宝玉这样的人物，或许妙玉也即黛玉；而若黛玉是带发修行之人，被名"请"实"聘"地带入大观园之中，则黛玉也即妙玉。然而经历的不同，使得二人生活环境有着极大的差异，也因而形成了不同的性格，对于"洁"也就有了不同的认知。二人相同之处，是对红尘欲望的淡然、对个体精神的重视，不同之处在于对情的态度。"易地则同"正是指此。

又如宝玉，其家庭是圆满的，生活环境是优渥的，正是标准的"情痴情种"，但因其生而带有对富贵的依恋，从而形成"浊"的一面。又因他有着对于美好的体认，也有着对"洁"的审美认同，从而在经历"情悟""世悟"之后，实现了心灵的圆满。

《红楼梦》第五回中，警幻仙子曾对贾宝玉施以警鉴，希望贾宝玉能"改悟前情"，"置身于经济之道"。只因在警幻仙子的眼中，仙闺之情已是至乐，但也只是一段风光而已。在她的设置之中，神瑛侍者的后身贾宝玉，应同《黄粱梦》中的吕岩一般，悟得"人生如梦，万事皆空"，从而得道成仙，重归清冷仙境。然而贾宝玉并没有走向这条道路，《红楼梦》也并不是一部宗教之书。妙玉以"浊"来看待红尘与情，期待去"浊"而向"洁"，这本是符合仙界之标准的，然而曹雪芹却给予妙玉"终陷淖泥中"的结局。此或即曹雪芹对《黄粱梦》的回答。

绛珠仙子所集聚的"缠绵不尽之意"，正是对神瑛侍者"情不情"的反应。有了情的负累，二人走入了红尘，于是荡气回肠的宝黛之恋也就出现了，《红楼梦》也就成为了一部"情"书。在曹雪芹看来，人生最珍贵之物——"情"，是不可抛弃的，虽为仙界所不取，但是为人所必需。曹雪芹终是留恋于世间的美好，而没有去以宗教式的解脱来超拔自我的心灵。

基于写实，三"玉"都是以悲剧收场的，这也显示了"洁"

的不为世所容。无论是黛玉、妙玉，还是宝玉，他们虽是自我的，但也是无害的，并不会损及他人。然而无论何人，都难以摆脱社会的影响，曹雪芹虽以大观园来隔绝红尘，而这个美丽的小世界毕竟是脆弱而虚幻的。当个体的精神追求，与社会的主流价值之间产生矛盾之时，同化就出现了，而拒绝同化者只会被湮灭。这种作用是强大的，非个体力量所能抗拒。这或者也是曹雪芹对于"洁"的思考。

第三节 《红楼梦》塑造"浊物"群落的功用分析

《红楼梦》是写"情"的,这是共识。《红楼梦》是一个悲剧,这也是大众所熟知的。从书写美好开始,到以悲剧收场,必需要设置合理的外力作用,所以《红楼梦》就需要对社会,尤其是社会中的"浊"有一个深入的描写,于是"浊物"群落就出现了。

贾宝玉说"女儿是水作的骨肉,男人是泥作的骨肉",又有"鱼眼睛"之论,可知《红楼梦》中的"浊物"们不能仅以性别划分,而是关系于各种欲望的性质与强度,如"皮肤滥淫",又如"权欲"与"物欲"等等。

在"冷子兴演说荣国府"中,冷子兴说及贾府的儿孙"竟一代不如一代"了,此也为贾府走向"白茫茫大地真干净"埋下伏笔。

《红楼梦》第六十六回中,柳湘莲说道:"你们东府里除了那两个石头狮子干净,只怕连猫儿狗儿都不干净。"此语可谓直截了当。又因这话是柳湘莲对贾宝玉所言,故而并未涉及荣国府。而荣国府中的"不干净",也比比皆是。这就与"洁"形成了比对,成为《红楼梦》中所着重刻画的一组意象，作者也以此来完成对小说中社会基础的描绘。

对《红楼梦》中的"浊物"群落加以研究，有利于我们考察曹雪芹对于现实的态度，也有利于思考其在"浊"与"洁"的对比中所实现的文学功用。

一、皮肤滥淫、意淫与风月宝鉴

"浊物"们的第一大表现，集中于他们对色欲的放纵。

甲戌本凡例中，有"又曰'风月宝鉴'，是戒妄动风月之情"一语。小说第一回述及《红楼梦》五个书名之时，在《风月宝鉴》处有脂批：

> 雪芹旧有《风月宝鉴》之书，乃其弟棠村序也。今棠村已逝，余睹新怀旧，故仍因之。

从成书角度而言，学术界有一稿多改与二书合并等说法，均与《风月宝鉴》有关。其分歧点在于对"旧有"的理解：是"存有"还是"写有"。这就形成了是否有两个作者的问题。笔者倾向于"一稿多改"体系中的变种"粘贴"一说，即曹雪芹将旧写的《风月宝鉴》中的部分故事，当作素材，粘贴入另起炉灶而写的《红楼梦》之中。也因此，使得风月故事在《红楼梦》中得以留存。

在进入《红楼梦》中后,风月故事也需要承担文本的功能,这种"皮肤滥淫"之事,就与作者所主张的"意淫"形成对比。

在《红楼梦》中,"意淫"一词至为重要,它代表了曹雪芹所颂扬的情的表达方式,是对美好的、纯洁的女子们的呵护与付出。在小说第五回中,警幻仙姑说道:

> 非也。淫虽一理,意则有别。如世之好淫者,不过悦容貌,喜歌舞,调笑无厌,云雨无时,恨不能尽天下之美女供我片时之趣兴,此皆皮肤滥淫之蠢物耳。

此等蠢物,在《红楼梦》中有许多,如贾珍、贾琏、贾赦、贾蓉、薛蟠等,皆可作为此种皮肤滥淫之徒的代表。

这些浊物们的皮肤滥淫之举,既是对欲望的过度放纵,也是突破道德伦理的。

如贾赦之淫,书中并未用大幅笔墨去描述,却也有着多处明示。如第四十六回中,王熙凤转述贾母的话:"老爷如今上了年纪,作什么左一个小老婆右一个小老婆放在屋里。"这就反映出贾赦的妾室是很多的。而他犹嫌不足,盯上了贾母房中的鸳鸯,意欲讨来为妾,被贾母阻止之后,又用八百两银子买了一个十七岁的女孩子。贾赦之淫由此可见一斑。在六十九回中,贾赦因贾琏做事合了心意,就将自己身边的秋桐赏与贾琏为妾,从此事也可见贾赦平时之为人。

对其余诸人的皮肤滥淫，小说中是以大幅笔墨加以描绘的。在薛蟠，作者突出其"龙阳之好"，如他在学堂中与"香怜""玉爱"及金荣等人发生的纠葛，又因此种癖好调戏柳湘莲，反而遭到毒打。薛蟠也喜好女色，因争夺香菱打死冯渊，又因贪恋夏金桂、宝蟾的美色，弃香菱如敝屣，凸显出薛蟠贪恋美色而又无情的性格特征。

"红楼二尤"故事是全书中描写皮肤滥淫情节最集中的部分。在这段故事里，曹雪芹以尖锐的笔触，写及贾珍、贾琏、贾蓉等人"父子聚麀""二马同槽"的故事，又以尤二姐、尤三姐的人生悲剧，来展现这种皮肤滥淫之下，女儿们的毁灭。

这是过度欲望的作用。在《红楼梦》中，"情"与"淫"似乎是对立的，但二者之间并不是完全的非此即彼关系，而是有重叠的。曹雪芹并不反对人类天性中的"淫"，这延续了《孟子》中"食色，性也"[1]的思想。至于"好色而不淫"，则是对《史记·屈原贾生列传》"国风好色而不淫"[2]一语的移用。《史记》中的"淫"，是过度的意思，与《红楼梦》中有特指的"淫"非同一义项。但在皮肤滥淫之徒的口中，先贤之语却成为淫乱的理由，以"好色不淫""情而不淫"

---

[1] 徐强译注《孟子》，山东画报出版社2013年版，第209页。
[2] [汉]司马迁撰，[南朝宋]裴骃、[唐]司马贞、[唐]张守节注《史记三家注》，喀什维吾尔文出版社2002年版，第915页。

等为借口，实际上却放纵着"淫"的行为。故而在警幻仙姑的话中，明确宣称"好色即淫""知情更淫"，亦即无论是"好色"，还是"知情"，都属于"淫"的范畴。"好色即淫"与"知情更淫"中的"淫"实际上是无褒贬的，只是给"淫"一个明确的界定。人性中本就有"淫"存在，但因"情"而有了区别，"既乐其色""复恋其情"，就将"情"与"淫"结合起来，成为对美好的欣赏与呵护，从而使贾宝玉成为"天下古今第一淫人"。

这就形成了"皮肤滥淫"与"意淫"的分界，二者虽都有"淫"字，却有着本质的不同。与"意淫"截然不同，"皮肤滥淫"是获取，是"恨不能尽天下之美女供我片时之趣兴"。而他们的对象皆是青春的、美好的女子。当美好的女子成为一种符号，"意淫"就是对于美好的呵护，而"皮肤滥淫"就成为对美好的摧残。

只有使贾宝玉与《红楼梦》中的"浊物"们的行为形成对比，才会使得"意淫"一词更加突出。曹雪芹通过对"皮肤滥淫"的批判，从而使得"意淫"得以深化。

《诗经·大雅·荡》有"殷鉴不远，在夏后之世"[1]句。《晋书·孙楚》中有"夫韩并魏徙，虢灭虞亡，此皆前鉴，后事之表"[2]句。唐太宗将史书的功能明定为"将欲览前王之得失，

---

[1] 程俊英《诗经译注》，上海古籍出版社2004年版，第466页。
[2] [唐]房玄龄等《晋书》，中华书局1974年版，第1541页。

为在身之龟镜"[1]。"鉴"因此就有了引以为戒的的义项。

对"皮肤滥淫"之辈的描写，同样有着"鉴"的意味。在小说第五回说到荣宁二公嘱托警幻仙姑对贾宝玉加以警鉴之时，有"故近之子孙虽多，竟无一可以继业"句，句旁有脂批："这是作者真正一把眼泪。"正是这一把眼泪，表明在曹雪芹创作的初衷中有着对自我家族败亡的思考，家族败亡也就成为许多思考的起点，而"鉴"之意味就由此产生。

甲戌本的《凡例》有云："又如贾瑞病，跛道人持一镜来，上面即錾'风月宝鉴'四字，此则《风月宝鉴》之点睛。"贾瑞的故事集中在小说第十一、十二回中，与他相关的回目为"见熙凤贾瑞起淫心""贾天祥正照风月鉴"，两句中均直接出现贾瑞的名字，此与第十五、十六回的回目"秦鲸卿得趣馒头庵""秦鲸卿夭逝黄泉路"相映成趣。尤为独特的是，二者皆是因淫而亡的故事：贾瑞因对王熙凤生出淫心，才会去调戏王熙凤，终被王熙凤设计惩处，以致一病而亡；秦钟因与智能有了风月情事，受了风寒，又失了调养，因而得病，又因私会智能被秦业发现，遭到一顿笞打，而秦业先气死了，秦钟也悔痛无及，病候渐重，也就死了。贾瑞与秦钟的遭际都很凄惨，足以说明"淫"的坏处。据前人研究，此等内容皆属于"旧有"的《风月宝鉴》，因而《风月宝鉴》应属于"以

---

[1] ［宋］高似孙撰，张艳云、杨朝霞校点《史略·子略》，辽宁教育出版社1998年版，第37页。

淫止淫"之作。

《红楼梦》延续了此种创作的惯性，并使"鉴"的意味逐渐摆脱"淫"的局限，借用一种因果的形式进行表达。如甄士隐所作《好了歌注》中有"因嫌纱帽小，致使锁枷扛"句，将这种过度的欲望与其后果展现了出来。

在《红楼梦》后四十回中，续作者也对这些"皮肤滥淫"之徒加以归结：如薛蟠，以误伤人命而收监；再如贾赦，被革去世职充军边地。这些创作中的故意，均含有"鉴"的意味。

二、功利与精神的对比

"浊物"们的表现并非只有"皮肤滥淫"一方面，另一个典型表现是对功利的追逐。

贾雨村这一人物是极为特殊的。如果我们将"小荣枯"视为楔子，则贾雨村是贯穿楔子与正文故事之间的人物。这也是曹雪芹的创新之处。在"小荣枯"之中，贾雨村是与甄士隐相对应的：甄士隐为人恬淡，是神仙一流的人物，贾雨村则很世俗，是充满欲望的人。在甄士隐资助贾雨村进京赶考之后，贾雨村不及拜别甄士隐，半夜就启程进京，对功名的渴望可见一斑。在当上知府后，得知甄士隐家人下落的第一时间，竟然只想着聘娇杏为妾。因"贪酷之弊""恃才侮上"被免职之后，已经有了许多家私。针对此点，曹雪芹一语带过，却也是饱含深意的。从一个因无钱不能进京赶考的孑然一身的书生，到将"历年做官积的些资本并家小人属"送回原籍的去职官员，短短几年之间，贾雨村完成了人生的蜕变，贪欲也得以滋生。再次做官之后，为了与"四大家族"处好关系，马上以非常荒诞的方式乱判了"葫芦案"。在入京为官之时，又圆滑奉献，与"方正"的贾政谈经世致用，又为贾赦看重的扇子逼迫得石呆子家破人亡。这些均可看作贾雨村的驭人之道。贾雨村是极度功利的，他出身于一个落魄的家族，终于成为人上人，其中艰辛也只有他一人清楚，功利之心正是在他人生的变迁之路上逐步泛滥的，这正是欲望的作用。

贾雨村可谓"浊物"，贾宝玉视贾雨村为"禄蠹"。《红楼梦大辞典》对"禄蠹"的注释为"意在讥刺当世那些热衷功名利禄之人"[1]，此是从曹雪芹的创作本意出发的解释。"蠹"乃蛀蚀之虫，如此，"禄蠹"则为蛀蚀俸禄之虫。领着国家俸禄，又以权势为自我利益之倚仗，正是"禄蠹"的真实写照。

贾雨村虽然善谈经济之学，并也因此得到贾政等人的推崇，然而其内心中，从来不是以家国天下为读书之目的。未发迹之时，他以"玉在匮中求善价，钗于奁内待时飞"来形

---

[1] 冯其庸、李希凡主编《红楼梦大辞典（增订本）》，文化艺术出版社2010年版，第17页。

容自己的抱负，又以"人间万姓仰头看"为人生目标，而这些都是以实现欲望为前提的。贾雨村并非个例，这类人是普遍存在的。贾宝玉在批判"文死谏，武死战"时，就是将此类人群作为一个整体进行的批判。

功利与经世致用是有区别的。贾政也希望贾宝玉多接触一些经世致用之人，但他将贾雨村误视为有此种抱负之人。史湘云也曾劝贾宝玉多与仕途中人谈论一些经世致用之道。在第五回中，警幻仙姑对贾宝玉的警鉴，也是希望贾宝玉能置身于经世致用之道。经世致用本不含贬义，是指学问当有益于国事，是"修齐治平"这一儒生理想道路的践行。但当欲望占据人的内心之时，功利就会成为行为的指导，经世致用只会成为借口，沦为谋取私利的理由。贾雨村的作为正可佐证。

《红楼梦》中对"浊物"们的展示是"不敢稍加穿凿"的，许多场景中均刻画出"浊物"们对功利的向往，且也不只集中在男性身上。

在《红楼梦》中，女性"浊物"们的"水准"也毫不逊色于男性。第十五回《王熙凤弄权铁槛寺　秦鲸卿得趣馒头庵》中，净虚对王熙凤的说项，正是浊物的精彩表演。在王熙凤拒绝净虚之后，净虚转瞬之间就把握住王熙凤的弱项——要强，因而转换说辞道：

虽如此说，张家已知我来求府里，如今不管这事，张家不知道没工夫管这事，不希罕他的谢礼，倒像府里连这点子手段也没有的一般。

此言可谓至毒，也显出了净虚这类捐客的水平。在净虚的激将之下，王熙凤插手此事，导致金哥与守备之子双双殉情。而净虚作出如此罪孽，也不过是为了满足自己的贪欲。

再如大观园中小厨房的争夺、抄检大观园中王善保家的行事，《红楼梦》中关于此类的描写尚有许多，将世人"天下熙熙，皆为利来；天下攘攘，皆为利往"[1]的功利之心，活画了出来。

曹雪芹并不是绝对地反对功利。如刘姥姥进贾府，本就以打秋风为目的，但她只是为了维持生计而已，别无贪念。对于刘姥姥的这种行为，曹雪芹反以同情视之。

功利之心与大观园中的景象形成了对比。大观园中的人们，在衣食无忧的境况下，更关注于精神生活。

与园外的生活相比，大观园的生活更多是"无用"的。大观园中人各有各的爱好：如贾宝玉，会沉浸于"无事忙"的状态，悠游于其中；林黛玉则珍重并求证自己的情。再如迎春爱棋，惜春爱画，探春爱诗，李纨教子，即便是以冷香

---

[1]　[汉]司马迁《史记》，中华书局1959年版，第3256页。

丸压抑自我性情的宝钗，也没有将功利之心带入大观园之中。

大观园的生活美好且纯粹。第二十三回中贾宝玉的四首即事诗，都是兴致盎然的，也是充满情趣的。在这样的生活当中，功利之心自是不必要有的，他们更关注于自我精神世界。

《红楼梦》是一部情书，情是精神的，并在大观园中得到涵养与生发。宝黛爱情在大观园中得以充分宣泄。他们共读《西厢》，诗酒为乐，肆意挥洒着自己的才华，又在种种小儿女的情态之中，悟得"情"的本真。

关于功利与精神的碰撞，在姽婳将军故事中最为明确。通过这一故事，曹雪芹将贾宝玉与其他诸人的不同写了出来。贾宝玉是唯精神的，故而贾宝玉以"情"去体贴林四娘，写出《姽婳词》。而其他诸人却各有心思：清客们是在迎合贾政，贾兰、贾环二人是为了得到夸赞与奖赏，贾政旨在歌功颂德。功利与精神之差异一至于斯。

《红楼梦》向有"四季"之说，而具体分界多有歧说。嘉庆年间二知道人在《红楼梦说梦》中写到"《红楼梦》有四时气象：前数卷铺叙王谢门庭，安常处顺，梦之春也。省亲一事，备极奢华，如树之秀而繁阴葱茏可悦，梦之夏也。及通灵失玉，两府查抄，如一夜严霜，万木催落，秋之为梦，岂不悲哉！贾媪终养，宝玉逃禅，其家之瑟缩愁惨，直如冬暮光景，是《红楼》之残梦耳"[1]。裘新江先生以一至十七回、十八至五十三回、五十四至八十回后、八十回后某回至尾来区分四季。[2]梅新林先生以第一至五回、六至六十三回、六十四至九十八、九十九至一百二十回为分界。[3]诸种分法均有合理之处。而无论如何分界，大观园中的这段浪漫生活，均在《红楼梦》四季叙事的夏季之中。曹雪芹特意以最为热烈的笔触，去讴歌这种无功利的、精神的生活。

《红楼梦》的"入秋"与"入冬"，都是因功利而发生变化。在探春理家、设置小厨房之时，利益就被引入大观园，功利之心也就在下人之中蔓延，使得大观园与世俗的界限被逐渐打破。而这又是一种必然，从更广的视角来看，贾府的走向也同样如此。在元春的庇佑之下，贾府中人自可安于生活，而全族之命运维系于一人之际遇，此是极不可靠的。当王熙凤梦见有人来抢夺锦缎之时，当夏太监来借银子的时候，元春的庇佑就在弱化。恰如贾府中的污浊侵染了大观园，更为广阔的社会面也会因为利益的关系不断侵袭贾府。而人生的悲剧、家族的悲剧都在这种社会的污浊中慢慢地发生：唯精神的人在污浊的社会中无法生存，功利之人也会败于功利。

---

[1] 一粟编《红楼梦卷》，中华书局1963年版，第84页。
[2] 裘新江《春风秋月总关情——〈红楼梦〉四季性意象结构论之一》，《红楼梦学刊》2003年第4辑。
[3] 梅新林、张倩《〈红楼梦〉季节叙事论》，《红楼梦学刊》2008年第5期。

三、"浊"的普遍与"洁"的缺乏

我们以"皮肤滥淫"与"功利之心"来概括一众"浊物"的行为,而这两点都是由过度的欲望生发的。我们前文中曾分析曹雪芹对于"淫"的态度,他以"意淫""皮肤滥淫"加以区分,对于"意淫",曹雪芹是赞成并"讴歌"的。对功利之心,曹雪芹也不是绝对地排斥,前文中也有分析,基于生存需求的功利,曹雪芹也是抱以同情的。曹雪芹反对的是过度的欲望。有过度欲望的人会成为"浊物",而"浊物"的普遍存在,使社会整体呈现出"浊"的气象。基于这种认知,曹雪芹构建了大观园外的生态环境。

我们常说《红楼梦》是写实的,曹雪芹忠实地描摹着社会中的种种。而《红楼梦》中也有着许多理想的成分,比如贾宝玉、林黛玉的人格设置,他们都是至为纯粹之人,在世间未必有,却具有文学的真实。他们寄托了曹雪芹对于美好的思考、对于理想人生的认知,以及对理想社会的期盼。然而《红楼梦》终归是一个悲剧,这个悲剧从小说情节来看是家族的悲剧,是爱情的悲剧,在根本上却是曹雪芹理想的悲剧。悲剧的来源,在于社会对理想的挤压,在于功利对精神的侵蚀,更在于"浊"的普遍与"洁"的缺乏。

《红楼梦》的"实",是描摹了社会中的真实,使其成为小说主人公的活动场域,继而形成理想与现实的碰撞。如果说小说中的贾宝玉经历了由懵懂至清醒的过程，创作中的曹雪芹则一直是清醒的。他清醒地认识到社会的作用，以及社会对人精神的挤压与控制。屈原对于社会有着"举世皆浊我独清，众人皆醉我独醒"的感悟，此或与曹雪芹有着相似之处。

在《红楼梦》中，"浊"是普遍存在的，并往往在貌似不经意间透露出来，譬如小说中人物表现出的亲情淡漠、唯利是图等等。这些都是对人性的描写，曹雪芹借此勾勒出人与人之间的关系，使之成为社会构成的基本因素。

如第二十四回中，贾芸请托贾琏给自己谋一个差事，贾琏在凤姐处并未说通，贾芸只得另寻门路，去找自己的母舅卜世仁借贷。卜世仁谐音"不是人"，可谓老奸巨猾，曹雪芹的命名足显对薄情之人的批判。他首先说明不能赊欠药材，又以长辈身份教训贾芸，在假意留贾芸吃饭的时候，又与老婆配合哭穷，使得贾芸落荒而逃。此段描写细致入微，将一薄情寡义之人描写得淋漓尽致。

此种人在《红楼梦》中并非孤例，如邢夫人，对待自己的亲弟弟邢大舅也是非常刻薄的。这邢大舅虽被称为"傻大舅"，却是直爽之人，他在第七十五回的一段话，将邢夫人的底里揭穿，其言语虽是醉后之言，却也是恳切之语。"钱势"二字，确是损亲情、分骨肉之根由。这些形象都得自于曹雪芹对世人的观察。

卜世仁与邢夫人，性别不同，所处地位也不同，然而他们的人性却是相通的，正可说明功利之风流行于社会的各个角落。

与过度欲望有关的内容，在《红楼梦》中比比皆是，如"薄命女偏逢薄命郎"中冯渊的惨剧、"葫芦僧乱判葫芦案"的荒唐，再如"金寡妇贪利权受辱"中金寡妇的态度变化，即便在《红楼梦》的"夏季叙事"中，也掺杂了"魇魔法姊弟逢五鬼"这样的鬼蜮之事。五十三回之后，这种因功利、皮肤滥淫等浊气所引发的事件更多，如第五十五回的"辱亲女愚妾争闲气"、第六十三回至六十九回的"红楼二尤"故事，再到抄检大观园、"河东狮"与"中山狼"等等。这种情节遍布全书，预示着贾府的末世逐步降临。

与"浊"的普遍相比，"洁"却是少有的。能够坚持于自我的价值取向，不被功利所诱惑，这本身就极为难得。在《红楼梦》中，这类人也是极少的。曹雪芹分别以"玉"为之命名。前文中我们曾经分析了三"玉"之洁。他们的洁虽不同，但他们都是坚守着自我的价值取向，在这个"浊"占主导的社会中努力生存。再譬如史老太君与刘姥姥，她们也懂得克制欲望，从而在现实人生中获得最大的圆满。

对于此点，曹雪芹以红玉的改名加以说明。红玉虽为下人，却有着往上攀高的念想。红玉本是极为能干之人，得到了王熙凤的赏识，也就摆脱了下层奴仆的身份。在小说第二十六回中，有一脂批：

"狱神庙"红玉、茜雪一大回文字惜迷失无稿。

第二十七回中，两位脂批作者以眉批的形式加以讨论：

奸邪婢岂是怡红应答者，故即逐之。前良儿，后篆儿，便是确证。作者又不得可也。己卯冬夜。

此系未见"抄没""狱神庙"诸事，故有是批。丁亥夏。畸笏。

在这两条批语的相同位置，甲戌本有一侧批：

且系本心本意，"狱神庙"回内方见。

诸多学者对此加以探佚，得出宝玉等落难之后，红玉曾去探望宝玉、王熙凤等人的结论。此种判断是较为合理的，这也说明红玉也是重情之人，因此才能得一"玉"字，但又因其功利心重，曹雪芹特意将"玉"字去除，将其改名为"小红"。这个改名的过程，或就隐藏着作者的深意。但"红"字也是《红楼梦》中的重要词汇，譬如贾宝玉的爱红，曹雪芹的"悼红轩"等，此或也是对"红玉"重情的褒扬。这其中也反映出在曹雪芹的认知中，"洁"的缺乏与"浊"的普遍，也有着曹雪芹对于所处社会的叹息："红玉"虽功利心重，但其重情重义，也属难能可贵了。

小　结

在《红楼梦》中，曹雪芹刻画"浊物"是有着深入思考的。有了"浊物"的反衬，"洁"才更加地珍贵，"意淫"也才会更加地深化，同时也因"浊"的普遍，形成了一个不适合追求美好的社会环境，于是悲剧的发生也就合理了。

过度的欲望是产生"浊"的根本原因。人有欲望不可避免，然而过度的欲望则是毁灭美好的缘由，也是产生恶的根源。《红楼梦》中的诸多故事，都在为此作出说明。从贾府的衰败而言，表面原因是子孙教育无方，导致一代不如一代。这些后辈子孙，大多都沉湎于皮肤滥淫或者贪欲之中，这就使得贾府整个的风气恶性循环。从外部原因而言，贾府也只是社会的一个缩影，贾府的交好者、敌对者，也都是贪婪之人，当贾府失去靠山之后，也就是被鱼肉之时。

在这样的一个大环境中，曹雪芹摆脱功利的困扰，注重个人精神的探求，认知到情的美好，并对情进行了深入的探讨，情就越发纯粹。"质本洁来还洁去"，这或不仅是林黛玉的愿望，也是曹雪芹的目标。举世皆浊的环境里，想独善其身也是至为困难的。曹雪芹将这种美好的人格放置在现实中去考量，结果自然是不言而喻的。

后 记

常有人问我为什么喜欢《红楼梦》，我也常与人说自己对《红楼梦》的文本感兴趣，细细想来却也牵强，理由有四：

其一，《红楼梦》的整体书写风格与我的个性是截然不同的。《红楼梦》是舒缓的、写美的，所写更是美好之遭社会毁灭；而我的个性则颇有些激烈与固执，更有着很强的感性倾向，嗜好各种无厘头的影视作品，对于各种苦难，则不忍观，不敢闻。

其二，每次写与《红楼梦》有关的文章，我总是思考曹雪芹为什么会这样写，这就难免游离于小说的文本之外，忽视了《红楼梦》作为小说的阅读属性，进入到另一重思考空间。以此而言，与其说我对《红楼梦》的文本感兴趣，还不如说我对曹雪芹这个人感兴趣。

其三，初涉学术，总有些不自量力，也就选择了《红楼梦》的成书问题作为本业。成书研究极为复杂，关联红学中诸多方面，是一个较为综合的方向，又因实证的缺乏，很难得出令人信服的结论，无论是说服自己，还是说服他人。只是这一旨趣也影响到了我的阅读，使我在无意识的情况下就会偏向于成书方面的思考。这也是对曹雪芹感兴趣的一个体现，

后记

与其他研究《红楼梦》成书的学者相比,我更想弄清的是,作者思想变化与小说文本演化之间的关系。

其四,我是很有一些野心的。与其说我对《红楼梦》感兴趣,不如说我对人感兴趣。小说毕竟是写人的,研究小说就必然要研究人,"人学"之言并不虚妄,于是就牵扯到更广的方面:从思想而言应知源流,从社会而言要明发展……人是复杂的,社会就更为复杂,而《红楼梦》中所构筑的小社会又极为精致且准确。于我而言,《红楼梦》实乃最佳的思考载体。

这四点理由足以说明,我并非是以《红楼梦》的文本阅读为终极目的。然而要实现这些野心,还是要从《红楼梦》的文本出发。毕竟,《红楼梦》才是能体系化表达曹雪芹思想的唯一载体。

在写完《红楼梦中的神话》后,总感觉有些遗憾。《红楼梦中的神话》一书实质是对《红楼梦》整本书的一个思考,但其内容多围绕贾宝玉,有着许多遗漏。本书是对《红楼梦中的神话》一书的延续,其中有许多新的思考。

我眼中的《红楼梦》是一座瑰丽的艺术花园,更是一位哲人的沉思。在思想上,曹雪芹对儒、释、道诸家均有反思,并展示出自我认知中的美好。在艺术上,曹雪芹将小说推向一个新的高峰,将写实与写意结合起来,描绘出世态的众生相。在结构上,曹雪芹构建了仙凡双重叙事,谶示小说人物的命运，指明小说故事走向。《红楼梦》虽为残篇，但其优长实无需多作概括，我们也无法用一语来形容《红楼梦》。遇到《红楼梦》，正如刘姥姥进大观园，也只剩"目眩神迷"了。

任何解读都是对《红楼梦》精神内涵的窄化与固化，从本质而言是对读者的局限。本书仅为笔者的一孔之见，不敢称作解读，如能引起读者进一步思考的兴趣，则是本书幸事。

本书写作历时十八个月有余，断断续续，多有蹇塞之处，这也会体现在本书文脉之中。写作之途甘苦自知，唯清晨鸟鸣或能慰藉一二。

2023 年 12 月 31 日

知·趣丛书

名士派：世说新语的世界　　徐大军　著
从"山贼"到"水寇"：水浒传的前世今生　　侯　会　著
梦断灵山：妙语读西游　　苗怀明　著
探骊：从写情回目解味红楼梦　　刘上生　著
所思不远：清代诗词家生平品述　　李让眉　著
梨园识小录　　陈义敏　著
志怪于常：山海经博物漫笔　　刘朝飞　著
儒林外史人物论　　陈美林　著
沈周六记　　汤志波　秦晓磊　主编
史记八讲　　史杰鹏　著
敦煌的民俗与文化　　谭蝉雪　著　李芬林　编
拾画记　　任淡如　著
神魔国探奇　　刘逸生　著
明人范：生活的艺术　　袁灿兴　著
寻幽殊未歇：从古典诗文到现代学人　　杨焄　著
水浒琐语　　常明　著
玉石分明：红楼梦文本辨　　石问之　著
鲁迅的书店　　薛林荣　著
海物惟错：东海岛民的舌间记忆　　周苗　著
猫奴图传：中国古代喵呜文化　　刘朝飞　著
见微知著：红楼梦文本探　　石问之　著
红楼梦引　　卜喜逢　著